Body. Leben im falschen Körper

Christine Fehér

wurde 1965 in Berlin geboren. Sie unterrichtet Religion an der Schule einer psychiatrischen Kinder- und Jugendklinik. Außerdem schreibt sie Bücher für Kinder- und Jugendliche. Bei Sauerländer ist zuletzt ihr Roman *Dann bin ich eben weg. Geschichte einer Magersucht* erschienen.

Christine Fehér

Body

Leben im falschen Körper

Sauerländer
aare

Bibliografische Information der Deutschen Bibliothek

Die deutsche Bibliothek verzeichnet diese Publikation in der Deutschen Nationalbibliografie; detaillierte bibliografische Daten sind im Internet über http://dnb.ddb.de abrufbar.

Umschlaggestaltung: Kerstin Schürmann, formlabor, Hamburg
Druck und Verarbeitung: Bercker Graphischer Betrieb
GmbH & Co. KG, Kevelaer
ISBN 3-7941-7017-2
www.patmos.de

1. Teil

1

»Ich ziehe sowieso keinen Rock an!« Total bockig bleibe ich vor dem Vorhang der Umkleidekabine im Kaufhof am Alexanderplatz stehen und verschränke die Arme vor der Brust. »Und wenn du dich auf den Kopf stellst, Elke. Das mach ich nicht!«
Meine Mutter seufzt und schüttelt den Kopf. Über ihrem Arm hängen mindestens sieben verschiedene Kleider und Röcke mit albernen weißen Blusen dazu, alles Konfirmationsklamotten, die sie hier von den Stangen eingesammelt hat. In zwei Wochen werde ich eingesegnet, und seit Tagen ist die Kleiderfrage zu diesem Anlass Dauerthema bei uns. Nun soll ich in dieser engen Kaufhauskabine verschwinden und unter kaltem Neonlicht wie eine Modepuppe ein Teil nach dem anderen anprobieren, um mich dann zu entscheiden. Aber wieso einen Rock, wenn ich Hosen tragen will? So einen Fetzen habe ich noch nie angezogen – zumindest nicht, seit ich selbstständig denken kann. Auch jetzt stehe ich hier in Unisex-Jeans und alten Sneakers herum, mit einem herrlich undefinierbaren grauen Sweatshirt drüber. Elke bittet mich leise zischend, nicht so krumm dazustehen. Eine ältliche Verkäuferin hastet mit einem Arm voll leerer Kleiderbügel an uns vorbei und wirft Elke und mir einen verwunderten Blick zu. Von Fremden werde ich manchmal für einen Jungen gehalten, wohl auch wegen meiner straßenköterbraunen kurzen Haare, die ich immer mit Gel und Haarspray igelig style. Wie zwei Wackeldackel stehen Elke und ich jetzt einander gegenüber und schütteln unsere Köpfe, sie über mich und ich über diese weibischen Fummel, die überhaupt nicht zu mir passen.
»Ich begreife nicht, weshalb du dich immer stur stellen musst, Ulrike«, fährt meine Mutter fort und streicht nervös durch ihre kinnlange Bobfrisur – kastanienrot getönt, um die ersten grauen Haare abzudecken. Ich hasse es, wenn sie mich Ulrike nennt. Jeder Mensch, der es einigermaßen gut mit mir meint, sagt Ulli zu mir. »Es muss ja

nicht wer weiß wie streng aussehen, das will ich ja gar nicht von dir verlangen! Aber denk mal an die Verwandtschaft, du weißt doch, wie konservativ die alle sind. Komm, wir suchen etwas aus, das du auch später noch anziehen kannst, ein schlichtes Oberteil mit passender Jacke, die Rocklänge darfst du natürlich selber wählen. Dieses Jahr ist doch alles modern, und mit deiner schlanken Figur kannst du auch alles tragen. Guck mal, das hier zum Beispiel!« Schon wieder hält sie mir ein Kleidungsstück nach dem anderen unter die Nase.
»Kann ich nicht«, erwidere ich. »Einen Rock ziehe ich garantiert hinterher nie wieder an! Und dafür willst du so viel Geld ausgeben?« Wenigstens darauf müsste sie doch anspringen. Unnötig Geld ausgeben – da sieht Elke normalerweise rot. Aber diesmal nicht. Leider. Ich frage mich wirklich, wer von uns beiden sturer ist.
»Eingesegnet wird man nur einmal im Leben«, meint sie. »Da geht es mir nicht ums Geld! Ich möchte nur, dass du an so einem wichtigen Tag ausnahmsweise mal nicht wie ein halber Junge aussiehst. Die anderen Mädchen ziehen doch sicher auch Kleider an, obwohl sie sonst immer in Jeans herumlaufen!«
Da hat sie sogar Recht. In meiner Konfagruppe geht es seit Wochen um nichts anderes als um enge oder weite Röcke, hohe oder flache Absätze. Nur nicht bei mir. »Ich bin nun mal nicht wie die anderen Mädchen, Elke«, beginne ich deshalb von neuem. »Wenn ich da im Kleid aufkreuzen soll, komme ich mir vor wie beim Karneval.«
»Ach komm, Schatz. Da stehst du doch drüber, hm? Bist doch so eine starke Persönlichkeit. Konfirmation – da geht es doch auch ums Erwachsenwerden!«, versucht sie es jetzt auf die Schmeicheltour. Wahrscheinlich redet sie in ihrem Job als Familienberaterin auch so mit den Leuten, denen sie helfen soll, sich besser um ihre Kinder zu kümmern oder das Geld für die Miete nicht immer zu versaufen. »Es ist einer der ersten Schritte in dein Leben als Frau«, sagt sie. »Willst du dann nicht auch wie eine aussehen?«

»Ulrike!«, rief Elke in den Hof hinunter, das Echo hallte leicht von den Wänden. »Ulrike, kommst du bitte rauf? Unser Besuch ist da!«
Hans, mein Vater, hatte Geburtstag und wollte abends eine Fete geben, aber für den Nachmittag hatten sich Oma und Opa zum Kaffeetrinken angemeldet. Irgendeine Tante, die ich noch nie gesehen hatte, wollte auch kommen. Kaffeetrinken fand ich langweilig, aber wenigstens durfte ich vorher noch raus und mit den Nachbarsjungen spielen. Während Patricia und ihre Freundin Verena oben im Zimmer einen Barbie-Reiterhof aufbauten, gründeten Tommi, Sven, Philipp, Max und ich eine Bande. Wir begannen einen geheimen unterirdischen Gang zu graben, der unter dem Zaun hindurch bis zum Nachbargrundstück verlaufen sollte. Jeder von uns hatte einen Spaten mitgebracht, und seit mehr als einer Stunde drangen wir Stück für Stück gemeinsam in die Unterwelt vor, die meiste Zeit schweigend. Bis zu den Knien standen wir schon in unserem Loch, unter der obersten Sandschicht hatte sich Lehmboden aufgetan, manchmal mussten wir größere Steine herausholen. Philipp hatte sich an einer Glasscherbe geschnitten und saugte die Wunde aus, damit er keine Blutvergiftung bekam. Meine dunkelblauen Gummistiefel waren voller Matsch. Ich tat so, als hätte ich Elke nicht gehört.
»Ulrike!«, rief sie noch einmal. »Hörst du nicht, du sollst raufkommen! Oma und Opa sind da!«
Mit zornigem Schwung rammte ich meinen Spaten in den Sandhaufen, den wir hinter uns aufgeschüttet hatten, er blieb stehen wie eine Eins. Verächtlich schnaubend klopfte ich mir den gröbsten Dreck von den Händen an der Latzhose ab.
»Mist, ich muss nach oben«, sagte ich und hob bedauernd die Schultern. »Aber ich frage gleich, ob ich nach dem Kaffeetrinken noch mal runter darf.«
»Hoffentlich!« Tommi sah mich warnend an. »Denk dran, bis es dunkel wird, müssen wir das Loch so tief haben, dass wir ganz drin stehen können!«
»Alles klar.« Die Hand lässig zum Gruß hebend, drehte ich mich um und ging davon. An der Haustür drückte ich unsere Klingel. Als ich oben war, öffnete mir Oma.

»Ulrike! Wie siehst du denn aus?«, entfuhr es ihr. Hastig packte sie mich am Arm, zog mich in unsere Wohnung und machte die Tür ganz schnell zu. »Wie ein Junge«, stieß sie fassungslos hervor und musterte mich von oben bis unten. »Elke, wie lässt du das Kind denn herumlaufen! Diese Hose, die Stiefel, die kurzen Haare ... und von oben bis unten dreckig! Bei Patricia lasst ihr das doch auch nicht zu, die sieht immer so ordentlich aus! Also, ich weiß nicht. Ein bisschen mehr Erziehung ...« Kopfschüttelnd schob sie mich ins Bad.
Ich ließ die Tür offen und sah, wie Hans gerade ein Geschenkpäckchen öffnete und ein Buch herauszog. Zur Feier des Tages hatte er ein weißes Hemd angezogen, aber ein ungebügeltes. Elke bügelt nie, sie sagt, sie habe Wichtigeres zu tun. Hans findet das auch. »Kinder müssen sich auch mal dreckig machen dürfen«, sagte er, »egal ob Junge oder Mädchen. Hauptsache, sie haben Spaß.«
»Die Ulli ist eben nicht so angepasst wie andere Mädchen«, pflichtete Elke ihm bei, »die hat ihren eigenen Kopf. Es würde auch gar nichts nützen, ihr da reinreden zu wollen.« Für einen Moment steckte sie dennoch ihren Kopf zu mir herein und bat mich flüsternd, mir wenigstens Hände und Gesicht zu waschen. Ich drehte den Kaltwasserhahn auf und tat, was sie sagte, nahm aber keine Seife. Als ich fertig war und in die Küche trat, saßen schon alle an unserem großen runden Holztisch um Elkes selbst gebackenen Pflaumenkuchen herum. Patricia hatte neue Haarspangen bekommen und trug sie schon. Falls Oma mir auch welche mitgebracht hat, kann sie die auch noch haben, dachte ich insgeheim.
»Wie alt bist du jetzt, mein Kind?«, fragte mich Opa, als ich im die Hand gab.
»Sechs«, antwortete ich stolz. »Ich kann schon bis hundert rechnen!«
»Und was hast du da?« Jetzt zog mich Tante Karla zu sich heran, die neben ihm saß. Ich kannte sie noch gar nicht. Mit ihrem welken Zeigefinger berührte sie mein Gesicht. »Hat das geblutet?«
»Kann sein«, erwiderte ich achselzuckend. »Hab mich mit Tommi geprügelt, aber nur im Spaß.« Ich löste mich aus Tante Karlas Griff, setzte mich auf den letzten freien Stuhl und biss hungrig in das Stück Kuchen, das vor mir auf einem Teller lag. »Darf ich nachher noch mal raus?«

Mein Vater lachte und schenkte sich Tee ein. »So was nennt man ein starkes Mädchen. Klar darfst du.«
»Seht ihr?«, lächelte Elke, während sie mit der Kaffeekanne herumging. »Ich sag euch: Wartet's nur ab. Die Ulli, die wird mal eine ganz tolle Frau. Die lässt sich nicht so leicht die Butter vom Brot nehmen in der Männerwelt!«

Damals hat Elke mich so akzeptiert, wie ich bin. Aber jetzt, da mir langsam, aber sicher ein Busen wächst, fängt sie auf einmal an herumzustressen, will unbedingt, dass ich wenigstens ein bisschen mädchenhafter werde. Patricia, meine siebzehnjährige Schwester, hält mich sogar für eine Spätzünderin, nur weil sie in meinem Alter schon das ganze Schmink-, Styling- und Liebesprogramm draufhatte. Insgeheim ist sie aber, glaube ich, ganz froh darüber, dass wir beide so verschieden sind. Auf diese Weise mache ich ihr wenigstens keine Konkurrenz.
»Ich will einen Anzug haben, Elke«, sage ich mutig, »kein Kleid. Pfarrer Hagen hat gesagt, wir sollen uns festlich anziehen, aber so, dass wir uns wohl fühlen. Und ich fühle mich nun mal nur in Hosen wohl!«
Entschlossen nehme ich meiner Mum den Stapel Weiberkram aus der Hand und hänge alles wieder da hin, wo es hingehört. Dann steuere ich zielstrebig die Jungenabteilung an.
»Jetzt übertreibst du aber, Ulrike.« Elke kommt mir mit eiligen Schritten hinterher. »Nur weil du Hosen tragen willst, musst du doch nicht gleich einen Herrenanzug kaufen! Bei den Mädchensachen gibt es doch auch Hosenanzüge.«
So langsam kommen wir der Sache näher, denke ich mit einer gewissen Genugtuung. Trotzdem lungere ich noch eine Weile bei den Jungssachen herum, halte verschiedene Hemden und Jacketts im Spiegel vor mich und male mir aus, wie ich wohl darin aussehe und wie es sich anfühlen muss, sie zu tragen. Am besten gefällt mir der dunkelblaue einreihige Anzug mit dem schmalen Revers. Da wären 85 Euro gut angelegt.

Aus dem Augenwinkel beobachte ich meine Mutter, die abwechselnd so tut, als ob sie mich nicht kennt, oder mit gequältem Lächeln versucht, mich zurück in die Mädchenabteilung zu locken. Dann taucht plötzlich die Verkäuferin wieder auf.

»Kann ich Ihnen helfen?«, fragt sie. Sie taxiert mich von oben bis unten, wahrscheinlich um meine Kleidergröße oder die Nummer meiner BH-Körbchen festzustellen. Dabei habe ich heute mein extra weites Sweatshirt an, damit man den Busen nicht so sieht. Wenn die wüsste, dass ich unter meinen Jeans Boxershorts anhabe, Männergröße 4, würde sie bestimmt in Ohnmacht fallen. Elke erwidert ihren Blick halb verlegen, halb dankbar.

»Wir suchen etwas Passendes, was meine Tochter zur Einsegnung tragen kann«, erklärt sie etwas zögerlich. »Sie möchte partout keinen Rock anziehen! Ich persönlich finde das jammerschade.«

»Ach, Ihre Tochter ist das!« Die Verkäuferin, ein etwas vertrocknet wirkendes Weibsbild von Mitte fünfzig, lächelt nervös, während sie mir den Anzug abnimmt, den ich noch immer an die Brust drücke wie eine Beute, die es zu verteidigen gilt. »Also so was, einen Moment lang habe ich gedacht ...«

Dass ich ein Junge bin, führe ich im Stillen ihren Satz zu Ende. Sag's doch endlich, ich küsse dir auch die Füße dafür! Doch stattdessen kichert sie albern und tritt in ihren ausgelatschten Pumps von einem Fuß auf den anderen.

»Deine Mutter hat Recht. Zur Konfirmation solltest du dich im Rock zeigen. Dieses Frühjahr haben wir auch kaum Hosen aus der festlichen Kollektion verkauft. Die sind einfach zur Zeit nicht ›in‹. Kommen Sie«, wendet sie sich nun wieder an Elke, »ich kann Ihnen ein paar Röcke raussuchen.« Mit resoluten Schritten geht sie in die Richtung, die sie für meine Bestimmung hält, und Elke und ich trotten widerspruchslos hinter ihr her.

Und dann geht alles ganz schnell. Diese verwelkte Krähe, die von nichts eine Ahnung hat, lässt mich die Arme heben, als wollte sie mich erschießen, und so ähnlich fühle ich mich auch, als sie blitzschnell ein Maßband aus ihrem Rock zieht und es um meinen Busen legt, um mich dabei mit Kennerblick über ihren Brillenrand hinweg zu begutachten. Danach macht sie das gleiche mit meiner Taille und meinen Hüften.

»Größe 34 bis 36«, stellt sie schließlich fest. »So zierlich! Da musst du dich doch nicht so in diesen weiten Sachen verstecken, Kind, mit der Figur! Wir werden schon was Hübsches finden.« Mit einer Miene, die keinen Widerspruch duldet, rupft sie genau die Klamotten von den Stangen, die ich gerade erst weggehängt hatte, und noch ein paar andere dazu. Ehe ich protestieren kann, zerrt sie den senfgelben Vorhang einer Umkleidekabine zur Seite und schiebt mich hinein wie Gretel die Hexe in den Backofen. Eigentlich müsste ich das mit ihr machen, schießt es mir durch den Kopf; soll sie den ganzen Plunder doch anziehen, wenn sie es so klasse findet, eine Frau zu sein!

Aber ich habe keine Chance. Elke und die Verkäuferin bewachen gemeinsam die Kabine wie zwei Bulldoggen. Ich bin gefangen hinter diesem hässlichen Vorhang, in meinem Mädchenkörper. Mit Tränen in den Augen balle ich die Hände in den Taschen meiner Jeans zu Fäusten. Dann schäle ich mich langsam aus meiner Ritterrüstung, meinen schlabberigen Klamotten, bis ich fast nackt vor dem Spiegel stehe. Ich sehe aus wie ein knochig gebauter Junge in Boxershorts und grauen Tennissocken, mit Igelfrisur und mittelgroßem Busen. Mir ist das alles so peinlich. Warum lassen die mich nicht einfach in Ruhe?

»Ulrike, was machst du so lange da drin?«, fragt meine Mutter einige Minuten später. Ich nuschele irgendeine Antwort, um Zeit zu gewinnen. Elke würde sowieso nicht verstehen, dass ich gerade ein Riesenproblem damit habe, diesen komischen »knieumspielenden« schwarzen Rock anzuziehen. Ständig rutscht meine Unterhose hoch und bildet einen Wulst vor meinen Oberschenkeln. Ich bin jetzt schon schweißgebadet. Draußen fängt Elke schon wieder an zu drängeln.

Da reiße ich mit einer harten Bewegung den Vorhang zurück und trete hinaus, im Rock und einer »wahnsinnig süßen« weißen Bluse. Nur meine Tennissocken habe ich anbehalten. Wütend verschränke ich die Arme vor der Brust und starre Elke und die Verkäuferin an.

Keine von beiden sagt ein Wort. Aber an ihren Blicken kann ich ablesen, dass der Kram mir tatsächlich nicht steht.
Die Verkäuferin findet zuerst ihre Sprache wieder. »Doch, niedlich«, nickt sie und legt mir den Kragen der Bluse glatt. »Jetzt mit den Sportsocken sieht das natürlich etwas unvorteilhaft aus. Aber nachher, mit Perlonstrümpfen und schwarzen Pumps, wird eine richtige junge Dame aus ihr. Und wenn ich dir einen guten Rat geben darf«, sie heftet ihren Blick auf mich und schiebt ihre Brille schon wieder bis auf die Nasenspitze, »schau ein bisschen freundlicher, nicht so mürrisch! Dann sieht die Welt gleich ganz anders aus.«

Eine halbe Stunde später haben wir auch noch einen »ganz entzückenden kleinen BH« in Größe 75B und in einem anderen Laden Pumps und Perlons eingesackt. Auf dem Heimweg in der U-Bahn nach Kreuzberg hört Elke gar nicht mehr auf zu zwitschern vor lauter Begeisterung über all die Klamotten, die wir in vier schicken Plastiktüten mit buntem Aufdruck nach Hause schleppen, aber ich ziehe eine Fresse und latsche schweigend neben ihr her. Aus Elkes Stimme höre ich ganz genau heraus, dass sie es insgeheim bereut, mir diese Klamotten aufgezwungen zu haben. Aber sobald wir zu Hause in unserer Wohnung in der Katzbachstraße sind und meine Schwester neugierig in die Tüten linst, ist davon nichts mehr zu merken.
»Vielleicht kannst du ihr noch ein paar Tipps geben, was sie mit ihren Haaren machen kann, Patricia«, schlägt Elke eifrig vor. »Irgendwas, das zu ihren neuen Sachen passt. Einfach wird das nicht sein bei ihren kurzen Haaren, und in den zwei Wochen bis zur Einsegnung werden sie auch nicht mehr viel wachsen. Ein dezentes Augen-Make-up könnte ich mir auch gut vorstellen. Am besten, ihr probiert da schon mal was aus. Aber nicht zu auffällig, denkt dran, dass es für die Kirche ist und nicht zum Ausgehen!« Aufmunternd tätschelt sie mir die Wange. »Du wirst richtig toll aussehen, du.« Dann verschwindet sie in der Küche, um Gemüseauflauf zum Abendessen zu machen.
Patricia zieht mich hinter sich her in ihr Zimmer und schüttet die Tüten auf dem Bett aus. Gleichgültig und gelangweilt sehe ich zu, wie

Rock und Bluse, Pumps und Perlonstrümpfe durcheinander purzeln. Sofort greift Patricia nach einem Schuh und begutachtet auch das restliche Zeug.
»Coole Sachen, Ulli«, lobt sie, zieht gleich die Bluse über ihr Spaghettiträger-Top und knotet sie über dem Bauchnabel zusammen. Mit ihren knallengen verwaschenen Schlagjeans dazu sieht sie aus wie der neuesten Foto-Love-Story entsprungen. »Aber gar nichts für dich, wie? Wenigstens 'ne Dreiviertelhose hätte Elke dir gönnen müssen. Ich hätte mitkommen sollen, dann wäre das nicht passiert.«
Recht hat sie. Ich rolle ihren Schreibtischstuhl vor den verspiegelten Kleiderschrank und setze mich verkehrt herum darauf, breitbeinig und mit den Armen auf der Rückenlehne. »Und wieso bist du nicht mitgekommen?«, frage ich sie. »Hattest du länger Schule oder was? Als wir losgegangen sind, hat Elke sich schon gewundert, dass du noch gar nicht hier warst.«
Patricia stellt sich hinter mich, schenkt ihrem Spiegelbild ein verführerisches Lächeln und wirft ihre langen roten Haare nach hinten. Das muss sie stundenlang geübt haben, es sieht aus wie in der Shampoowerbung, so glatt und glänzend fallen sie ihr über die Schultern. »Ach, ich habe unterwegs noch ein paar Leute getroffen und mich festgequatscht. Der Neue aus unserer Klasse war auch dabei. Er heißt David.« Während sie in einer Schublade nach ihrem Frisierkram und ihrem Kosmetiktäschchen wühlt, grinst sie noch immer.
»David«, wiederhole ich. »Und in den bist du verknallt.«
Meine Schwester zieht die Konfirmationsbluse wieder aus und hängt sie fein säuberlich auf einen Bügel. Im nächsten Augenblick unterteilt sie mit geschickten Fingern meine Igelhaare in lauter schmale Scheitel und steckt die einzelnen Strähnen mit silbern glitzernden Miniklammern an meinem Kopf fest. Jetzt seh ich so aus, als ob ich einen Haarreifen trage. Es hätte kaum schlimmer kommen können, aber Patricia nehme ich so was nicht übel. Sie ist halt durch und durch Mädchen, aber ein nettes.
Auf meine scharfsinnige Feststellung antwortet sie nicht, also habe ich ins Schwarze getroffen. Das spricht für diesen David, denn mei-

ne Schwester ist ganz schön wählerisch. Ihrem letzten Freund hat sie schon vor einem Dreivierteljahr den Laufpass gegeben. Seitdem war nichts Ernsthaftes mehr, obwohl die halbe Schule verrückt ist nach ihr.

»Und du, Ulli?«, fragt sie, während sie anfängt, meine Augen mit hellblauem Lidschatten zu bearbeiten, »verknallst du dich eigentlich nie?«

»Weiß nicht«, antworte ich gedehnt, »nee, im Moment nicht so.« Ich kann Patricia ja schlecht erzählen, dass ich letztes Jahr auf der Klassenfahrt mal ziemliches Herzklopfen wegen einem Mädchen bekommen habe, das aus einer anderen Stadt kam und im selben Schullandheim wohnte. Aber näher gekommen bin ich ihr nicht.

»Also doch Spätzünderin!«, scherzt Patricia. »Na, macht ja nichts, was nicht ist, kann ja noch werden. Und jetzt halt mal still, damit ich deinen Kajalstrich nicht verpatze. Gut so?«

»Genial. Ich seh aus wie ein Transvestit.« Sofort stehe ich auf und wische mir mit einem Kleenex die ganze Farbe aus dem Gesicht. Auch die Haarklammern gebe ich Patricia zurück. Elke ruft aus der Küche, dass Hans gerade kommt und der Gemüseauflauf fertig ist. Es riecht nach Möhren, Fenchel und frischen Kräutern. Als wir gehen wollen, fällt mir noch etwas ein. Mit der Türklinke in der Hand bleibe ich so unvermittelt stehen, dass Patricia beinahe mit mir zusammenstößt.

»Nach der Konfirmation kannst du die Festklamotten haben«, verspreche ich meiner Schwester. »Und zwar alle. Wir haben ja die gleiche Größe; ich schenke sie dir.«

»Oh«, strahlt sie und gibt mir einen dicken Schmatzer auf die Wange. »Wie edel von dir. Danke!«

Ich klopfe ihr kumpelhaft auf die Schulter, und dann gehen wir rüber zum Essen.

2

Knapp zwei Wochen später ist Patricia tatsächlich mit ihrem Schwarm David verabredet. Total aufgedreht kommt sie aus der Schule nach Hause, singt vor sich hin und kann gar nicht mehr aufhören ihr rotwangig glühendes Spiegelbild anzulächeln. Außer uns beiden ist nur Hans da. Er will aber nicht gestört werden, weil er in seinem Arbeitszimmer sitzt und im Internet für einen Artikel über Afghanistan recherchiert, den er für sein politisches Magazin schreiben soll. Bis morgen Abend muss er ihn fertig haben. Elke ist noch in ihrer Beratungsstelle in Tiergarten, sie hat heute ihren langen Tag. Ich schiebe für jeden von uns eine Tiefkühlpizza in den Ofen, mixe mit dem Sodasprudler einen Liter Cola und hole das Rhabarberkompott aus dem Kühlschrank, das Elke heute Vormittag noch gekocht hat. Durch die offene Küchentür sehe ich meiner Schwester zu, wie sie gedankenverloren im Flur vor dem Spiegel steht und ihre Haare immer wieder anders hochsteckt.

»Was glaubst du, wie ich ihm besser gefalle: So?« Sie dreht ihre Mähne zu einer Wurst zusammen und befestigt das Ganze mit einer Riesenkralle am Hinterkopf. »Oder so?« Jetzt kämmt sie ihr Haar straff nach hinten und macht sich ganz oben einen Zopf. Jetzt sieht sie aus wie eine rothaarige Barbie.

»Weiß ich doch nicht.« Ich zucke mit den Schultern und stelle die Eieruhr auf zwölf Minuten. »Vielleicht findet David dich mit offenen Haaren sexier. Oder er will, dass du dir so eine Frisur verpassen lässt wie ich.«

»Bloß nicht!« Patricia weicht vom Spiegel zurück, als stünde der Friseur schon mit der Schere hinter ihr. Ich krümme mich vor Lachen, doch weil meine Schwester wirklich erschrocken aussieht, sehe ich zu, dass ich mich wieder einkriege.

»Ich kann doch nicht wissen, auf was der Typ steht«, lenke ich ein.

»Schließlich kenne ich ihn überhaupt nicht! Erzähl doch lieber mal, wie er so ist, statt dir endlos den Kopf zu zerbrechen!«
»Süß ist er«, seufzt Patricia. »Ist er dir auf dem Schulhof noch gar nicht aufgefallen? Er sieht phantastisch aus und hat die coolsten Klamotten an. Und er ist ein Ass auf dem Skateboard!«
Ich schiebe die Unterlippe vor und nicke anerkennend, während ich im Ofen nachschaue, ob der Käse schon anfängt zu schmelzen. »Dann scheint er ja ganz in Ordnung zu sein«, stelle ich fest. »Wo fährt er denn Skateboard?«
»Meistens vor der Neuen Nationalgalerie«, antwortet Patricia, »da trifft sich immer seine ganze Skaterclique. Wieso?«
»Skateboard fahren ...«, überlege ich und sehe gedankenverloren aus dem Küchenfenster, »ich glaube, das wäre auch was für mich. Meinst du, ich kann da mal hingehen und es ausprobieren?«
»Du hast doch gar kein Skateboard«, gibt Patricia zu bedenken.
»Ich weiß. Aber vielleicht kaufe ich mir mal eins. Kann ja sein, dass ich zur Einsegnung genug Geld zusammenkriege.«
Patricia stellt für uns beide und Hans Teller und Gläser auf den Tisch und wühlt in der Schublade nach dem Pizzaschneider. »Um fünf holt David mich zum Kino ab«, verkündet sie und zupft schon wieder ganz aufgeregt an sich herum. »Dann kannst du ihn kennen lernen.«
In diesem Moment kommt Hans in die Küche geschlurft, stellt seine leere Kaffeetasse in die Spüle und reibt sich die Schläfen. Er hat dunkle Ringe unter den Augen. »Scheiß Bildschirmstrahlung«, knurrt er, »irgendwann verderbe ich mir noch daran die Augen. Wen soll Ulli kennen lernen?«
»Meinen neuen Freund David«, berichtet Patricia stolz. »Wir sehen uns heute zusammen einen Film mit Josh Hartnett an. Ulli will ihn bloß was wegen Skateboardfahren fragen.«
»Neuer Freund, soso«, sagt Hans und ist auf einmal voll da. »Ist ja nett, dass ich das auch schon erfahre! Wie heißt er mit Nachnamen, was war sein letzter Notendurchschnitt, was will er später mal werden, was ist sein Vater von Beruf, in welchem Bezirk wohnt er, wann stellst du ihn deinen Eltern vor?«

»Ich habe doch gesagt, er kommt nachher«, stöhnt Patricia und verdreht die Augen. »Musst du immer solche Spießerfragen stellen?«
Ich lache mich kaputt, weil sie überhaupt nicht rafft, dass Hans das als Scherz gemeint hat. Er ist in solchen Dingen viel lockerer drauf als Elke. Die tut zwar auch immer ganz cool, aber wenn sie von David erfährt, nimmt sie Patricia bestimmt gleich zur Seite, führt mit ihr ein Gespräch »mal ganz von Frau zu Frau« und rennt mit ihr zum Gynäkologen. Hans dagegen macht überhaupt keinen Hehl daraus, wie froh er ist, dass meine Schwester und ich inzwischen die meisten Angelegenheiten ganz gut alleine regeln können. Schließlich hat er auch so genug Stress.
»Du kannst ihm nachher kurz Hallo sagen«, sagt Patricia schließlich großmütig, nachdem wir uns endlich an den Tisch gesetzt haben und vor jedem von uns eine dampfende Salamipizza steht. »Aber mach bloß kein Kreuzverhör daraus! Wir haben nämlich nicht viel Zeit. Um sechs fängt der Film an, und wir müssen noch die Karten kaufen!«
Ich beiße kopfschüttelnd in meine Pizza. Ist die nervös wegen diesem Typen!

Als David schließlich beinahe pünktlich aufkreuzt, steckt Hans tatsächlich nur kurz den Kopf aus der Tür seines Arbeitszimmers. Er hebt lässig die Hand zum Gruß und zwinkert ihm zu, den Zigarillo im Mundwinkel. Patricia atmet erleichtert auf.
Mir gefällt David sofort. Er ist wirklich toll angezogen, aber längst nicht so gestylt, wie ich es bei einem Lover von Patricia erwartet hätte. Überhaupt sieht er eher so aus, als wäre er auf dem Weg zur nächsten Halfpipe statt ins Kino mit seiner neuen Flamme. Auf seinem roten Sweatshirt prangt ein gesticktes Logo in Graffitischrift, die wadenlange Workerhose hat er sicher schon ein paar Tage an und seine fetten Skaterschuhe sind an der Ferse eingerissen. Am Handgelenk trägt er ein schmuddeliges Freundschaftsband in den Nationalfarben Afrikas, was gar nicht zu seinem Skaterlook passt. Doch seiner Haut und seinen dunklen Haaren, die er hinten zu einem Pferdeschwanz zusammengebunden hat, entströmt ein frischer, männ-

lich-herber Duschgelduft. Nachdem wir uns die Hand gegeben haben, will Patricia ihn in ihr Zimmer lotsen. Wahrscheinlich zum Knutschen.

»Warte doch mal«, sagt David zu ihr und bleibt einfach stehen. Neugierig heftet er seinen Blick auf mich. Patricia hat sich bestimmt in seine grünen Augen verliebt. »Du bist Pattis Schwester? Ist ja krass.«

»Nee, ich bin ihr Bruder«, antworte ich schlagfertig, denn das kenne ich schon. Leute, die zuerst Patricia kennen lernen und dann mich, fallen meistens halb in Ohnmacht, weil es ihnen unglaublich erscheint, dass zwei Schwestern so verschieden sein können: die eine so mädchenhaft und hübsch und die andere so unscheinbar und burschikos. Dass ich mich tatsächlich eher wie Patricias Bruder fühle, ahnt natürlich keiner. Wie auch? David lacht leise.

»Und was machst du so? Treibst du Sport?«, fragt er und mustert mich von oben bis unten, aber nicht so fleischbeschaumäßig, wie Jungs oft Mädchen taxieren. »Du siehst nach Inlines, Leichtathletik oder so was aus. Das würde zu dir passen.« Er lehnt sich an die Wand. Patricia rollt mit den Augen, bleibt aber ebenfalls stehen.

Etwas verlegen schüttele ich den Kopf. »Außer Schulsport ist leider Fehlanzeige«, bedaure ich. »Aber Skateboarden würde mich reizen. Patricia hat mir erzählt, dass du top darin bist«, antworte ich.

David nickt, als wäre das die normalste Sache der Welt.

»Es muss total irre sein, auf dem Brett die Halfpipes auf und ab zu jagen«, fahre ich fort. »Aber irgendwie lerne ich nie die richtigen Leute dazu kennen. Weiß gar nicht so genau, wo man da hingeht. Und alleine ...«

David winkt ab. »Halfpipes, bis man dafür fit ist, das dauert«, meint er. »Du musst ja erst mal lernen, richtig auf dem Board zu stehen, zu beschleunigen, Kurven zu fahren und so. Wenn du willst, zeig ich's dir! Du könntest erst mal mein altes Brett nehmen. Ist zwar schon ziemlicher Schrott, aber die Rollen sind noch 1a.«

»Macht doch nichts«, rufe ich erfreut. »Ich komme gerne, danke!«

»David, wir müssen los«, erinnert ihn meine Schwester. David setzt sich in Bewegung, ohne mich aus den Augen zu lassen.

»Samstag um halb drei an der Galerie?«, fragt er, schon im Weggehen. »Dann lernst du auch meine Skaterclique kennen. Ein verrückter Haufen, aber die meisten sind ganz okay.«
»Ich dachte, am Samstag unternehmen wir beide was zusammen, David!«, protestiert Patricia empört. »Wenn das Wetter schön ist, könnten wir zu zweit im Tiergarten auf dem Neuen See rudern oder in der Hasenheide spazieren gehen!«
Jetzt sehe ich zum ersten Mal, wie David meine Schwester küsst. Er scheint schon Erfahrung mit Mädchen zu haben, schaut ihr hinterher tief in die Augen. Den Trick muss ich mir merken, falls ich irgendwann auch mal ... Sofort ist sie wieder versöhnt und strahlt ihn total verknallt an.
»Ihr könnt doch beide hinkommen«, schlägt David vor. »Auf dem Platz sind immer ein paar Mädchen, die uns zusehen. Nur aufs Brett traut sich leider fast nie eine.«

»Mutprobe!«, befahl Tommi unserer ganzen Bande. Wir standen mit unseren Rollern oben an der großen Baugrube, wo ein riesiger Sandhaufen aufgeschüttet worden war. »Nur wer die besteht, darf Bandenmitglied sein. Ich habe schon mein Abzeichen gemacht. Jeder, der die Mutprobe besteht, bekommt eins.« Er zog sechs kleine Schilder aus Pappe aus der Reißverschlusstasche seines blauen Anoraks, auf die er mit Filzstiften einen gelben Blitz vor schwarzem Untergrund gemalt hatte. Mit Tesafilm hatte er hinten auf der Rückseite Sicherheitsnadeln befestigt, damit wir uns die Schilder an unsere Pullover oder Jacken stecken konnten. So würde man gleich erkennen, wer alles zur Bande gehört. Ich wollte unbedingt so ein Schild haben.
»Wir fahren von hier mit dem Roller den Sandhaufen runter«, entschied Tommi, »ich zähle bis drei, und dann los. Traut ihr euch?«
Ich trat einen Schritt näher an die Stelle, auf die er zeigte, natürlich die steilste von allen. Mir jedenfalls kam das alles vor wie eine Schlucht, ein Abhang, wie man ihn in Indianerfilmen oft sieht, wenn die Apachen den Cowboys entkommen sind und von einem hoch

gelegenen Plateau aus gelassen zusehen, wie die Feinde tief unten auf ihren Pferden ins Durcheinander jagen und ziellos in der Gegend herumschießen. Unten in der Baugrube lagen noch Steine.
»Also, ich trau mich«, verkündete Lars entschlossen.
»Ich sowieso. Das ist doch eine Babymutprobe.« Sven griff die Lenkstange seines Rollers fester und stellte sich schon an die Linie, die Tommi mit dem Fuß in den Sand geritzt hatte. Max und Philipp sahen etwas blass um die Nase aus, machten sich aber ebenfalls bereit. Ich wollte nicht der Letzte sein und drängte mich mit meinem Roller zwischen Tommi und Sven.
»Eins, zwei, drei, los!«, schrie Tommi und stieß sich mit dem Fuß ab, um im nächsten Augenblick laut johlend auf seinem Roller in halsbrecherischem Tempo den Sandberg hinabzurasen. Sven stürzte hinterher. Ich zögerte noch einen Augenblick, doch dann nahm auch ich Schwung. Der Sand gab unter den Reifen nach, fast wäre ich schon im oberen Teil des Abhangs hingestürzt. Aber ich hielt meinen Lenker fest und balancierte aus, während sich Tommi ganz unten schon in den Sand warf, nur um sich gleich darauf wieder aufzurappeln und hochzuschauen, ob einer von uns aufgab oder hinfiel, bevor er unten angekommen war. Immer steiler ging es jetzt bergab, längst nicht überall war der Sand so weich, wie er von oben aussah. Ich spürte jede Unebenheit, während ich immer schneller wurde. Die ganze Baugrube verschwamm vor meinen Augen. Sven fuhr gefährlich dicht hinter mir, gleich würde ich unten sein, doch jetzt spritzten Sand und winzige Steine in mein Gesicht, ich konnte nichts mehr sehen. Gleichzeitig stieß ich mit dem Vorderrad gegen ein Hindernis, obwohl da doch gar keins war. Das Vorderrad verkeilte sich. Ich machte einen Salto über den Lenker, dann lag ich plötzlich auf meinem Roller. Alles tat mir weh.
»Sven ist drin«, hörte ich Tommi sagen, »Ulli auch. Aber das war knapp.« Ich öffnete die Augen und blinzelte ihm ins Gesicht. Tommi beugte sich über mich und steckte mir ein Pappschild an meinen verdreckten Pullover, schwarz mit gelbem Blitz. Lächelnd umschloss ich es mit meiner Hand und hielt es ganz fest.

Patricia hat offenbar keine große Lust, David beim Boarden zuzusehen. Sie zieht einen Flunsch und murmelt halbherzige Zustimmung. Dann müssen die beiden los zum Kino. Als sie die Wohnungstür hinter sich zugezogen haben, höre ich David im Treppenhaus leise zu Patricia sagen, dass er mich schwer in Ordnung findet, »obwohl sie ein bisschen seltsam scheint«. Meine Schwester erwidert irgendwas von »Ist sie ja auch ... aber trotzdem lieb ... immer noch so jungenhaft«. Heimlich schaue ich ihnen durch die Gardine hindurch nach. David hat einen Arm um Patricias Schulter gelegt und sie ihren um seine Taille. Eigentlich wäre ich gerne mit ins Kino gegangen, aber das wäre heute, bei einem der allerersten Dates des jungen Liebespaares ein bisschen viel verlangt gewesen.

Warum lerne ich nie so locker Leute kennen wie Patricia? Nur weil ich anders bin als andere, weil ich ein Geheimnis habe, das ich mich noch nie mit jemandem zu teilen getraut habe? »Ein bisschen seltsam« hat Patricia mich schon früher mal genannt, als sie glaubte, ich hörte es nicht. Ins Gesicht würde sie mir das natürlich nie sagen, schließlich kennen wir uns ja ein Leben lang. Sie ist mich so gewohnt, wie ich bin. Aber sie weiß nicht die volle Wahrheit: dass ich ein Junge bin, der in einem Mädchenkörper lebt. Die kennen nicht mal meine Eltern.

Aus dem Arbeitszimmer höre ich Hans schnell und gleichmäßig auf seine Computertastatur hacken. Also hat er inzwischen genug recherchiert und schreibt jetzt seinen Artikel; da ist es klüger, ihn nicht zu stören. Etwas ziellos tigere ich durch unsere Wohnung, hole mir in der Küche noch eine Cola, bringe die Schmutzwäsche aus meinem Zimmer ins Bad und lasse mich im Wohnzimmer in einen Sessel fallen, um das Fernsehprogramm durchzusehen. Der Tag hängt jetzt irgendwo zwischen Nachmittag und Abend, und ich hänge genauso in der Luft, weiß nicht, was ich machen soll, Vorabendserien oder Talkshows glotzen jedenfalls nicht. Sportschau ist erst morgen, und bis zum Krimi heute Abend ist noch ewig Zeit. Also latsche ich wieder zurück in mein Zimmer, fege mit einer Handbewegung einen Stapel Bücher und Sportzeitschriften vom Bett, bevor ich mich rücklings

darauffallen lasse, die Arme unter dem Nacken verschränkt. Mein Blick fällt auf die Magnetpinnwand, die über meinem Schreibtisch hängt. Die Liste mit allen Adressen und Telefonnummern meiner Klasse springt ins Auge, weil sie noch ganz jungfräulich glatt ist und als einziger von allen Zetteln keine Eselsohren hat. Ich rufe nie jemanden an und werde auch selten angerufen, höchstens mal wegen Hausaufgaben oder wenn am nächsten Morgen eine Stunde ausfällt, Telefonkette eben. Aber jemand zum Quatschen, Witze reißen, Sorgen teilen ist nicht dabei.
Eine Weile liege ich noch so herum und habe nicht einmal Lust, Musik zu hören. Lustlos greife ich nach dem Konfaordner und überfliege die Texte, die wir für die Prüfung auswendig lernen sollen: das Vaterunser, das Glaubensbekenntnis, die Zehn Gebote. Ich wünschte, der ganze Rummel wäre schon vorbei. Gerade als ich mit geschlossenen Augen das zweite Gebot vor mich hin murmele, dreht sich der Schlüssel im Schloss unserer Wohnungstür. Elke ist von der Arbeit zurück.
»Du liegst hier herum?«, fragt sie mich kopfschüttelnd und mit erstauntem Blick, als sie den Kopf durch meine Zimmertür steckt. »Ich dachte, du fängst schon mal mit den Vorbereitungen an! Schließlich ist die Konfirmation dein Fest, und morgen kommen schon die Verwandten angereist! Du hättest wenigstens mal Staub wischen können.«
»Will ich aber nicht. Die paar Verwandten! Bis Sonntag ist sowieso wieder alles dreckig.« Ich tue so, als ob ich konzentriert in meinen Ordner schaue.
»Das wird sich ja wohl vermeiden lassen«, kontert Elke, »dann müssen sich eben alle mal ein bisschen bemühen. Ich bin hier nicht eure Putzfrau, dass ihr es nur ja wisst! Ich koche mir jetzt nämlich einen Tee und lege zum ersten Mal an diesem Tag die Füße hoch, und dir drücke ich den Staubsauger in die Hand, mein liebes Töchterlein!«
Wenig später schalte ich mit dem Fuß den dämlichen Staubsauger an und stelle ihn auf höchste Saugstufe, damit er schön laut heult. Dann

versetze ich ihm einen Tritt. Mit Elke kann ich das ja schlecht machen, obwohl ich innerlich koche vor Wut.
Ich bin nicht ihr *Töchterlein*!

3

Am Samstagnachmittag schleiche ich allein und mit klopfendem Herzen über den Platz vor der Nationalgalerie in Berlin Mitte. Patricia hat es tatsächlich geschafft, David dazu zu überreden, dass er wenigstens vor dem Skaten noch was mit ihr allein unternimmt, deshalb ist sie schon früher losgegangen. Die Sonne blendet, ich lege meine Hand wie einen Schirm über die Augen und halte in dem Gewimmel aus Inlineskatern, Kickboard- und Skateboardfahrern nach den beiden Ausschau. Hoffentlich sind sie schon da, ich kenne hier nämlich kein Schwein.

Einer der Skater, ein ziemlich muskulöser Typ mit nach hinten gegelten Haaren und einem knapp sitzenden roten T-Shirt rauscht auf seinem Board ein Treppengeländer runter und schafft es gerade noch, mit beiden Füßen wieder darauf zu landen, um dann haarscharf an mir vorbei eine enge Kurve zu drehen und millimeterdicht abrupt zu bremsen. Dabei kommt er doch noch ins Stolpern und fällt beinahe gegen mich. Als er die Balance wieder gefunden hat, herrscht er mich an: »Sag mal, hast du Tomaten auf den Augen? Du siehst doch, was hier los ist! Was stehst du hier mitten auf der Skaterbahn rum und glotzt blöd?«

Der hat sie wohl nicht alle! Was bildet dieser Gorilla sich ein? Breitbeinig baue ich mich vor ihm auf und verschränke die Arme vor der Brust. »Jetzt krieg dich mal wieder ein, Alter«, blaffe ich zurück. »Oder ist das dein Gelände? Sag mir lieber mal, wo ich David finde. Mit dem bin ich hier verabredet.«

Der Typ steht auf einmal nicht mehr ganz so bullig vor mir. »Du kennst David, ach so«, nuschelt er, »der müsste noch da drüben sein, wo wir immer unsere Sachen hinlegen! Er ist mit seiner neuen Freundin eben erst gekommen und zieht sich gerade die Knieschützer an. Falls Patricia ihn nicht daran hindert.« Er zwinkert mir zu und macht mit dem Unterleib Fickbewegungen. Ich ignoriere ihn, weil ich in diesem Moment David entdecke, der seinen Sturzhelm aufsetzt und nach dem Skateboard greift. Patricia sitzt mit ein paar anderen aufgestylten Mädchen auf dem oberen Treppenabsatz zur Galerie. Wahrscheinlich haben sie von dort aus den besten Blick auf die Jungs und ihre Fahrkünste. Als David mich sieht, winkt er mir lässig zu und nähert sich. Mit erstauntem Blick mustert er mich von oben bis unten.

»So kannst du aber nicht fahren, Ulli«, meint er. »Hast du keine Skaterhose, Knie- und Ellbogenschützer oder wenigstens einen Helm mit?«

Ich schüttele den Kopf. »Hab ich leider alles nicht.«

»Warte mal.« Er bedeutet mir mit einer auffordernden Handbewegung, ihm zu folgen, und wühlt dann seine Sporttasche durch. »Ein zweites Paar Knieschützer habe ich noch und eine alte Hose, wenn du magst. Zieh an! Ich geh inzwischen mal rum und frage die anderen. Vielleicht hat noch jemand einen Helm und Ellbogenschützer, die er dir leihen kann.«

Während er über den Platz wandert, ziehe ich mich um, so schnell ich kann. Obwohl ich für einen Augenblick mit meinen Boxershorts im Freien stehe, schäme ich mich längst nicht so wie neulich in der Kaufhauskabine. Die alte Skaterhose von David ist an den Beinen superweit geschnitten, sitzt aber perfekt auf meiner Hüfte. Aufatmend lasse ich meine Hände tief in den Taschen verschwinden. Dann streife ich die schwarzen, dick gepolsterten Knieschützer über meine leicht behaarten Waden und rücke sie zurecht, bis sie richtig sitzen. Mein T-Shirt mit der großen Zahl auf der Brust passt sogar ganz gut zu diesem Outfit, aber ich muss mir unbedingt auch noch richtige Skatersachen zulegen, vor allem solche Schuhe, wie David und die anderen sie tragen, lässige Hemden und ein Basecap.

David kommt mit einem Paar Ellbogenschützern in der Hand zurück, der Bulldoggentyp von vorhin trottet hinter ihm her.

»Das ist Ulli«, stellt David mich den anderen vor, »Patricias Schwester. Ich bring ihr ein bisschen Skateboardfahren bei. Ulli, du hast

Micha schon kennen gelernt, die anderen triffst du später noch. Schade, dass Julian nicht da ist, das ist der Netteste! Alles klar, können wir?«

»Du bist ein *Mädchen*?« Dieser Micha greift nach meinem Oberarm, ohne David zu antworten, und fixiert mich schon wieder so durchdringend. »Ich fasse es nicht! 'ne Emanze, was? Siehst ja aus wie'n Mann, Alter! Hallo, Frau Mann, kauf dir mal einen Rasierapparat für deine Männerbeine!«

»Halt die Fresse, Micha!« David greift noch einmal in seine Sporttasche, holt sein altes Skateboard heraus und gibt es mir. »Keiner hat dich nach deiner Meinung gefragt. Ulli gehört jetzt zur Clique, egal ob dir ihre Beine gefallen oder nicht.«

»Ich stelle dir nachher mal meine Freundin vor«, gibt Micha mit breitem, gönnerhaftem Grinsen zurück. »Die kannst du dir zum Vorbild nehmen. Vielleicht hat sie noch ein paar alte Tops übrig, die sie dir überlassen kann. Wär jedenfalls immer noch besser als das Zeug, das du anhast!«

»Micha!« David tritt dicht an ihn heran und hält ihm die Faust unters Kinn. Das fehlte noch, dass die sich jetzt hier wegen mir prügeln! »Deine blondierte Tussi interessiert hier kein Schwein, die ist genau so hohl in der Birne wie du! Das hier ist ein Skatertreffpunkt und kein Laufsteg!«

»Trägst du überhaupt 'nen BH?«, fragt Micha unbeirrt und starrt mich an, als wäre David überhaupt nicht da. Aus den Augenwinkeln sehe ich, dass Patricia und die anderen Mädchen jetzt zu uns herüberschauen. Einige kichern leise. David versetzt Micha einen Stoß gegen die Brust, aber der lacht nur. Ich will das alles nicht. Am liebsten würde ich abhauen, aber dann hocke ich wieder nur in meinem Zimmer herum oder muss Elke beim Staubwischen helfen. Nein. Lieber versuche ich, Michas blöde Sprüche zu ignorieren und trotzdem Spaß zu haben. Es ist so toll auf diesem Platz, in diesen Klamotten, mit diesem neuen Kumpel.

»Lass ihn doch«, versuche ich David scherzhaft zu beschwichtigen. »Ist schon gut. Ein Kerl wie ich ist hart im Nehmen. Von mir aus können wir jetzt Skateboard fahren. Bin schon total gespannt, wie ich mich dabei anstellen werde!«

Ungefähr eine Stunde später habe ich das Nötigste kapiert. David ist ein klasse Lehrer, Schritt für Schritt und übergeduldig hat er mir alles erklärt. Jetzt lässt er mich eine Weile allein über den Platz gondeln, bleibt aber, während er selber waghalsige Kunststücke übt, immer in meiner Rufweite. Die Mädchen, mit denen Patricia auf der Treppe hockt, beobachten zum Glück fast nur ihn, Micha und die anderen Profis. So kann ich in Ruhe alles ausprobieren, was David mir gezeigt hat. Noch etwas wackelig stelle ich mich mit einem Fuß aufs Brett und stoße mich mit dem anderen ab, werde langsam schneller. Es ist ein komisches Gefühl, ein bisschen wie früher als Kind auf dem Tretroller, bloß dass ich jetzt nichts habe, woran ich mich festhalten kann. Ich trete und trete, breite meine Arme aus, um das Gleichgewicht zu halten, allmählich werde ich sicherer und stelle nun auch meinen zweiten Fuß aufs Brett und rolle aus. Nachdem ich zum Stehen gekommen bin, drehe ich um und versuche dasselbe noch einmal, diesmal klappt es noch besser. Ich spüre die kleinen Unebenheiten des Bodens unter den Rädern, den Fahrtwind in meinem Gesicht. Wenig später gelingt es mir sogar schon, mein Gewicht mit beiden Füßen auf eine Seite zu verlagern und eine sanfte Kurve zu fahren, ohne dabei auf die Nase zu fallen. Von Minute zu Minute entspanne ich mich mehr. David nickt mir von weitem anerkennend zu, Patricia klatscht und hält den Daumen nach oben und sogar Micha glotzt. Bald treibt mir der Fahrtwind Tränen in die Augen. Verschwommen sehe ich, wie Micha den Arm um ein blondes Mädchen legt, das mir bekannt vorkommt, doch jetzt bin ich zu schnell, um sie näher betrachten zu können. Wenn der wüsste, denke ich und lache leise in mich hinein; mein Traum ist es nicht, so auszusehen wie seine Freundin, sondern eines schönen Tages selbst so ein Mädchen im Arm zu halten und sie zu anderen sagen zu hören: »Das ist mein Freund!« Das Schärfste wäre, ihm eines schönen Tages seine Flamme auszuspannen. Da würde er blöd glotzen!

Je länger ich fahre, umso tiefer tauche ich in meine Traumwelt ein, wo ich ein Junge bin. Mein T-Shirt ist so weit geschnitten, dass ich glatt zweimal reinpassen würde. Das ist für meine Zwecke natürlich praktisch. So sieht man nicht gleich alles. In einem Oberteil, unter dem sich meine Titten abzeichnen würden, käme ich mir nackt vor. Stattdessen flattert das Shirt um meinen Körper, genau wie bei David, und durch meine leicht gebeugte Haltung beim Fahren kann ich meinen Busen ganz gut verstecken. Ich bin ein Junge, denke ich immer wieder, ich kann Skateboard fahren wie die anderen, es ist fast wie früher in der Bande mit Tommi und den Jungs aus der Nachbarschaft. Kann es nicht für immer so bleiben? Alles ist so leicht, inzwischen bin ich so gut in Fahrt, dass ich sogar mal einen kleinen Sprung wage, und tatsächlich komme ich irgendwie in die Luft. Zwar lande ich nicht wieder auf dem Brett, aber immerhin auf beiden Füßen statt auf meinem Hintern. David, Patricia und zwei andere Mädchen jubeln mir zu, ich steige wieder auf und rolle weiter. Ich glaube, ich habe Talent.

Sieben Mann hatten sich auf dem Fußballplatz neben der Schule versammelt. Ich war dabei. Im Fernsehen war heute Mittag ein Freundschaftsspiel gelaufen, Deutschland gegen Holland, 3:2. Das wollten wir nachspielen. Feierlich stellten wir uns in einer Reihe nebeneinander auf wie die Profis im Fernsehen. Neben mir stand Tommi, der meistens den Chef markierte, egal was wir spielten. Mit stolzgeschwellter Brust stand er da, die Hände auf dem Rücken verschränkt. An seinem Oberarm trug er eine selbst gebastelte Kapitänsbinde. Ich stellte mich genauso hin wie er, und auch die anderen machten es ihm nach. Die »echten« Fußballspieler singen vor dem Anpfiff immer ihre Nationalhymnen. Da wir weder Texte noch Melodien so richtig kannten, sangen wir die ersten beiden Zeilen von »Fußball ist unser Leben«, so laut und tief, wie wir konnten. Dann lösten wir unsere Reihe auf und hüpften ein wenig auf und ab, um unsere Muskeln zu lockern und uns warm zu machen.
»Wer geht ins Tor?«, fragte Tommi und blickte herausfordernd in die Runde. Jeder von uns fürchtete seinen harten Schuss. Tommis Bälle waren immer schwer zu halten, und wenn, tat es meistens weh. Da wir nur

so wenige Spieler und noch dazu in einer ungeraden Zahl waren, mussten wir auf ein Tor spielen.
»Ich will Verteidiger sein«, meldete sich Philipp.
»Du Pfeife!« Tommi blickte verächtlich an ihm vorbei. »Lars, was ist mit dir?«
»Mittelstürmer«, winkte Lars ab. »Nimm doch Ulli, die ist gut im Tor!«
»Ulli? Ein Mädchen?« Tommi lachte auf. »Also, dribbeln kann sie ja einigermaßen, aber meine Schüsse halten ...«
»... kann ich auch!«, sagte ich trotzig.
»Nun nimm sie schon!«, redete auch Max jetzt auf Tommi ein. »So schlecht ist sie als Torwart nun wirklich nicht – für ein Mädchen!«
Schließlich gab Tommi nach. »Also gut«, meinte er schulterzuckend, »dann stell dich ins Tor, Ulli. Auf die Art gewinnt wenigstens meine Mannschaft.« Siegessicher drehte er mir den Rücken zu und legte den Ball auf den Anstoßpunkt. Na warte, dachte ich, von wegen Mädchen, du kannst gleich mal dein blaues Wunder erleben!
Gelassenen Schrittes ging ich in meinen Kasten, streifte mir die Torwarthandschuhe über und wartete ab. Gleich nach dem Anpfiff griffen mich Tommi und Sven im Doppelpass an, aber aus der anderen Mannschaft gingen Max und Lars mutig dazwischen. Tommi schaffte es jedoch, ihnen den Ball wieder abzujagen und stürmte auf mich zu, Philipp als Verteidiger pennte total, Tommi dribbelte Max aus und wollte schießen, da rutschte ihm Lars zwischen die Füße. Tommi stolperte kurz vor dem Tor, schlug der Länge nach hin und wälzte sich mit schmerzverzerrtem Gesicht am Boden. Ich wusste genau, was mir jetzt blühte.
»Elfmeter!«, brüllte Tommi noch im Liegen, »klarer Elfmeter, das war ein saudreckiges Foul von dir, Lars.«
Lars schaute betreten und half ihm auf, ein paar Schritte lang humpelte Tommi noch, dann griff er nach dem Ball. »Elfmeter«, wiederholte er, »ich schieße selbst.« Umständlich legte er sich den Ball zurecht und sah mir so zornentbrannt ins Gesicht, als hätte ich ihn persönlich gefoult. Ich stellte mich in Position und ließ ihn nicht aus den Augen.
Alle hielten gebannt den Atem an, als Tommi ein paar Schritte zurückging, um Anlauf zu nehmen. Ich federte ein bisschen in den Knien, um

ihn nervös zu machen, doch er sah aus wie ein Panther, lauernd, zum Angriff bereit.
»Den hält Ulrike nie«, raunte Sven Lars ins Ohr, aber auch ich hörte es genau. »Bei Tommi sitzt jeder Ball. Und sie ist bloß ein Mädchen.« Lars nickte wortlos und kaute auf seiner Unterlippe herum.
Dann lief Tommi an. Sein Fußballschuh knallte hart gegen das runde Leder, dann sah ich den Ball auf mich zufliegen ... nein, nicht direkt auf mich zu, sondern in die linke obere Ecke. Ich stand ein bisschen zu weit rechts, aber ich musste diesen Ball kriegen. Also sprang ich in die Richtung, in die Tommi geschossen hatte, und hechtete hoch. Er wusste noch nicht, wie gut ich springen konnte. Der Ball war verdammt weit oben, nur ganz leicht berührte ich ihn mit der Faust, aber dieses Bisschen reichte aus, um den Ball am Tor vorbeizuleiten. Gehalten!
»Daneben!«, schrie Philipp fassungslos, rannte auf mich zu und schlug mir anerkennend auf die Schulter. Auch die anderen Jungen kamen an und beglückwünschten mich.
»Das war 'ne Glanzparade, Mann!«, lobte mich Sven. Nur Tommi stand wie angewurzelt da und schüttelte den Kopf.
»Der war eigentlich unhaltbar«, murmelte er vor sich hin. Dann kickte ich den Abstoß und das Spiel ging weiter.

Erst als es dämmert, leert sich der Platz allmählich, und einer nach dem anderen klemmt sich sein Board unter den Arm und geht nach Hause. Mir blutet das Herz, als ich schließlich Davids Sachen ausziehen muss. Es ist, als wenn nach einem schönen Traum um sechs Uhr früh der Wecker klingelt. David winkt lässig ab, als ich ihm auch das Skateboard in die Hand drücken will. Ich darf es behalten, bis ich selber eins habe.
»Das wird nicht lange dauern«, verspreche ich ihm, als wir uns voneinander verabschieden. »Jetzt habe ich Blut geleckt.«
»Lass dir nur Zeit, Ulli«, wehrt David ab. »Es eilt wirklich nicht. Kommst du nächste Woche wieder her?«
Ich will gerade etwas antworten, als mein Blick auf Micha fällt, der ebenfalls seine imposante Schutzkleidung abgelegt und hat sich lässig

auf das Mädchenpublikum zu bewegt. Im nächsten Augenblick schlingt er seine Arme mit einer besitzergreifenden Geste um das blonde Mädchen, das ich vorhin bemerkt habe. Nun erkenne ich sie auf den ersten Blick, obwohl ich sie nur im Profil sehe und ihr Gesicht noch dazu fast in Michas Mund verschwindet, als die beiden anfangen, hemmungslos herumzuknutschen.

»Lisa-Marie«, entfährt es mir.

»Du kennst Michas Freundin?« David sieht mich erstaunt von der Seite an. »Aber sonderlich begeistert klingst du nicht!«

»Sie ist die Oberzicke aus meiner Klasse«, antworte ich düster, »und die anderen Weiber liegen ihr zu Füßen.« Ich kicke mit dem Fuß eine zerknüllte Zigarettenschachtel weg, die auf dem Boden lag. Wahrscheinlich ist die auch von Micha. Oder von Lisa-Marie, das wäre noch passender. »Jetzt wird sie gleich wieder ein Thema haben, über das sie am Montag in der Schule tratschen kann.«

Wenn Lisa-Marie sich ein Opfer ausgesucht hat, ist es das Opfer von allen. Mich hat sie schon letztes Jahr auserkoren, doch weil ich in den Pausen ohnehin meistens alleine über den Schulhof trotte, höre ich es schon längst nicht mehr, wenn sie »Mannweib« oder »Holzbrett« hinter mir her ruft. Ich bin wirklich nicht der Typ, der viele Feinde hat, genauso wenig wie Freunde. Aber dass ausgerechnet Lisa-Marie hier bei den Skatern abhängt, ist zu viel. Endlich lösen sich ihre geschminkten Lippen von Micha, sie schmiegt sich an ihn. Dabei grinst sie mit herabgezogenen Mundwinkeln und wirft ihre Haare in den Nacken.

»Darf ich dir unsere Frau Mann vorstellen, Süße?« Micha weist mit einer galanten Handbewegung auf mich, ohne Lisa-Marie loszulassen. »Die Skateboard fahrende Emanze mit den unrasierten Beinen. David hat sie in einem Anfall von Toleranz und Weltoffenheit hier angeschleppt. Kannst du ihr nicht mal dein Epiliergerät leihen?«

»Ich will mir doch keine Läuse holen!« Lisa-Marie schüttelt sich. »Außerdem ist das keine Emanze. Ich kenne sie zufällig und weiß, wovon ich rede.«

»Keine Emanze?« Micha blickt verwundert zwischen mir und Lisa-Marie hin und her. »Was denn sonst?«

Sie zieht ihn schnell weiter, als sei ich giftig. Patricia fragt mich irgendwas, um mich abzulenken, aber durch ihre Stimme hindurch höre ich ganz genau, was Lisa-Marie sagt: »Ulli ist ein Neutrum.«

4

Am Tag meiner Einsegnung ist mir schon morgens schlecht, als ich noch im Bett liege. Durch die heruntergelassenen Jalousien in meinem Zimmer dringen bereits die ersten Sonnenstrahlen. Ich höre Elke singend durch die Wohnung laufen, wahrscheinlich barfuß und in einem langen Flatterrock. Wenn draußen gutes Wetter ist, reißt sie immer alle Fenster in der Wohnung auf und ist durch nichts zu stoppen. Jeden will sie anstecken mit ihrer Strahlelaune. Aber bei mir hat sie da heute schlechte Karten. In drei Stunden werde ich eingesegnet und muss dabei ein Kleid tragen, obwohl ich einen Anzug will. Mich von Patricia schminken und stylen lassen, obwohl ich mich lieber rasieren und ein herbes After Shave benutzen würde. Mich in der Kirche und für das Gruppenfoto zu den Mädchen stellen, obwohl ich innerlich ein Junge bin.

»Aufstehen, Ulrike!« Sogar diesen Satz singt Elke, als sie mit beschwingten Schritten in mein Zimmer kommt. Flatterrock und Barfüßigkeit habe ich richtig geraten. Oben trägt sie ein dunkelgrünes Seiden-T-Shirt und einen farblich passenden Halbedelstein an einem dünnen schwarzen Lederband. In ihren Kleidungsstil lässt sie sich von niemandem reinreden!

»He, Kleines! Komm schon, heute ist dein großer Tag!« Sie beugt sich über mich und tätschelt mir aufmunternd die Wange, doch dann richtet sie sich wieder auf und nimmt den Bügel in die Hand, auf dem mein Festkleid hängt. »Zieh dich gleich an, ja? Dann müssen wir nachher nicht so hetzen. Hans will auch noch Fotos von dir machen, bevor es zur Kirche geht.«

»Ich will keine Fotos von mir machen lassen«, sage ich und bleibe liegen. »Die sehen sowieso immer bescheuert aus.« Meine Bettdecke ziehe ich hoch bis über die Schultern und halte sie fest. Ich will so liegen bleiben, im abgedunkelten Zimmer, in meinem blauen Män-

nerpyjama, bis der ganze Spuk vorbei ist. Elke will etwas erwidern, doch in diesem Moment kommt Patricia herein.
»Frühstück ist fertig«, verkündet sie. »Oma und Opa sind auch schon wach, die anderen kommen gleich aus der Pension rüber.«
»Danke, Liebes.« Elke richtet sich auf. »Dann mach jetzt mal hin, Ulli, und sieh zu, dass du nicht in diesem komischen Schlafanzug an den Frühstückstisch kommst. Wie sieht denn das aus!«
Patricia und ich sehen uns an und verdrehen die Augen, dann wälze ich mich stöhnend aus dem Bett. Missgelaunt schlurfe ich ins Bad und dusche erst mal ewig. Durch das Rauschen des Wassers dringt immer wieder Elkes heiteres Trällern. Als ich hinterher meine Haare trockengerubbelt habe, mich in Hans' abgewetzten Bademantel hülle und in den Spiegel schaue, würde ich am liebsten in diesem Aufzug bleiben. Doch im nächsten Augenblick wummert meine Mutter schon wieder gegen die Tür und nervt.
Zwanzig Minuten später habe ich den Konfirmationsdress an, stehe steif herum wie eine Schaufensterpuppe, und Patricia leistet ganze Arbeit an meinem Kopf. Geschminkt und mit feminin gestylten Haaren trete ich an den Frühstückstisch, an dem schon die ganze Verwandtschaft sitzt und speist. Es riecht nach Kaffee, Aufbackbrötchen und aufdringlichem Parfüm.
»Ulrike!« Tante Karla, die ich bestimmt seit vier oder fünf Jahren nicht mehr gesehen habe, springt von ihrem Stuhl auf und hält sich die Hände vor den Mund. »Mein Gott, ich hätte dich ja fast nicht erkannt! Hast du dich verändert!« Sie kommt auf mich zu, legt ihre üppig beringten Hände um meine Oberarme und betrachtet mich auf einer Armeslänge Abstand. »Gut siehst du aus, mein Mädchen. Eine richtige junge Dame bist du geworden. Was bin ich froh!« Zu allem Überfluss kneift sie mich jetzt auch noch in die Wange, dann wendet sie sich an die versammelte Runde, Oma, Opa und meinen älteren Cousin Thorsten, die mich ebenfalls schon lange nicht mehr gesehen haben. »Als Kind war sie doch immer ein halber Junge, wisst ihr noch? Nein, waren das Zeiten! Kein Baum war vor ihr sicher, überall musste sie rauf, unser Riekchen. Und die zerrissenen Hosen

immer – was bin ich froh, dass du vernünftig geworden bist, mein Kind.«
»Ulli«, murmele ich total erschlagen. »Ich bin Ulli, nicht Rieke oder Riekchen!«
»Aber Riekchen klingt doch so nett! Und viel mädchenhafter! Na, egal. An deinem großen Tag wollen wir dich nicht ärgern.« Sie beugt sich etwas dichter zu mir heran und zwinkert mir zu. »Und? Hast du denn schon einen Freund?«
»Nein!« Mit einer groben Armbewegung schüttele ich sie ab, lasse mich auf den einzigen noch freien Stuhl fallen und köpfe an Tante Klaras Stelle mein hart gekochtes Ei. Ich kratze mich am Bein, dieses ungewohnte Plastikgefühl von der Perlonstrumpfhose auf meiner Haut macht mich ganz kribbelig. Bestimmt stinken meine Füße darin. Vielleicht sollte ich zum Karatekurs gehen, zur Selbstverteidigung gegen unausstehliche Tanten.
»Vielleicht solltest du zur Tanzschule gehen«, schlägt Tante Klara etwas irritiert vor. »Ein bisschen gesellschaftlicher Schliff schadet niemandem, und fesche junge Männer lernst du dort auch kennen. Also, meine Tanzschulzeit war ...«
Sie redet und redet, aber ich schalte meine Ohren auf Durchzug, während ich frühstücke. Fesche junge Männer! Bin ich schwul? Ich will ein Junge sein und eine Freundin haben, verdammt! In meinem Hals sitzt ein fetter Kloß, aber ich will jetzt nicht heulen, das gibt nur noch mehr Aufregung. Als ich fertig bin, lasse ich mich doch von Hans in sein Arbeitszimmer schleifen, damit er mich in den Einsegnungsklamotten fotografieren kann. Das ist immer noch besser, als Tante Klara zu ertragen. Mit verschränkten Armen stelle ich mich vor sein Bücherregal und lächle gequält in die Kamera. Nach mindestens hundert Blitzlichtern und heftigen Gesichtskrämpfen kommt Elke rein.
»Wir müssen los! In zwanzig Minuten fängt der Gottesdienst an«, mahnt sie.

Zum Glück ist die Kirche nur gut 500 Meter von unserer Wohnung entfernt. In diesen schrecklichen Pumps hätte ich es keinen Schritt weiter geschafft, schon jetzt sind meine Zehen total gequetscht und an meiner Ferse hat sich eine Blase gebildet. Als ich mich für das Gruppenfoto bei den Mädchen einreihe, möchte ich am liebsten kotzen. Neidisch beobachte ich die anderen Jungs, die mit einer Mischung aus ernster Würde und kindlicher Freude aus ihren dunklen Anzügen und weißen Hemden schauen, die Haare frisch geschnitten und gegelt. Manche sehen wirklich schon fast wie Männer aus, Andi und Sven haben sogar schon den Stimmbruch hinter sich. Muss ein tolles Gefühl sein.

Dann führt Pfarrer Hagen uns an der Gemeinde vorbei durch den Mittelgang der Kirche bis zur ersten Bankreihe, wo wir uns hinsetzen dürfen. Es ist alles so unwirklich, die Gottesdienstordnung kann ich im Schlaf, wir haben sie lange genug geübt. Trotzdem rauscht alles wie im Film an mir vorbei, die Kirchenlieder, die liturgischen Worte, die Predigt.

Ich sitze hier und starre auf meine Knie, die in Perlonstrumpfhosen stecken, auf meine Füße, geschunden in Absatzschuhen, fühle meinen Busen, gegen den der Bügel-BH drückt. Hier und jetzt soll ich Ja sagen zu Gott, aber wie kann ich das, wenn alles in mir Nein schreit, weil ich mich noch nie so falsch platziert, so missverstanden gefühlt habe wie in diesem Moment? Wie soll ich Gott loben, wenn ich die ganze Zeit über sicher bin, dass er bei mir was ganz Wesentliches falsch gemacht hat, weil ich innerlich das Gegenteil von dem bin, was mein Körper darstellt?

Plötzlich stößt mich Julia, die neben mir sitzt, sachte mit dem Ellbogen an. »Ulrike«, flüstert sie und erhebt sich schon halb von ihrem Stuhl, »wir sollen nach vorne kommen! Die Mädchen sind zuerst dran!«

Gleich darauf stehen wir in einer Reihe vor dem Altar. Pfarrer Hagen fängt ganz links bei Stefanie an, legt ihr seine Hand auf den Kopf und nennt der Gemeinde ihren Konfirmationsspruch, während sie sich vor unterdrücktem Kichern kaum halten kann. So macht er es mit einer nach der anderen. Ich bin als Vorletzte dran.

»Ulrike Herold«, sagt Pfarrer Hagen schließlich laut und deutlich, und während ich seine Hand auf meinem Scheitel spüre, labert er irgendwas

von »Lobt Gott, preiset ihn, danket ihm«. Ich höre nur mit halbem Ohr hin. Gleich darauf ist es auch schon vorbei. Pfarrer Hagen segnet uns, drückt jedem von uns eine Urkunde in die Hand und gratuliert. Angewidert höre ich meine Absätze klappern, als ich wieder auf meinen Sitzplatz zurückgehe. Beim Hinsetzen klemme ich den Blumenstrauß mit der durchsichtigen Seidenschleife, den ich zu allem Überfluss die ganze Zeit halten musste, zusammen mit der Urkunde zwischen meinen Stuhl und den neben mir.
Jetzt bin ich konfirmiert, der erste Schritt in mein zukünftiges Leben als Frau ist vollbracht. Ich drehe mich zu meiner Familie um und sehe, wie Elke sich vor Rührung eine Träne aus dem Augenwinkel wischt. Na toll.

»Herzlichen Glückwunsch, Ulrike«, zwitschert einer nach dem anderen, nachdem wir im Restaurant zu Mittag gegessen haben und nun wieder bei uns zu Hause herumhängen. Außer ein paar Verwandten sind noch Bekannte und Kollegen von Elke und Hans da. Ich werde herumgereicht und umarmt, bekomme Blumen in die Hand gedrückt und gut gemeinte Ratschläge für meinen »weiteren Lebensweg« ins Ohr geflüstert.
Mein »Danke« klingt heiser und gepresst, mein Lächeln fühlt sich an wie gemeißelt, ich kann kaum noch stehen in diesen Pumps, mir tut der Rücken weh und am linken Hacken habe ich inzwischen eine dicke Blase. Es ist alles so unwirklich; gestern bin ich noch total happy in Davids Klamotten über den Platz vor der Neuen Nationalgalerie gedüst, und jetzt stehe ich hier im Rock herum!
Immerhin liegen auf dem Sideboard im Wohnzimmer ziemlich viele Geschenkpäckchen und Briefumschläge, und endlich ermuntert mich Hans, sie zu öffnen. Gierig reiße ich eine Schleife auf, zerknülle das rosa geblümte Geschenkpapier und werfe es in hohem Bogen über sämtliche Tantenköpfe hinweg in den Papierkorb in der Ecke. Volltreffer! Dann werfe ich einen neugierigen Blick auf den Inhalt des Päckchens.

»Freust du dich?« Elke streichelte mir übers Haar und hob die Puppe aus dem blauen Karton mit den goldenen Sternen drauf. »Sie ist doch wirklich niedlich, nicht wahr? Ich habe sie selbst für dich genäht! War übrigens gar nicht so einfach.« Sie zeigte mir die Haare, die sie aus ganz fusseligem Stoff an den Puppenkopf genäht hatte, das aufgemalte Gesicht, das rosa Kleidchen, die Puppenschuhe. Dann sah sie mich gespannt an. Ich antwortete nicht, sondern starrte fassungslos auf das Weihnachtspapier, das zerfetzt am Boden lag. Voller Erwartung hatte ich das Päckchen aufgerissen, gerade eben erst, fest überzeugt, darin das Modellbauflugzeug zu finden, das ich unbedingt mit Hans zusammenbauen wollte. Tommi hatte auch so eines. Und nun hatte ich eine Puppe bekommen!

»Fühl mal«, fuhr Elke fort und legte sie mir in den Arm, »sie ist ganz weich. Sicher wirst du sie mit ins Bett nehmen, hm? Und sieh mal, man kann sie ganz leicht an- und ausziehen!«

Ich probierte es gar nicht erst aus, sondern riss all die anderen Weihnachtspäckchen auf, auf denen mein Name stand, immer noch auf der Suche nach meinem heiß ersehnten Flugzeug. Doch alles, was ich fand, waren lauter Puppenkleider, ein Sabberlatz, ein winziges Porzellanservice und ein Puppenbuggy. Nur in dem allerletzten Päckchen fand ich einen Lego-Krankenwagen, aber ohne Elektromotor. Sollte ich das alles Tommi zeigen, wenn er mich morgen zum Spielen abholte?

»Ich hatte mir doch ein Modellbauflugzeug gewünscht«, sagte ich leise und blickte mit wenig Hoffnung zu Hans, der sich gerade ein Glas Rotwein einschenkte. »Weißt du das nicht mehr?«

»Ach ja, dein Flugzeug«, stammelte er, »richtig, du, Ulli, das hatte ich auch schon, nur, ich musste es umtauschen, weißt du? Ich hab erst zu Hause gesehen, dass in der Packung ein paar Teile fehlten. Und das war der letzte Modellbaukasten.«

»Du lügst!«, schrie ich und versetzte der langweiligen Puppe einen Tritt, so dass sie im hohen Bogen durchs Zimmer flog und beinahe in einer brennenden Kerze gelandet wäre. »Du wolltest mir gar kein Flugzeug kaufen, gib's doch zu! Das ist nur eine Ausrede!«

Patricia, die vor lauter Spieleifer mit ihrem neuen Zubehör für das Playmobil-Traumschloss schon ganz rot im Gesicht war, sah erschrocken zu mir herüber.
»Siehst du«, blaffte Hans Elke an, »ich hab's dir ja gleich gesagt. Ulli spielt nun mal nicht mit Puppen, das wissen wir doch nicht erst seit heute!«
»Ja, ja, du hast natürlich immer Recht«, motzte Elke zurück. »Aber wie soll sie denn jemals Gefallen an Mädchenspielzeug bekommen, wenn sie keines hat?«
»Ihre Schwester hat ja wohl genug«, brummte Hans. »Wenn sie will, kann sie da jederzeit ran. Aber sie will nicht. Sie will eben nicht!« Er schüttelte den Kopf und nahm noch einen tiefen Schluck.
»Na ja, ich dachte, so eine Puppe würde sie vielleicht mögen«, versuchte Elke es noch einmal. »Das ist ja nicht so ein Schickimicki-Dings wie die Barbies. Mit so einer hier kann man alles Mögliche machen.«
»Sie zum Beispiel durchs Zimmer pfeffern«, bemerkte Hans.
»Ich finde sie süß.« Patricia ließ ihren bunten Plastik-Hofstaat liegen und kam herüber. »Die blauen Augen hast du toll hingekriegt, Elke.«
»Dann nimm du sie doch!«, brüllte ich und schob ihr auch den ganzen anderen Kram hin. Dann griff ich nach der Packung mit dem Krankenwagen, rannte ins Kinderzimmer und schloss mich ein.
Der war wirklich noch nicht mal elektrisch. Eigentlich habe ich jetzt gar nichts zu Weihnachten bekommen, dachte ich und fing an zu heulen.

»Riech mal dran«, fordert Elkes Freundin Cordula mich auf, von ihr ist das erste Päckchen. Sie deutet auf das Parfümfläschchen, das ich gerade wortlos zurück auf den Gabentisch stellen will. »Es duftet ein bisschen süßlich, nach Vanille und Sandelholz. Ich dachte, das passt zu deinem neuen Look, oder?«
Neuer Look. Süßlich! Was hat Elke ihr nur für einen Mist erzählt? Ich versuche, mich nicht zu schütteln, während mir bei dem Gestank eine Gänsehaut über den Rücken läuft. Schnell greife ich nach dem nächsten Geschenk, doch es geht im selben Stil weiter. »Der Ratgeber für coole Girls«, steht auf dem Buch, das ich jetzt in der Hand halte. Von Oma bekomme ich einen romantischen Liebesroman und

ein Backbuch mit »55 Torten«. Allmählich ergreift mich Beklemmung; gibt es denn niemanden hier, der mich kennt? Bin ich eine so fremde Person für diese Leute? Wie die fünfzigjährige Sachbearbeiterin einer Versicherungsfirma, die gerade ihr Dienstjubiläum feiert? Ratlos befühle ich die übrigen Päckchen. Immerhin ist eines davon weich und knistert, das könnte etwas zum Anziehen sein. Aber auch hier sehe ich, dass damit höchstens Patricias Kleiderschrank weiter aufgefüllt wird. Meiner nicht. Hoffentlich ist wenigstens in den Umschlägen etwas Kohle drin, mit der ich machen kann, was ich will. Wenigstens das!
Plötzlich tritt Elke von hinten an mich heran. »Augen zu, Ulli«, singt sie, »Überraschung!«
Ich gehorche, jetzt ist sowieso schon alles egal. Während ich stocksteif mit dem Rücken zu ihr stehen bleibe, spüre ich, wie etwas Kaltes, Glattes sich eng um meinen Hals legt. Dann höre ich das leise Klicken eines Metallverschlusses. Als ich die Augen wieder öffne, sehe ich um mich herum grinsende Fratzen, die es gut mit mir meinen. Ich greife mit der Hand an mir hoch, meine Finger gleiten über lauter Perlen an meinem Hals, dicht aneinander gereiht wie Haifischzähne.
»Wunderschön«, rufen Oma, Cordula und Tante Klara wie aus einem Mund. »Das steht dir ganz ausgezeichnet, Ulrike. Da haben sich deine Eltern aber mächtig ins Zeug gelegt. So eine Kette ist nicht billig!«
»Wir wollen doch nicht über den Preis reden«, lächelt Elke, »aber so eine Perlenkette kann man immer tragen, findet ihr nicht auch? Die passt zu allem, sogar zu Jeans und Pulli.«
»Aber nicht zu den Jeans und Pullis, die ich haben will«, kontere ich. »Außerdem hätte ich lieber ein Skateboard gehabt. Oder ein Mofa.« In meinem Hals breitet sich ein Kloß aus, mir tut alles weh. Spinnen die denn?
»Hätte ich für Ulli auch besser gefunden!« Patricia stellt sich neben mich und legt mitfühlend ihren Arm um meine Schultern. »Ich kapiere echt nicht, was ihr euch dabei gedacht habt, Elke, und du genauso, Hans! Zu ihrer Konfirmation hätte sie was bekommen müssen, was ihr gefällt, und diese Kette passt überhaupt nicht zu ihr! Genau wie das Kleid.«

Ein paar Atemzüge lang herrscht betretenes Schweigen. Hans zündet sich einen Zigarillo an, der Rauch schwebt an den Gesichtern meiner Verwandten vorbei und bleibt über dem Sideboard hängen, als hätte es dort einen Schwelbrand gegeben. Falls hier jemals eine feierliche Stimmung war, ist sie jetzt endgültig dahin. Trotzdem lächle ich Patricia dankbar an. Die anderen räuspern sich, treten von einem Bein aufs andere. Schließlich murmelt Elke was von Kaffee kochen. Cordula eilt erleichtert hinter ihr her in die Küche. Patricia öffnet den Wohnzimmerschrank, um das gute Geschirr herauszuholen, doch plötzlich dreht sie sich noch einmal zu uns um und blickt triumphierend in die Runde. In der Hand hält sie ein dickes Fotoalbum mit blauem Einband, das ich auf den ersten Blick erkenne. Es ist meines. Sorgfältig hat Elke alle wichtigen Fotos von meiner Geburt an bis zum heutigen Tag darin eingeklebt. Ich habe keine Lust, sie jetzt anzuschauen, aber Tante Klara stürzt sich mit Begeisterung darauf. Bei den Babyfotos kreischt sie vor Entzücken, doch je weiter sie sich durcharbeitet, desto stiller wird sie.
»Man könnte wirklich denken, sie ist ein Junge«, stellt sie kopfschüttelnd fest und tippt mit ihrem dunkelrot lackierten, spitzen Fingernagel auf ein Bild aus meiner Grundschulzeit, auf dem ich in meinem alten Frotteeschlafanzug mit Rennautos drauf am Boden sitze und mit Dinosaurierfiguren spiele. »Auch diese kurzen Haare immer schon ... wirklich wie ein Junge.« Sie nickt wie zu sich selber, als sie mich zwei Seiten weiter als Torwart sieht, unter dem einen Arm einen Lederfußball, den anderen kumpelhaft um Tommi, den Mannschaftskapitän gelegt. Dann seufzt sie. »Kein bisschen mädchenhaft!«
»Nun jammere mal nicht, Klara.« Oma setzt ihr resolutestes Gesicht auf, nimmt meiner Tante das Fotoalbum aus der Hand und klappt es entschlossen zu. »Die Zeiten sind ja nun wohl vorbei. Als Kind mochte es ja noch angehen, dass Ulrike ein kleiner Wildfang war, aber jetzt ist es an der Zeit, dass sie sich ein bisschen anpasst. Und nach so einer schicken Perlenkette«, sie wirft einen strengen Seitenblick auf mich, »würden sich andere junge Mädchen die Finger abschlecken! Ein bisschen mehr Dankbarkeit wäre nicht fehl am Platze, mein liebes Kind.«
Patricia grinst, breitet eine weiße Decke auf unserem Esstisch aus

und beginnt nun doch, das feine Porzellan aufzudecken. Aus der Küche dringt Kaffeeduft, als Elke die Tür öffnet und eine große Tortenplatte hereinträgt. Die anderen setzen sich nach und nach an den Tisch, ich jedoch gehe in mein Zimmer, mache die Tür zu und lasse mich aufs Bett fallen. Breitbeinig sitze ich da in Rock und Pumps und weiß nicht mehr weiter, bis mir schließlich die Blase an meinem Fuß sagt, was ich zu tun habe. Vorsichtig streife ich den linken Schuh ab. Endlich kann ich meine Zehen wieder bewegen. So schnell ich kann, ziehe ich auch den Rock und die Strumpfhose aus. Dort, wo die Blase ist, muss ich vorsichtig sein. In einer ekligen Mischung aus Wasser und Blut klebt der Nylonstoff an meiner Ferse, doch schließlich beiße ich die Zähne zusammen und reiße alles mit einem Ruck ab. Die Blase war riesig, jetzt blutet es noch stärker als vorher, doch nun hält mich nichts mehr, auch den Rest meiner Konfirmationsverkleidung streife ich mir vom Körper, der BH muss weg, so schnell es geht! Danach zerre ich hastig irgendeine Jeans und ein weißes, weites, gemütliches Sweatshirt aus dem Schrank und schlüpfe mit den Füßen in meine geliebten kochfesten Tennissocken. Mit vor Hektik zitternden Fingern löse ich auch noch den Haarschmuck aus der Weiberfrisur und wuschele meine Haare einmal kräftig durch. Dann atme ich erst mal tief ein und aus.

»Ulrike!«, ruft Elke und klopft an die Tür. »Was machst du denn so lange in deinem Zimmer? Du kannst dich doch nicht so zurückziehen, schließlich hast du Besuch! Komm wieder rüber, der Kaffee ist fertig!«

»Ja, gleich!«, rufe ich und versuche, meine Stimme etwas tiefer klingen zu lassen. »Kleinen Moment noch!«

Als sie weg ist, werfe ich einen kurzen Blick in den Spiegel. Die Perlenkette muss noch ab! Genauso feierlich, wie Elke sie mir vorhin um den Hals gelegt hat, öffne ich jetzt wieder den Verschluss und verstaue die Kette in der hintersten Ecke meiner Sockenschublade. Sollen die doch sagen, was sie wollen.

5

»Vierhundertfünfundsiebzig Euro!«, rufe ich Patricia zu, nachdem ich am Montag die Geldscheine noch mal gezählt habe, die in den Glückwunschkarten zu meiner Konfirmation gelegen haben. »Einfach genial! Rate mal, was ich damit mache!«

»Mir schenken«, schlägt meine Schwester augenzwinkernd vor.

Ich lache und zeige ihr einen Vogel, dann stecke ich den ganzen Kies auf einmal in meine schwarze Geldbörse. »Das hau ich jetzt auf den Kopf!«, rufe ich. »Jetzt besorge ich mir die Klamotten, die ich will! Und niemand wird mich daran hindern!«

»Das kann ja was werden«, witzelt sie und räkelt sich faul auf meinem Bett. »Bist du sicher, dass du das allein schaffst? Oder brauchst du meinen schwesterlichen Rat und Beistand?«

»Bloß nicht!« Entsetzt weiche ich einen Schritt zurück. »Wenn ich auch nur ein einziges Teil anziehe, weil jemand anders es so will, drehe ich durch. Ist nicht böse gemeint, aber nach der Aktion hier mit Rock und Perlenkette und all diesem Schrott ... nee.« Ich setze mich neben sie und überlege einen Moment. »Wenn, dann würde ich höchstens David mitnehmen! Glaubst du, er hat Zeit?«

Jetzt tippt sich Patricia an die Stirn. »Kommt überhaupt nicht in Frage! Der muss mir nachher noch bei meiner Informatik-Hausaufgabe helfen, weil ich mal wieder null Ahnung habe. Danach koche ich für uns beide Spaghetti Carbonara, ein richtiges Candlelight-Dinner, total romantisch. Komm bloß nicht auf die Idee, ihn mir ausspannen zu wollen!«

»Darf er ab und zu auch einen Schritt ohne dich gehen?« Ich fange an, in meinem Kleiderschrank nach etwas halbwegs Tragbarem zu wühlen, weil ich möglichst schon beim Einkaufen wie ein Junge aussehen will, sonst könnte es peinlich werden. Meine Pulloverärmel kremple ich bis zu den Ellbogen hoch und recke meine Schultern, um

sie breiter aussehen zu lassen. Patricia hat schon wieder meine Einsegnungsbluse an und malt gedankenverloren Davids Namen, umrahmt von lauter roten Herzen, auf einen Notizzettel.
»Will er gar nicht«, triumphiert sie, »das ist nämlich wahre Liebe, weißt du?« Sie steht auf und umarmt mich. »Wirst du schon auch noch finden, so was. Auf jeden Topf passt ein Deckel, hm? Ich bin gespannt, wie du nachher aussiehst, mit deinen neuen Klamotten!«
Dann piept ihr Handy, schon wieder eine SMS, ihre Augen leuchten, während sie die Message liest. Demnach muss sie von David sein.
Also mache ich mich startklar zum Shoppen. Zum Glück finde ich sogar noch ein schwarzes Basecap. Es hat zwar einen dämlichen Aufdruck vorne drauf, aber besser als nichts. Mit dem Schirm nach vorne gedreht setze ich es auf, vielleicht entdecke ich in irgendeinem abgefahrenen Shop noch ein besseres. Als ich unser miefiges Treppenhaus herunterpoltere, nehme ich immer zwei Stufen auf einmal, dann stürme ich zur U-Bahn, denn jetzt beginnt endlich mein eigentliches Fest, yeah!

Am Bahnhof Zoo steige ich aus und stürze mich mitten in das Gewühl von Touristen, Promis, waschechten Berlinern, Junkies, Kiffern und Pennern, gehe die Budapester Straße hinter der Gedächtniskirche entlang zu den besten Klamottenläden der Welt. Am Wasserklops auf der anderen Straßenseite entdecke ich ein paar Skater, die das glatte Pflaster für ihre Künste nutzen. Am liebsten möchte ich ihnen zuwinken, so gute Laune habe ich heute. Ob David und seine Clique sich auch manchmal hier treffen?
Doch dann konzentriere ich mich wieder auf das, was ich vorhabe. Mit klopfendem Herzen betrete ich den ersten Laden und sehe mich, ein wenig unter meiner Schirmmütze verborgen, um. Es sind fast nur Jungs im Laden, einige zusammen mit ihrer Freundin, manche auch zu mehreren. Aus den Boxen an der Wand ertönt HipHop, dicht neben mir versucht ein hoch aufgeschossener Typ sich zwischen zwei verschiedenen Baggyjeans zu entscheiden. Als er mich kurz angrinst, schaue ich schnell weg, ziehe ebenfalls drei Hosen

vom Stapel und verschwinde damit in einer Umkleidekabine. Ob er mich als »Mädchen« erkannt hat und mit mir flirten wollte? Aber eigentlich tut das nie jemand ...

Eine halbe Stunde später trete ich mit einer großen Tüte bepackt wieder auf die Straße. So tolle Jeans hatte ich noch nie, aus richtig festem, dicken Stoff, mit Skaterlabels und riesigen Hosentaschen. Am liebsten hätte ich gleich eine von den beiden, die ich gekauft habe, anbehalten, aber ich brauche dazu ja auch noch gute Sweatshirts, Schuhe und natürlich ein Skateboard. Also schlendere ich weiter, vorbei an Souvenirshops, Buchläden, indischen Räucherstäbchenhändlern und Imbissbuden, bis ich durch das Europacenter in die »Minicity« komme. Hier ist das angesagteste Schuhparadies der Stadt, und zum ersten Mal an diesem Tag bin ich ausnahmsweise froh, nicht von Geburt an ein Junge zu sein, denn dann hätte ich sicher nicht Schuhgröße 39. So habe ich Glück: Meine Traumsneakers sind in den größeren Größen ausverkauft, wie der Verkäufer einem anderen Jungen gerade bedauernd mitteilt. Aber in 39 sind sie noch da, schwarzes Wildleder mit ultrabreiten Schnürsenkeln, innen dick gepolstert. Meine Füße fühlen sich darin an wie Bärentatzen, saubequem. Ich stelle mir schon vor, wie ich darin auf meinem neuen Skateboard die kühnsten Sprünge vollführen werde, butterweich werde ich landen und unter dem Applaus zahlreicher Zuschauer und Bewunderer weiterdüsen, und dann ...

»Ich lasse dir 30 Prozent nach«, reißt mich die Stimme des Verkäufers aus meinen Träumen. »Ist ja fast schon ein Einzelpaar, kriegen wir auch nicht mehr rein.«

»Wenn das so ist, kaufe ich glatt noch einen Sweater bei dir«, antworte ich erfreut und wähle ein schwarzes Sweatshirt mit roter Graffitistickerei aus, außerdem noch zwei Hemden, die ich jeweils über einem T-Shirt offen tragen werde.

Meine Geldbörse wird langsam dünner, aber für ein Skateboard muss es noch reichen. Am Tauentzien kaufe ich mir eine Handpizza und einen Becher Cola, dann steuere ich das größte Sportkaufhaus an, das es hier in der Gegend gibt. Sobald ich die richtige Abteilung gefunden habe, nehme ich nacheinander ein paar Bretter in die

Hand und drehe ein bisschen an den Rollen herum, stelle mich auch mal drauf und fahre ganz vorsichtig ein paar Zentimeter vor und zurück, schaue weiter, vergleiche Preise. Plötzlich steht ein schmal gebauter Junge neben mir, kaum älter als ich selbst, und sieht mich mit sanften bernsteinfarbenen Augen an. Sein Haarschnitt gefällt mir, er trägt seine dunkelblonden Stoppeln noch kürzer als ich. Vielleicht probiere ich das auch mal aus, so richtig superkurz, überlege ich gerade, als der Junge mich fragt, ob er mir helfen könne.

»Ich suche ein gutes Einsteigerboard«, antworte ich, »das ist alles so verwirrend. Wieso kostet dieses hier«, ich halte ihm das Brett unter die Nase, das ich gerade ausgiebig begutachtet habe, »viermal so viel wie das dort hinten? Ich finde kaum einen Unterschied!« Im nächsten Augenblick möchte ich mir am liebsten auf die Zunge beißen. Was muss der Typ denken? Ich labere hier so als Kerl herum, und jetzt hat er bestimmt meine Mädchenstimme erkannt. Müsste ich nicht schon im Stimmbruch sein, wenn ich als Junge auf die Welt gekommen wäre? In meiner Klasse sind noch nicht alle Jungs so weit, aber hört sich eine Mädchenstimme nicht trotzdem anders an, irgendwie weicher? Obwohl, eigentlich bin ich ja kein Mädchen ...

Der Junge scheint jedoch nichts bemerkt zu haben. »Den Qualitätsunterschied sieht man als Laie auch nicht«, erklärt er und nimmt mir das Skateboard aus der Hand, vorsichtig, als wäre es zerbrechlich. Erst jetzt sehe ich, dass er einen Anstecker des Kaufhauses an seinem Pulli trägt, ›Julian May‹ steht darauf. »Aber das Kugellager, die Rollen – da gibt es viel Schrott, und eben auch ganz tolle Sachen. Hier, fühl mal, wie leicht gängig die hier sind im Vergleich zu den anderen.«

»Arbeitest du hier?«, frage ich ihn und mache, was er gesagt hat. Tatsächlich. Das teurere von beiden scheint ein Traumboard zu sein – für mich allerdings trotz Einsegnungsgeld zu teuer.

»Ich mache hier nur mein Schülerpraktikum, ist leider bald wieder zu Ende. Wo fährst du denn Skateboard?«

Bei dieser Frage werde ich ein bisschen rot. »Ich war erst einmal«, antworte ich. »Fürs Wochenende bin ich mit ’nem Kumpel verabredet, der es mir beibringt.«

»Cool.« Julian pfeift leise durch die Zähne und lotst mich zu einem weiteren Regal in der Ecke. »Dann komm mal mit.« Er zeigt mir ein gutes Brett in mittlerer Preislage, das ich mir gerade noch leisten kann. »Da machst du als Anfänger nichts falsch.«
Ich nicke. Das Brett will ich haben. Total happy bedanke ich mich bei Julian und zücke mein Portmonee.
»Also dann!«, sagt er und nimmt bereits eine Etikettiermaschine zur Hand, um rote Sonderpreisschilder auf Kartons mit verbilligten Schlittschuhen zu kleben. »Hals- und Beinbruch damit. Die Kasse ist dort drüben.«
Nach wenigen Schritten drehe ich mich noch einmal um, und siehe da, auch Julian hebt den Kopf und blickt mich an. Wir grinsen.
»Vielleicht sieht man sich mal beim Skaten«, ruft er mir nach.

Meine Füße könnte ich wegschmeißen, als ich schwer bepackt eine Stunde später unsere Wohnungstür aufschließe. Über vier Stunden lang bin ich durch die Stadt gelatscht! In der Wohnung herrscht absolute Stille, aber dieses Mal ist es mir recht, dass außer mir niemand da ist. Ich lege eine Reaggae-CD ein und drehe meine Anlage auf volle Lautstärke, bis die Musik mein ganzes Zimmer ausfüllt und wahrscheinlich das der Nachbarn über mir auch noch. Andächtig packe ich meine neuen Klamotten und das Skateboard aus und lege alles ordentlich gestapelt auf mein Bett. Ich kann mich überhaupt nicht entscheiden, was ich zuerst anziehen soll, doch schließlich nehme ich die hellere der beiden Hosen in die Hand und schlüpfe hinein, so eine ähnliche hatte Julian auch an. Ein netter Typ, denke ich, während ich auch noch meinen alten grauen Sweater gegen den neuen schwarzen mit dem coolen Graffitilabel eintausche. Mit so jemandem müsste man befreundet sein. Ob ich ihn tatsächlich irgendwann mal wiedersehe?
Schließlich entferne ich noch sämtliche Pappschilder von meinen neuen Sneakers und ziehe sie an, sie fallen ein bisschen zu groß aus, aber das macht nichts, ich werde ja hoffentlich noch wachsen und außerdem sieht mein Gang dadurch lässiger aus. Vor meinem Spie-

gel gehe ich ein paar Schritte auf und ab, um ein bisschen zu üben, die Hände tief in den Hosentaschen versteckt, schlurfe ich in meinem Zimmer herum. Dann fange ich an zu tanzen, wie ein Bär trete ich von einem Bein auf das andere, aber immerhin im richtigen Takt. Zu den schwerfälligen Rhythmen dieser Musik und in meinen neuen Klamotten geht das ganz gut. Auf Feten wage ich mich nie auf die Tanzfläche - meistens wird doch nur über mich gelästert. Dabei kann ich sogar ein bisschen Breakdance.

Als mein Lieblingssong vorbei ist, bleibe ich noch einmal vor dem Spiegel stehen und drehe mich ins Profil. Genau wie die Schuhe und die Hose ist auch das Sweatshirt ein bisschen oversized. So sieht man meinen Busen fast gar nicht mehr. Als ich versuche ihn mit meinen Händen flach an meinen Körper zu pressen, tut es weh. Dann spanne ich den Pullover stramm von meinem Oberkörper aus nach hinten, auch so wirkt die Brust flacher, aber noch nicht flach genug. Vielleicht hätte ich mir ein paar ganz enge T-Shirts kaufen sollen, die ich unter meiner Jungskleidung tragen kann ... Ob das was bringt?

In diesem Moment geht meine Zimmertür auf. Elke und Patricia stehen vor mir und starren mich mit offenen Mündern an.

»Ulrike«, stammelt meine Mutter als Erste, »mein Gott, ich hätte dich fast nicht erkannt! Das ist doch ... Wo zum Kuckuck hast du denn diese Klamotten her?«

»Woher schon?«, entgegne ich achselzuckend und drehe die Musik leiser. »Gekauft! Mein ganzes Einsegnungsgeld habe ich auf den Kopf gehauen. Gerade 85 Euro sind noch übrig. Gefalle ich euch?«

»Du siehst aus wie ein Kerl«, bemerkt Patricia trocken. »Genau das gleiche Sweatshirt hat David auch, nur mit einem anderen Schriftzug vorne.«

»Danke für die Blumen, Madame«, antworte ich und beuge mich zu ihr hinab, um ihr ganz gentlemanlike die Hand zu küssen. Patricia lacht etwas verlegen und zieht ihre Hand schnell wieder weg.

»Dein ganzes Geld hast du ausgegeben?« Elke stürmt jetzt auf mein Bett zu und nimmt die restlichen Kleidungsstücke, die noch dort liegen, eines nach dem anderen in die Hand, schüttelt den Kopf und

betrachtet stirnrunzelnd das Skateboard. »Für Männerklamotten? Ulli, ich glaube es nicht! Das Kleid hat dir so gut gestanden am Sonntag, ich dachte wirklich, das hätte dir mal einen Stups in die richtige Richtung gegeben, du hast es doch auch gesehen, alle haben betont, wie gut du darin ausgesehen hast. Meine Güte, du kannst doch nicht ewig ein Kind bleiben, das noch auf Bäume klettert und in Jungshosen durch die Gegend strolcht! Du bist doch ein heranwachsendes Mädchen, eine junge Frau!«
Jetzt reicht es mir. Seit Tagen erzählt sie mir rund um die Uhr den gleichen Sülz. Mal muss Schluss damit sein, bei aller Liebe, und ich will es auch wirklich nicht mehr hören. Dass ich aussehe wie ein Junge, ist das größte Kompliment, das sie und Patricia mir an diesem Abend machen konnten, also muss Elke nicht jedes Mal extra betonen, wie schrecklich sie meinen Lieblingslook findet. Also nehme ich ihr das Skateboard aus der Hand, rolle es vor ihre Füße und stelle mich darauf. So bin ich etwa anderthalb Zentimeter größer als sie. Dann lege ich meine Hände auf ihre Schultern und sehe ihr fest in die Augen, obwohl mein Herz sich anfühlt wie ein Presslufthammer. Jetzt muss ich meinen Mann stehen, ob ich will oder nicht.
»Wenn das so ist, hast du leider nicht die Bohne kapiert, Elke«, sage ich, drehe meine Mutter um und schiebe sie mit dem Rücken zu mir aus meinem Zimmer.

Als ich abends im Bett liege, dauert es lange, bis ich einschlafen kann. Noch immer spüre ich den schweren, derben Stoff meiner ersten »echten« Jungsklamotten auf der Haut, obwohl ich längst meinen alten Pyjama anhabe, und fühle Elkes ablehnenden Blick in meinem Gesicht, obwohl es ganz dunkel in meinem Zimmer ist. Morgen will ich die Sachen unbedingt auch in der Schule tragen – auf die Gesichter in meiner Klasse bin ich gespannt. Ich kann mir schon vorstellen, wie sie sich die Mäuler zerreißen werden über mich, aber das tun sie sowieso, besonders Lisa-Marie und ihr Fanclub. Mit so einer würde ich nie gehen. Komischerweise finden sol-

che Zicken immer alle einen Freund, und darauf bilden sie sich dann erst recht was ein.
Nur ein einziges Mal hat ein anderes Mädchen es geschafft, Lisa-Marie einen Jungen vor der Nase wegzuschnappen. Das war genial, aber jetzt hat die blöde Gans ja Micha.
Am besten wäre es, wenn wir umziehen würden, weit weg, in eine andere Stadt, wo mich niemand kennt. Dann würde ich gar nicht erst herumerzählen, dass ich eigentlich als Mädchen auf die Welt gekommen bin, sondern mich von Anfang an nur noch Ulli oder Ulrich nennen und hätte meine Ruhe. So wie heute bei Julian im Sportkaufhaus. Ob er mich wohl für einen Jungen oder für ein Mädchen gehalten hat? Angesehen hat er mich fast so, wie man ein Mädchen ansieht, das einem gefällt. Doch als er mir das Skateboard verkauft hat, sagte er: »Damit machst du als Anfänger nichts falsch«. Demnach hat er doch gedacht, ich bin ein Junge; hätte er sonst nicht gesagt: »Anfängerin«? Und dann sein: »Vielleicht sieht man sich mal« ...
Wenn ich ihn wirklich jemals wieder treffen sollte, will ich mich auf jeden Fall als Junge ausgeben. Julian kennt mich ja nicht anders! Wir könnten die besten Freunde werden, nach dem Skaten noch gemütlich ein Bier zischen, Skat kloppen, Billard spielen, in Konzerte gehen ...
Wenn ich irgendwo leben würde, wo niemand weiß, wer ich bin, würde ich nach dem 10. Schuljahr eine Lehre als Kfz-Mechaniker machen. Oder als Tischler. Elke hat neulich mal gesagt, dass immer mehr Mädchen in die so genannten »Männerberufe« drängen und viele Chefs das auch ganz locker sehen würden. Aber ich stelle es mir viel cooler vor, mit »Herr Herold« angesprochen zu werden, einen Blaumann zu tragen und nach Feierabend in schwarzer Lederkluft auf meinem Moped durch die Straßen zu brettern, mit einem Mädchen auf dem Sozius, das seine Arme fest um meine Hüften schlingt und sich von hinten an mich lehnt.
Au ja. Morgen gehe ich als Junge zur Schule, mit meinen neuen Klamotten. Auch wenn die anderen mich als Ulrike kennen - ich werde mir die ganze Zeit vorstellen, ich wäre ein Junge, der neu in die Klas-

se gekommen ist und noch niemanden kennt. Vielleicht erkennen mich auch wirklich nicht alle. Mal sehen, was passiert!

»Ich gehe als Pirat!«, verkündete ich entschlossen, als Elke, Patricia und ich im Kaufhaus vor dem großen runden Drehständer mit den Faschingskostümen standen. Wenige Tage später sollte es so weit sein, unsere ganze Schule würde Fasching feiern. Seit Wochen schon war ich ganz aufgeregt und hatte jeden Tag eine andere Idee, wie ich mich verkleiden wollte. Elke, die mit Karneval absolut nichts im Sinn hatte, seufzte genervt.

»Als Pirat, ja?«, wiederholte sie. »Gestern war es noch als Polizist, davor als Teufel, als Indianer und als Vampir! Was ist, wenn ich jetzt das teure Piratenkostüm kaufe, und nachher willst du doch wieder was anderes?«

»Ich gehe als Prinzessin«, bestimmte Patricia und zog ein glänzendes rosa Kleid heraus, zu dem noch eine goldfarbene Krone und ein Glitzerstab gehörten. »Darf ich mir dann auch die Fingernägel rosa lackieren, Elke?«

»Also irgendwie scheint meine ganze Erziehung bei euch nicht zu fruchten«, meinte unsere Mutter etwas zerstreut und warf einen gehetzten Blick auf ihren Einkaufszettel, der lauter wichtigere Dinge beinhaltete als Faschingskostüme für Kinder. »Die eine steht nur auf dieses scheußliche pinke Barbiezeugs, die andere ist ein halber Junge. Ich weiß nicht, wie das noch enden soll.«

»Darf ich nun das Kleid haben?« Patricia ließ sich nicht beirren. »Dann brauchst du wenigstens keins zu nähen! Eine ganze Menge Mütter aus meiner Klasse nähen nämlich die Kostüme für ihre Kinder selber.«

»Na, das fehlte mir gerade noch«, stöhnte Elke, »also, was ist jetzt mit dir, Ulli? Wie findest du dieses hier? Pippi Langstrumpf! Ist doch auch nicht so brav!«

»Ulli geht nicht als Mädchen, Elke.« Meine Schwester griff nach ihrem Arm und wollte sie mitsamt dem Prinzessinnenkleid zur Kasse ziehen, bevor sie es sich vielleicht noch einmal anders überlegte. »Auch nicht als Pippi Langstrumpf.«

»Aber vielleicht als Hexe?«, versuchte Elke es ein letztes Mal. »Ich habe ja bloß Angst, dass du dich nachher nicht wohl fühlst, wenn du das einzige Mädchen bist, das ein Jungenkostüm anhat! Am Ende kommst du dir vielleicht doch komisch vor!«

»Ich gehe als Pirat«, sagte ich.

Abends zogen Patricia und ich gleich unsere Faschingskostüme an, obwohl Elke gesagt hatte, dass wir sie nicht schmutzig machen sollten, weil sie keine Lust hatte, noch am frühen Morgen vor der Schule daran herumzuschrubben. Wir spielten, dass ich die Prinzessin von der königlichen Galeere gekidnappt hatte, nun hielt ich sie auf meinem Piratenschiff gefangen. Sie hatte eine Kette mit einer Bleikugel um den Fuß und bekam Schlangensuppe zu essen, aber sonst behandelte ich sie gut. Ihr Vater, der König, sollte Lösegeld zahlen und zehn eingekerkerte Piraten freilassen. Nur dann würde er seine schöne Tochter zurückbekommen, ohne dass ihr ein Haar gekrümmt wurde.

Aber am nächsten Morgen kam es noch besser. Elke trug kaffeebraune Theaterschminke auf mein Gesicht auf, danach durfte ich mir mit ihrem Kajalstift Bartstoppeln ins Gesicht malen. Meine kurzen Haare versteckte ich unter einem schwarzen Bandana, zum Schluss kam noch die Augenklappe über mein linkes Auge. Spitze!

»Wer ist denn das da?«, hörte ich meine Schulkameraden flüstern, als ich mit täuschend echtem Hinken den Klassenraum betrat. »Kannst du ihn erkennen?«

»Nein«, antwortete eines der Mädchen, »ich dachte, die Jungs wären schon alle da!« Sie zählte kurz durch. »Dreizehn Jungs und elf Mädchen! Frau Gebhard, kommen Sie mal! Erkennen Sie den Piraten hier?«

Unsere Klassenlehrerin musterte mich, stierte mir in die Augen, doch dann schüttelte sie lächelnd den Kopf. »Da ist aber jemand perfekt verkleidet. Verrätst du uns deinen Namen?«

Ich zog mein Plastikschwert aus der Gürtelschlaufe und drückte die Spitze spielerisch gegen Frau Gebhards Kinn, während ich ihren Blick erwiderte.

»Keine Bewegung«, knurrte ich drohend. »Ich bin der Piratenkapitän Ulli Herold.«

6

Als ich am nächsten Morgen aufwache, sind meine Träume futsch. Ich spüre es sofort. Zwischen meinen Beinen fühlt es sich feucht an, und nachdem ich unter der Bettdecke meine Pyjamahose abgetastet habe, sind meine Fingerspitzen rot. Mein ganzer Unterleib krampft sich zusammen und meine verdammten Brüste spannen. Außerdem habe ich Kopfschmerzen, was ja nun wirklich kein Wunder ist. Monat für Monat werde ich heimgesucht von dem, was nur Frauen haben und was Patricia immer neckisch-verschämt »Besuch von der roten Tante« nennt. Oder sie sagt, sie fühle sich *always ultra*, igelt sich ein paar Stunden lang in ihrem Zimmer ein, hört Schmalzmusik und lässt sich von Elke eine Entschuldigung für den Sportunterricht schreiben. Am nächsten Tag ist sie dann wie immer. Aber ich? Ein Junge, der seine Tage hat? Am liebsten würde ich mir die Decke über den Kopf ziehen und weiterpennen, bis der ganze Spuk vorbei ist, aber dann bekommt Elke in zwei Stunden ihren Schock fürs Leben, wenn sie mich wecken will und mich in einer Blutlache vorfindet. Es hilft nichts. Angewidert von mir selbst und meinem Schicksal wälze ich mich aus den Federn, ziehe mein Bett ab und den Pyjama aus. Dann werfe ich die ganze Dreckwäsche auf einen Haufen. Aus meiner Unterhosenschublade klaube ich einen Tampon, in der allerhintersten Ecke halte ich die versteckt. Sie existieren nicht in meinem Denken, ich will sie nicht. Aber ab und zu muss es eben sein. Unter dem einen Arm den Wäscheberg, in der anderen Hand den Tampon, schleiche ich ins Bad und vergewissere mich doppelt und dreifach, ob ich auch richtig abgeschlossen habe. Erst dann werfe ich die Waschmaschine an, Kochprogramm, und kneife die Augen fest zu, während ich das blöde Wattedings unten in mich reinstopfe. Erst danach atme ich tief durch, steige in die Duschkabine, drehe den Hahn voll auf und seife mich hastig von oben bis unten ein.

Ewig lange bleibe ich unter dem heißen Wasserstrahl stehen, bis Elke gegen die Badezimmertür hämmert. Ich weiß genau, was jetzt kommt.
»Wieso läuft denn die Waschmaschine?«, fragt sie misstrauisch, sobald ich in meinen Bademantel geschlüpft bin und aufgeriegelt habe. »Musstest du da wieder deine Lieblingshose einzeln waschen und unnötig Energie verbrauchen? Denk doch mal ein bisschen ökologisch; der hohe Wasserverbrauch, der Strom, das Waschmittel ...«
»Da ist keine Hose drin«, unterbreche ich sie. »Ich musste mein Bettzeug abziehen. Viel mehr hätte also gar nicht reingepasst.« Ich halte mir den Kopf, da drin hämmert es selbst nach der heißen Dusche noch wie verrückt.
»Na, ein bisschen aber schon noch«, kontert Elke. »Du hättest mir ruhig Bescheid sagen können, dann hätte ich wenigstens die Handtücher mitwaschen können.«
»Wollte ich aber nicht.« Ich denke an die Blutflecken auf meinem Laken und im Pyjama, sogar am Bettbezug war ein bisschen was. Wenn das jemand gesehen hätte, wäre ich auf der Stelle gestorben. »Ich hab ja das Sparprogramm gewählt, also reg dich ab.«
»Manchmal verstehe ich dich nicht«, sagt Elke und sieht mich gedankenverloren an. Erst jetzt bemerkt sie mein zerknautschtes Gesicht, ein Hinweis auf Kopfschmerzen und Unterleibskrämpfe. »Ein bisschen blass bist du heute«, stellt sie in einem Anfall von Intelligenz fest und schiebt behutsam meine Hand von der Stirn, um sie selbst zu befühlen. »Ist dir nicht gut?«
»Geht so.« Ich weiche ihrem Blick aus. »Schreibst du mir eine Entschuldigung für Sport?«
Jetzt fällt der Groschen auch bei Elke. »Ach so«, sagt sie lachend, »deswegen auch die Bettwäsche. Armes Mädchen! Aber ein Grund, beim Sport nicht mitzumachen, ist das eigentlich nicht. Schließlich ist es etwas ganz Natürliches, wenn Mädchen und Frauen ihre Regel haben.« Sie umarmt mich kurz, ich fühle, wie ihr Busen gegen meinen drückt, vier weiche Pufferkissen aneinander, zum Glück habe ich wenigstens den Bademantel an, da merkt man es nicht so sehr wie in einem T-Shirt.

Trotzdem weiche ich schnell wieder zurück und gehe in mein Zimmer, während ich höre, wie sie ins Wohnzimmer geht, ihren antiken Sekretär aufschließt und ein Blatt Papier vom Block abreißt, um mir die Entschuldigung zu schreiben.
Na bitte. Warum nicht gleich so?

Die erste Stunde in unserer öden Gesamtschule hat schon angefangen, als ich in meine Klasse geschlurft komme. Noch immer habe ich eine solche Stinklaune, dass ich insgeheim nur jeden warnen kann, mir zu nahe zu treten. Meine neuen Klamotten habe ich nun doch nicht angezogen, dieser Tag ist sowieso schon versaut. Da hätten mir die coolsten Baggyjeans und meine neuen Schuhe auch nichts mehr genutzt, und bei dem Gedanken, heute Mittag vielleicht einen Blutfleck in meiner Hose zu entdecken, hat mich so die Wut gepackt, dass ich gegen den Papierkorb in meinem Zimmer getreten habe. Dann habe ich meine alten Sachen wieder angezogen, die von gestern, die eigentlich schon in die Schmutzwäsche sollten. Aber heute sind sie passend. An keinem anderen Tag so sehr wie jetzt, wo ich meine Periode habe.
»Acht Minuten zu spät, Ulrike«, verkündet Frau Jacobi, unsere Deutschlehrerin, und macht eine entsprechende Notiz ins Klassenbuch. »Setz dich schnell. Wir haben schon mit dem Grammatiktest angefangen.«
Das hat mir gerade noch gefehlt. Es sind zwar alles Wiederholungen aus den letzten Wochen, und einen Teil davon hatten wir sogar schon im vorigen Schuljahr, aber trotzdem. Heute handele ich mir bestimmt nicht gerade eine Glanznote ein. Noch dazu, wo Michas Freundin Lisa-Marie neuerdings genau hinter mir sitzt und jetzt anfängt, ihrer Nachbarin irgendeinen Mist über mein Aussehen ins Ohr zu tuscheln. Ich versuche nicht hinzuhören und hole meine Schlamperrolle und einen Schreibblock aus meinem Rucksack. Dann atme ich tief durch und kritzele die Aufgabenstellung von der Tafel ab. Wir sollen zehn Sätze mit »hätte« und »würde« bilden. Mir fällt nichts ein. »Hätte ich nicht meine Scheißperiode bekommen, würde

ich heute als Junge hier sitzen«, kann ich ja schlecht schreiben. Hinter mir gackert Lisa-Marie, so kann ich mich erst recht nicht konzentrieren.
»Hätte Ulrike Herold einen BH, würde ihr Busen nicht so wabbeln«, sagt sie ziemlich laut. Das reicht. Ich springe von meinem Stuhl auf und fege mit der Hand den ganzen Schreibkram von dieser Ziege auf den Boden, ihren Block mit der runden, säuberlichen Spießerhandschrift, den Kuli mit der rosa Feder oben drauf, zwei Hefte. Dann versetze ich ihrem Tisch einen Stoß, dass er sich beinahe in ihre Eingeweide rammt. Viel fehlte nicht.
»Hätte Lisa-Marie etwas mehr Hirn, würde sie nicht solche Scheiße reden!«, fauche ich zurück. Ich habe noch nicht zu Ende gemotzt, da ist Frau Jacobi schon neben mir und reißt mich am Arm weg.
»Was ist denn bloß in dich gefahren!«, herrscht sie mich an. »Erst kommst du zu spät, dann randalierst du hier - los, da hinten ist noch ein Einzeltisch frei. Nach der Stunde bleibst du bitte noch einen Moment hier.« Wie eine Gefangene schleift sie mich an den unbesetzten Tisch am Fenster in der letzten Reihe. Umso besser. Ich werfe Lisa-Marie noch einen finsteren Blick zu, dann versuche ich, mich auf den Test zu konzentrieren. Viel kommt nicht dabei raus, das ist ja auch die hirnrissigste Aufgabe, die die Jacobi sich seit langem ausgedacht hat. Hätte sie etwas mehr Phantasie und Einfühlungsvermögen, würde sie uns nicht solchen Schwachsinn tun lassen. Aber das kann ich ja schlecht aufschreiben, obwohl es mich in den Fingern juckt.
Ob Lisa-Marie Recht hat?, frage ich mich und schaue heimlich an mir hinunter. Wabbelt mein Busen wirklich so durch die Gegend? Tag für Tag versuche ich den Gedanken an diese Dinger zu vermeiden, sie existieren für mich einfach nicht, und nun kommt diese dumme Kuh daher und behauptet, sie würden wabbeln! Es wird Zeit, dass ich was dagegen unternehme, die dürfen einfach nicht so auffallen. Nicht einen Tag länger! Nur, was soll ich tun? Ich will doch keinen BH wie eine Frau.
Am Ende der Stunde gebe ich ein fast leeres Blatt ab, das kann höchstens eine Fünf werden. Mir ist es egal. Frau Jacobi schreibt schon

wieder in unser Klassenbuch, wahrscheinlich hat sie einen Mordsschiss vor unserem Direktor. Wehe, da fehlt mal irgendeine Eintragung! Aber wenn sie so beschäftigt ist, kann ich ja gehen. Die anderen sind fast alle schon abmarschiert, zur Turnhalle, ich werde da bloß schnell meinen Entschuldigungszettel abliefern und dann verschwinden, um mir in aller Ruhe eine Anti-Busen-Strategie zu überlegen. Also nuschele ich ein beiläufiges »Wiedersehn« und trotte zur Tür.

»Ulrike?«, ruft die Jacobi, als ich schon fast draußen bin. Ich verdrehe die Augen und bleibe stehen. Sie winkt mich zurück, doch dann steht sie sogar auf und macht die Tür hinter uns zu. Ich lehne mich gegen die Wand neben der Tafel und richte mich auf eine längere Gardinenpredigt ein. Frau Jacobi setzt sich mit einer Pobacke auf den Lehrertisch und sieht mich halb prüfend, halb mütterlich an. Dabei zieht sie sich ihre Kaschmirstrickjacke enger um den Leib.

»Ich habe gehört, was Lisa-Marie zu dir sagte«, beginnt sie. »Das hat dich wütend gemacht. Habe ich Recht?«

Ich sehe an ihr vorbei und hebe die Schultern. »Ist doch egal. Sie haben ja mich angemeckert, nicht sie. Lisa-Marie kann sich alles erlauben, sogar bei den Lehrern.«

Frau Jacobi schüttelt den Kopf. »Ich habe dich umgesetzt, damit du dich beruhigst«, meint sie, »und damit euer Streit nicht mitten im Deutschtest noch weiter eskaliert. Aber warum macht es dir so viel aus, wenn sie etwas über deinen Körper sagt? Du bist doch mit dir im Reinen, oder?«

Ich spüre, wie heiße Röte in mein Gesicht steigt. »Lisa-Marie ist eine Schlampe«, sage ich und starre auf den Boden.

»Viele Mädchen in eurem Alter stellen sich etwas zur Schau«, antwortet Frau Jacobi. »Du bist da anders. Ich finde dich prima so. Nicht jeder legt eben so viel Wert auf Äußerlichkeiten. Aber bei Menschen wie Lisa-Marie passt so etwas nicht ins Bild. Vielleicht hackt sie deshalb auf dir herum. Mach dir einfach klar, dass du vielleicht ... dafür mehr Charakter hast als Mädchen wie sie. Mehr Persönlichkeit.«

Ich nicke, stumm und noch immer ohne sie anzusehen. Ich muss hier weg, ich glaube, mein Tampon ist gleich durch. Nur das nicht!
»Wenn du weiterhin gemobbt wirst, kannst du jederzeit zu mir kommen, ja?«, schlägt Frau Jacobi noch vor, während sie ihren Unterrichtskram vom Schreibtisch klaubt und endlich Anstalten macht zu gehen. »Dann helfe ich dir.«
Ich schaue auf die Uhr und tue so, als hätte ich es auf einmal wahnsinnig eilig.
Helfen kann die mir sowieso nicht.

In der Turnhalle stelle ich fest, dass ich Elkes Entschuldigungszettel zu Hause liegen gelassen habe. Während die Mädchen kichernd in ihrem Umkleideraum verschwinden und die Jungs in dem anderen, stelle ich meinen Rucksack auf einem Stapel Turnmatten ab, die nach muffigem Gummi riechen, und durchwühle ihn mehrere Male, aber es ist wirklich wahr. Der Wisch muss noch auf meinem Bett liegen oder in der Küche, was weiß ich. Auch das noch! Total genervt und schweißgebadet blicke ich mich nach einem Fluchtweg um, aber unsere Sportlehrerin Frau Mangelsdorf steht schon hinter mir, wie üblich mit der Trillerpfeife um den Hals, und sieht mich prüfend an.
»Willst du dich nicht umziehen, Ulrike?«, fragt sie überflüssigerweise und hält mir ihre stoßfeste Armbanduhr unter die Nase, während die ersten Mädchen bereits in Glanzleggings oder tief ausgeschnittenen Gymnastiktrikots hereingetrippelt kommen. »Wir fangen gleich mit Bodenturnen an.«
Ich schüttele den Kopf und erzähle Frau Mangelsdorf leise den Grund dafür.
»Mädchen, ich sage es euch doch immer wieder«, blökt sie viel zu laut durch die ganze Halle, so dass sämtliche Weiber uns neugierig anstarren, allen voran Lisa-Marie. »Eure Periode ist keine Krankheit! Da kann man sich ruhig ein bisschen bewegen, das entkrampft sogar und tut gut. Und ohne den Entschuldigungszettel kann ich dich sowieso nicht vom Unterricht befreien. Da käme ich in Teufels Küche.«
»Bitte, Frau Mangelsdorf«, beschwöre ich sie trotzdem noch einmal.

»Mir ist total schlecht. Wenn jemand plötzlich krank wird, müssen Sie ihn doch auch gehen lassen. Sie können das doch so eintragen. Ich habe sowieso kein Sportzeug mit, weil es mir nicht gut geht. Fürs Bodenturnen erst recht nicht.« Zur Bekräftigung zeige ich an mir herunter, auf mein Schlabbersweatshirt und meine weiten Jeans. So könnte ich bestenfalls Volleyball spielen, aber nicht heute und nicht mit diesen Mädchen.

In diesem Moment kommt Lisa-Marie mit ihrem Fanclub im Schlepptau heran.

»Vielleicht sollte Ulrike bei den Jungs mitmachen«, schlägt sie mit einem zuckersüßen Lächeln vor. »Fußball spielen, damit beim Rennen ihr Busen so schön ...«

Weiter kommt sie nicht. Noch ehe ein weiteres Wort aus ihrem dämlichen Zickenmaul kommt, hole ich aus und verpasse ihr einen Kinnhaken. Ein hässlicher Gurgellaut dringt aus ihrer Kehle, dann röchelt sie vor Überraschung, das hat sie mir wohl nicht zugetraut. Während ich blitzschnell meinen Rucksack schnappe und unter Frau Mangelsdorfs Protest davonstürme, sehe ich aus dem Augenwinkel, wie Denise und Antonia ihren Augapfel Lisa-Marie auffangen und unter Schreien der Bestürzung erste Hilfe leisten. Ich renne am Sportplatz unserer Schule vorbei, wo die anderen Jungen sich gerade mit ihrem Lehrer warmlaufen und von zwei total niedlichen Mädchen aus der Achten beobachtet werden, die wahrscheinlich gerade eine Freistunde haben. Tatsächlich würde ich viel lieber Sport bei den Jungs mitmachen, seit Jahren ist das schon so. Aber doch nicht, damit die meinen Busen wabbeln sehen, sondern weil ich mich mit ihnen messen will, meine Schnelligkeit erproben, Dribbeln und Fallrückzieher üben, einen Abstoß über den ganzen Platz schaffen, fast bis ins Gegentor. Irgendwann hat Hans mir mal vorgeschlagen, in einer Mädchenfußballmannschaft zu spielen, aber das kann er vergessen. Ich will nach dem Spiel die Trikots tauschen, eine Weile noch meine verschwitzte Männerbrust dem begeistert jubelnden Publikum auf der Tribüne präsentieren. Nicht im Umkleideraum den Sport-BH lösen und in der Damendusche über die neuesten Kochrezepte diskutieren!

Und Lisa-Marie, diese Kuh redet von Wabbeln! Um nicht auf der Stelle kehrt zu machen und ihr noch eine zu scheuern, lege ich einen Zahn zu und stelle mir vor, ich wäre ein Marathonläufer, ein drahtiger, sehniger Typ, der im Muskelshirt verbissen seine 42 km herunterreißt, nur um sich abzureagieren, und hinterher noch nicht mal richtig erschöpft ist. Kurz bevor ich zu Hause ankomme, fällt mir Micha ein, Lisa-Maries Freund, von dem ich bestimmt nichts Gutes zu erwarten habe, und für einen Augenblick fühle ich mich mies. Ein richtiger Junge schlägt kein Mädchen. Doch in meinem Zimmer verscheuche ich den Gedanken gleich wieder. Ich ziehe meine Jeans und die Unterhose aus und verschwinde schon zum zweiten Mal an diesem Tag im Bad, um einen riesigen Blutfleck auszuwaschen.

Meine Stinklaune hält den ganzen Tag über an. Sogar als David kommt, um Patricia abzuholen, und wie üblich ein paar Minuten bei mir hereinschaut, muffele ich nur herum und er lässt mich schnell wieder in Ruhe. Was heute passiert ist, kann ich ihm nicht erzählen, nicht einmal meiner Schwester. Wer sollte das auch verstehen? Immer wieder kreist Lisa-Maries dämlicher Satz über meinen wabbelnden Busen durch mein Hirn und bringt mich zur Weißglut. Für jedes Mädchen wäre da ein BH die einfachste Lösung. Ich hingegen schleiche mich kurz vor Ladenschluss noch mal aus dem Haus und kaufe mir, als fast niemand mehr im Kaufhaus ist, zwei Jungs-Unterhemden in der Kinderabteilung, die mir zwei Nummern zu klein sind. Zu Hause wühle ich unseren Medizinschrank nach einer elastischen Binde durch, bis Elke mich prompt dabei erwischt. Als Ausrede fasele ich irgendwas von einem umgeknickten Fuß.

»Zeig doch mal«, bittet sie mich und beugt sich schon zu mir runter. »Sollten wir nicht lieber damit zum Arzt gehen?«

»Quatsch«, brumme ich. »Man sieht gar nichts. Ich binde den nur fest ein und morgen ist es sicher wieder gut.«

Etwas skeptisch blickt sie mir nach, als ich mit zwei Rollen breitem Verband in meinem Zimmer verschwinde. Kurz darauf mache ich das Licht aus, damit es so aussieht, als wäre ich schon ins Bett gegangen. So kommt bestimmt niemand auf die Idee, einfach hereinzuplatzen.

Dann ziehe ich meinen Pullover und das T-Shirt aus und eines der beiden Mini-Unterhemden an. Es sitzt stramm, ein wenig platt gedrückt wirkt meine Brust dadurch schon, aber es reicht mir noch nicht. Also klemme ich mir ein Ende der elastischen Binde unter die Achsel und beginne, mich mit der ganzen Rolle einzuschnüren. Immer fester wickle ich den Verband um meine Brust, es ist gar nicht so einfach, manchmal rutsche ich ab oder die Rolle fällt mir aus der Hand. Die Binde über die Schultern nach hinten und wieder zurück zu führen, scheint auch etwas Übung zu brauchen. Doch obwohl es schon fast stockdunkel in meinem Zimmer ist, sehe ich, wie meine Brust immer flacher wird, ganz eng ist sie nun schon an meinen Körper gedrückt. Es tut ein bisschen weh und das Atmen wird schwerer, aber das ist es wert. Auch die zweite Rolle wickle ich noch um mich herum, so fest es geht, danach ziehe ich das zweite Kinderunterhemd darüber und zum Schluss wieder mein eigenes T-Shirt, damit man nichts sieht. Mit klopfendem Herzen taste ich meine feste, hart gepanzerte Brust ab, da wabbelt nichts mehr, kein weiches Fettgewebe ist mehr zu fühlen, keine hervorstehenden Brustwarzen! Vorsichtig bewege ich meine Arme, es ist ungewohnt, aber es fühlt sich richtig an. So muss es sein! Einen Augenblick lang lausche ich an der Zimmertür, und als kein Geräusch zu hören ist, knipse ich das Deckenlicht an.

Perfekt! Ich sehe jetzt viel männlicher aus. Übermütig zeige ich dem Spiegelbild meinen Bizeps und klopfe mir auf die Männerbrust.

So laufe ich ab jetzt nur noch herum! Die Zeit des Wabbelns ist vorbei!

»Ich will nicht die Mutter sein!«, schrie ich und warf das große Seidentuch fort, das ich mir als Rock um die Hüften wickeln sollte. »Und ich bin auch nicht die Tochter! Du kannst deine Babypuppe selber stillen, du blöde Kuh! Wenn schon, dann bin ich der Vater oder der Sohn, sonst spiele ich nicht mehr mit!«

»Du musst aber die Mutter oder die Schwester sein«, beharrte Anne, die damals auch in unserer Siedlung wohnte. »Schließlich bist du ein Mädchen und kriegst später mal einen Busen.«

»Kriege ich nicht!« brüllte ich.
»Kriegst du doch«, wiederholte Anne ungerührt. »Also stillst du jetzt das Baby, und danach kannst du kochen. Ich bin deine Tochter und decke schon mal den Tisch. Tommi und Philipp können ja nicht die Mutter sein.«
»Ich bin sowieso der Vater.« Tommi lümmelte bereits im Sessel und tat, als lese er Zeitung. »Mach mal die Sportschau an, Ulli!«
»Mach ich nicht!« Wütend stampfte ich mit dem Fuß auf und boxte ihm gegen die Rippen. Dann riss ich ihm die Zeitung aus der Hand. »Gestern habe ich beim Fußball mehr Tore geschossen als du! Kann das vielleicht eine Mutter?«
»Jetzt spielen wir ja nicht Fußball. Wir spielen Vater, Mutter, Kinder.«
»Dann bin ich eben ein Kind! Der Sohn!«
»Du spinnst ja. Philipp ist der Sohn und du bist die Tochter. Oder die Mutter.«
»Du musst ja nicht unbedingt kochen«, versuchte Philipp zu vermitteln. »Bei uns zu Hause kocht meistens mein Papa.«
»Ich koche nicht!« Tommi hob die Zeitung vom Fußboden auf und tippte sich gegen die Stirn.
»Dann spiele ich eben gar nicht mehr mit!«, entgegnete ich achselzuckend. »Wenn ihr unbedingt wollt! Ich hab sowieso keine Lust dazu. Das ist ein Babyspiel.«
In diesem Augenblick kam Hans ins Kinderzimmer.
»Schau mal, was ich dir mitgebracht habe, Ulli!«, begrüßte er mich strahlend. Er hielt etwas Glänzendes in seiner Hand versteckt.
»Ein Taschenmesser!«, jubelte ich und sprang vor Freude in die Luft. »Kommst du mit auf den Hof, Tommi? Wir können uns lange Stöcke schnitzen und vielleicht ein Lagerfeuer machen!«
Damit hatte ich ihn. Tommi sprang auf. »Wird gemacht, mein Sohn!«, rief er und schlug mir fest auf die Schulter. »Ich hole schnell auch mein Messer und das Indianerzelt!«
Und beim Hinausgehen lachten wir über Anne und Philipp, die immer noch darüber beratschlagten, wer von beiden nun kochen durfte.

7

»Mein Gott, Ulrike, jetzt halte dich doch endlich mal gerade!«, pflaumt Elke mich an, als ich eines Morgens, kurz nachdem meine Regelblutung endlich vorbei ist, noch im Pyjama in die Küche schlurfe, um mir ein Pausenbrot für die Schule zu schmieren. »Das ist wirklich eine dumme Angewohnheit, die Schultern so hängen zu lassen. Du siehst aus, als hättest du einen Buckel, und das bei deiner zarten Figur! Das hast du doch gar nicht nötig!«

Ich belege eine Scheibe Roggenbrot dick mit Räucherschinken und ein Paar Zwiebelringen, schneide sie in der Mitte durch und klappe sie zusammen, ein richtiges Holzfäller-Sandwich. Dann wickle ich das ganze in ein Stück Alufolie und will zurück in mein Zimmer und dann ins Bad. Heute, wo die »rote Tante« endlich abgereist ist, will ich mir die Brust auch für die Schule abbinden, und dazu brauche ich etwas Zeit. Aber Elke hält mich fest.

»Du könntest wenigstens mal antworten!«, giftet sie weiter. »So viel Respekt werden wir ja wohl füreinander noch aufbringen, oder?«

Ich bleibe stehen und sehe sie an, aber ohne meinen Oberkörper gerade zu rücken, wie sie es von mir verlangt. Wenn ich das mache, sieht man meinen Busen gleich wieder so. Ich fürchte sogar, der ist in den letzten Wochen noch gewachsen. Angeblich soll das bis 16 so weitergehen. Sagt jedenfalls Patricia, die ihren ständig begutachtet, ob er auch groß genug ist.

Elke streckt ihre Hände aus, greift nach meinen Schultern und drückt sie mit sanfter Gewalt nach hinten. »So wirkst du viel selbstbewusster, Mädchen«, stellt sie mit zufriedenem Blick fest. »Da traut man dir gleich viel mehr zu, als wenn du so gebückt durch die Gegend schleichst. Körperhaltung macht viel aus. Merkst du nicht selber den Unterschied?«

Ich merke den Unterschied, dass ich meinen Busen vor mir spüre wie einen Sack Ballast, der mir vor dem Körper baumelt. Aber das

würde Elke sowieso nicht begreifen mit ihrem Psychogeschwafel. Also trete ich bloß einen Schritt zurück und zucke mit den Schultern.
»Ich muss jetzt los«, rede ich mich raus, »ich versuch dran zu denken, Mami. Damit du keine schlaflosen Nächte bekommst.«
Elke seufzt ergeben, während sie Teewasser aufsetzt. »Ja, ja, nenn mich nur Mami. Da will man seine Kinder partnerschaftlich behandeln, und ihr lehnt euch doch nur auf. Das hat man nun davon.«
»Genau«, grinst Hans, der ebenfalls in die Küche kommt und anfängt, unser scheußliches braunes Steingutgeschirr aufzudecken. Dann fragt er Elke, wo zum Kuckuck der Honig abgeblieben ist, ohne den er keinen Tee trinken kann, und ich nutze die Gunst der Sekunde um zu verschwinden. Patricia kommt mir mit einem Handtuchturban auf dem Kopf entgegen, jeden Morgen wäscht sie ihr seidiges langes Haar. Aber ich will mich heute auch stylen. Dass ich nicht mehr blute, muss schließlich gefeiert werden, auch wenn es ganz für mich allein ist. Zum ersten Mal werde ich meine neuen Skatersachen auch in der Schule tragen. Bevor meine Schwester gleich wieder drin ist um sich stundenlang zu fönen und zu schminken, schlüpfe ich schnell ins Bad und riegele ab. Zum Glück habe ich meine elastischen Binden schon rechtzeitig an einem geheimen Ort deponiert.
Als ich allein bin, schleicht sich endlich so etwas wie gute Laune in mein Hirn. Zwar musste ich heute extra eine knappe halbe Stunde eher aufstehen, weil es doch eine ganze Weile dauert, bis mein Brustverband so sitzt, dass nichts verrutschen kann und ich trotzdem einigermaßen Luft kriege. Aber so langsam bekomme ich Übung darin. Mit platt gedrücktem Busen, dem man seine Existenz nicht mehr ansieht, werde ich mich schon recken und strecken, erhobenen Hauptes als ganzer Kerl durch die Weltgeschichte laufen, statt mich krumm zu machen, weil ich am liebsten unsichtbar wäre. Elke würde vielleicht noch nicht mal merken, dass mein weibliches Attribut verschwunden ist. So genau blickt sie nun auch wieder nicht darauf.

Gerade als ich das Ende des Verbandes mit einer Hakenklemme an meiner linken Schulter befestigen will, klopft jemand an die Badezimmertür. Erschrocken fahre ich zusammen und werfe einen raschen Blick auf den Riegel, um mich zu vergewissern, ob ich mich auch wirklich eingeschlossen habe. Niemand aus der Familie ahnt, was ich neuerdings mit meiner Brust mache, und daran soll sich vorläufig auch nichts ändern. Blitzschnell ziehe ich ein T-Shirt und den neuen schwarzen Sweater an und schlüpfe in meine Baggyjeans. Dann riegele ich auf.

»Seit wann brauchst du im Bad länger als ich?« Patricia zwängt sich an mir vorbei und hechtet zum Spiegel, wo sie sofort anfängt, mit hektischen Bewegungen ihre Wimpern zu tuschen. Nach dem ersten Auge hält sie kurz inne und wirft mir einen kurzen Blick zu. »Und vor allem, wozu? Du bist weder geschminkt noch hast du was Nennenswertes mit deinen Haaren gemacht. Läufst bloß wieder mit diesen Männerklamotten rum, damit Lisa-Marie dich wieder disst, oder was? Aus dir soll noch einer schlau werden.«

»Sollst du ja gar nicht«, antworte ich. »Du sollst mich nur lieb haben. Nimm dir ein Beispiel an David! Der akzeptiert mich so, wie ich bin. Heute Nachmittag treffen wir uns wieder zum Skaten.«

»Ach. Wie schön, dass ich das auch schon erfahre! Und was ist mit mir? Ist das dein Freund oder meiner?« Immer aufgeregter und schriller klingt ihre Stimme, während sie erzählt, dass sie ihn ja kaum noch alleine sieht, weil er ständig diesen kindischen Sport im Kopf hätte. Es sei ihr bald zu blöd, immer nur auf dem Treppchen zu sitzen und zu warten, bis er sich ihr nach zwei Stunden völlig verschwitzt gnädigerweise zuwendet. So hätte sie sich eine feste Beziehung nicht vorgestellt. Doch plötzlich bricht sie mitten im Satz ab und kommt ein paar Schritte auf mich zu. Dabei sieht sie mich an, als hätte sie soeben voller Entsetzen die Spur zu einem lang gesuchten Verbrecher entdeckt.

»Ulli!« Sie flüstert beinahe. »Du hast dich doch nicht etwa ... in David verliebt?«

Ich reiße die Augen auf und glotze mindestens so perplex aus der Wäsche wie sie. Was redet sie da? Verliebt?

Doch dann fange ich plötzlich an zu lachen, ich lache und lache, bis mir die Tränen kommen und ich beinahe platt am Boden liege.
»Nee, Schwesterchen«, japse ich schließlich, als ich mich einigermaßen beruhigt habe, »behalt ihn mal. Ich bin doch nicht schwul!«
»Du bist ein Scherzkeks, Ulli.« Noch etwas vorsichtig stimmt Patricia in mein Lachen ein, und allmählich entspannen sich ihre Gesichtszüge. Sie schien echt zu glauben, ich wollte ihr ihren David ausspannen, ausgerechnet ich!
»Nicht schwul, so was«, wiederholt sie. »Ts, ts.«

Mit meiner Panzerbrust und den coolen Klamotten starte ich zum ersten Mal seit einer Ewigkeit super gelaunt in den Tag. Fast wie ein Kind, das heimlich spielt, jemand anderes zu sein, schlüpfe ich in meiner Phantasie in die Rolle eines gut aussehenden fünfzehnjährigen Jungen, der wie an jedem Morgen zur Schule geht. Nur meine Haare habe ich nicht mehr richtig hinbekommen, bevor Patricia im Bad herumstresste. Aber im Moment sitzen sie sowieso nie richtig, weil sie schon wieder zu lang sind. Ich muss unbedingt zum Friseur.
Nach dem Zoff mit Lisa-Marie hat Frau Jacobi mir erlaubt, dass ich an dem Einzeltisch am Fenster sitzen bleiben darf, so kann ich ihr besser aus dem Weg gehen. Als ich im Klassenraum an ihr vorbei gehe, grinse ich sie freundlich an. Lisa-Marie jedoch schnaubt verächtlich, dreht sich zur Seite und flüstert ihrer Nachbarin etwas ins Ohr. Mir ist es egal, ich latsche einfach weiter zu meinem Platz, lümmele mich breitbeinig und mit verschränkten Armen in meinen Stuhl und lausche den Ausführungen unserer Lehrerin über ihr Lieblingsthema, die globalen Klimaveränderungen.
Allzu lange kann ich dann aber doch nicht zuhören, denn unser Klassenraum liegt im Erdgeschoss mit Blick auf den Schulhof, und so langsam trudeln gerade die Klassen ein, die zur zweiten Stunde kommen. Mein Blick bleibt an einem Mädchen hängen, das ich noch nie bewusst wahrgenommen habe – kein Wunder, da ich mich in den Pausen immer irgendwo verkrieche. Nur ganz verschwommen erinnere ich mich daran, dass ich sie wohl irgendwo schon mal gesehen

habe. Die Klimaveränderungen finden jetzt bei mir statt, denn ich spüre, dass mein Herz wie verrückt anfängt zu wummern. Feuchte Hände kriege ich auch.

Sie sieht genau so aus, wie ich mir meine Freundin vorstelle, falls ich jemals eine haben sollte. Ihr halblanges Haar ist hellbraun und ein bisschen flippig geschnitten, mit fransigen Stufen, ein paar Strähnchen sind in verschiedenen Blond- und Orangetönen gefärbt und eine sogar grün. Sie trägt eine verwaschene Jeansjacke und eine große Umhängetasche mit mindestens zehn Kuscheltier-Schlüsselanhängern am Reißverschluss, eine gebatikte Schlagjeans und die gleichen Turnschuhe wie Patricia, nur in Bordeauxrot statt in Weiß. Geschminkt ist sie kaum, nur ihre Lippen schimmern rosa. Vom Alter her könnte sie in die achte Klasse gehen. Ich glaube, sie hat braune Augen. Ich muss sie wieder sehen, denke ich, während mein Blick ihr folgt, bis sie zum Haupteingang einbiegt.

Und ich sehe sie wieder, gleich in der ersten kleinen Pause! Sobald es klingelt, stürme ich nach draußen und entdecke sie am anderen Ende des Ganges, wie sie mit zwei anderen Girls in Richtung Kunstraum spaziert. In den Armen hält sie einen Zeichenblock und ein paar Skriptolfedern. Am Kunstraum muss ich jetzt unbedingt auch vorbei, ganz dringend, ist ja klar. Mit jedem Schritt komme ich ihr näher, in wenigen Sekunden werden sich unsere Wege kreuzen. Ich muss aufpassen, dass ich sie nicht zu unverschämt anstarre.

Als wir auf gleicher Höhe sind, sieht sie mich an und lächelt kaum sichtbar.

»Hallo«, sagt sie leise.

Ich bin so verdutzt, dass ich einfach weitergehe.

Sommerferien, Mitte August. Den ganzen Tag lang hatte ich mit den anderen Kindern an unserem Hotelstrand an der türkischen Südküste gespielt, wir kamen alle aus verschiedenen Teilen Deutschlands, nur einige sprachen Holländisch oder Dänisch. Der Kleinste von uns hieß Dennis, er war vielleicht fünf oder sechs Jahre alt, während ich bei den älteren sein durfte, die schon richtig gut schwimmen konnten. Meine

Schwester war nicht dabei. Sie hatte gleich an unserem ersten Urlaubstag ein Mädchen kennen gelernt und sich mit ihm abgeseilt. Ich vermutete, sie aalten sich irgendwo, ein wenig abseits, in der Sonne, redeten über Jungs oder beobachteten welche. Oder sie machten sich schön.

An diesem Tag hatten wir uns ein Schlauchboot geschnappt und waren so weit raus gefahren, dass unsere Eltern schon mit Ferngläsern am Ufer standen und beratschlagten, ob sie die Wasserrettung alarmieren sollten. Aber das war natürlich Blödsinn. Bei dem spiegelglatten Wasser sind wir lässig zurückgekommen, obwohl wir nicht mal ein Paddel dabei hatten.

Abends, während am Horizont die Sonne unterging, war irgendjemand auf die Idee gekommen, flache Steine auf dem Wasser hüpfen zu lassen. Das konnte ich ziemlich gut. Meine tippten bis zu sechs Mal auf.

»Gut, Ulli!«, rief Tabea, die etwas kleiner und jünger war als ich, »das war Rekord!« Dabei sah sie mich so richtig bewundernd an und bot mir von ihren Kartoffelchips an. Ich nahm mir gleich eine ganze Hand voll und ließ sie krachend in meinem Mund zerbersten. Ein paar Chipskrümel rieselten über meine nackte, flache Brust. Dort, wo ich mich mit Sonnenöl eingerieben hatte, blieben sie kleben. Tabea wischte sie mit der Hand fort. Als die anderen sich nach neuen Steinchen bückten, malte sie mit ihrem großen Zeh blitzschnell ein Herz in den Sand und wischte es so rasch wieder fort, dass nur ich es gesehen hatte. Ganz dicht stand sie neben mir und ließ ihren Arm immer wie zufällig an meinem entlangstreifen. Wir waren beide schon ziemlich braun.

»Ich muss jetzt gehen«, sagte sie schließlich, während die anderen noch immer versuchten meinen Rekord zu brechen. Bei den Mädchen tippten die Steine immer nur höchstens zweimal auf, die Jungs konnten stolz sein bei drei- oder viermal. Ich blieb der geschickteste Werfer.

»Meine Eltern wollen, dass ich um halb acht hochkomme, um mich fürs Essen umzuziehen«, begann Tabea noch einmal. »Bringst du mich zum Hotel?«

Einer der anderen Jungen packte mich am Arm und hielt mich fest.

»Denkste«, sagte er, drehte sich um und schmiss seinen Stein statt ins Wasser nach irgendeinem Vogel, der zum Glück schneller war. »Ulli

bleibt hier. Wenn die Weiber weg sind, machen wir nämlich Weitpissen im Strahl.«
Ich merkte plötzlich, wie sehr ich schwitzte. Es war wirklich verdammt heiß, selbst um diese Uhrzeit noch, kurz vor Sonnenuntergang am Strand.
Ein wenig zu heftig schüttelte ich den Kopf. »Ich muss los«, sagte ich bedauernd und hob bereits meine Hand zum Gruß. »Mein Dad will beim Abendessen immer der Erste am Büffet sein. Wenn ich da nicht pünktlich bin, gibt's Saures.« Mit diesen Worten rannte ich los, ich rannte und rannte wie ein Gejagter, und erst nach mindestens hundert Metern riskierte ich einen Blick über meine Schulter.
»Warte doch, Ulli«, rief Tabea und lief mir nach, »he, warte auf mich!«
»Feige Memme«, riefen die Jungs hinter mir her, aber zum Glück war mir niemand gefolgt. Tabea schaffte es nicht mehr, mich einzuholen, dennoch rannte ich weiter, ohne mein Tempo zu verlangsamen, bis unser Hotel vor meinen Augen auftauchte. Die heiße Luft brannte in meinen Lungen, ich spürte meine Beine kaum noch, aber zum Glück war ich schon immer ein guter Läufer. Erst als ich mich durch die große Drehtür in Sicherheit gebracht hatte, stoppte ich. Das war knapp! Weitpissen im Strahl, wo ich immer noch nicht das hatte, was die anderen Jungs zu solchen Gelegenheiten aus ihrer Hose zauberten. Ich hatte immer geglaubt, mir würde da auch noch was wachsen. Aber es sah nicht danach aus.

Am Nachmittag auf dem Skaterplatz vor der Neuen Nationalgalerie lege ich mich voll ins Zeug. David ist auch da, und nach meinen Blues-Tagen während der Regel, an denen ich mich am liebsten den ganzen Tag unter der Bettdecke verkrochen hätte, brenne ich nun richtig darauf, endlich wieder mit anderen Jungs über den Asphalt zu fliegen, mein Können zu verbessern, neue Tricks zu lernen, einer von ihnen zu sein. Auch ein paar von den Jungs, die letztes Mal dabei waren, sind wieder hier. Die meisten begrüßen mich schon wie einen alten Kumpel. Nur Micha wirft mir drohende Blicke zu – seine Lisa-Marie wird ihm natürlich brühwarm erzählt haben, dass ich ihr einen

Kinnhaken verpasst habe. David weiß es auch, von Patricia. Ich soll es nicht so schwer nehmen, meint er. So ganz wohl ist mir trotzdem nicht in meiner Haut. Aber das ist ja nichts Neues.
Zum Glück ist sie heute nicht zu sehen, also kann ich mich voll und ganz auf das konzentrieren, was David mir beibringt. Solange er in meiner Nähe ist, wird sich Micha nicht trauen, mir dämlich zu kommen. Vor David haben hier alle Respekt, weil er keine blöden Sprüche gelten lässt und der beste Skater ist - sogar besser als Micha. Nur ab und zu rollt mir dessen Brett ganz zufällig in die Bahn oder er schneidet mich in einer Kurve. Aber obwohl ich das Gefühl nicht loswerde, irgendwas passiert da noch, tue ich so, als bemerkte ich es nicht.
Mit meinen Jungsklamotten, der Schutzkleidung und dem neuen Skateboard macht es gleich noch mal so viel Spaß und ich komme schnell wieder in Schwung. Nachdem wir eine Weile gefahren sind, legt David sein Board auf die Längskante und fordert mich auf, es ihm nachzumachen.
»Jetzt stell dich drauf!«, ruft er. »Zuerst kickst du das Brett aus dem Sprung in die Luft und musst versuchen damit genau in der richtigen Position zu landen. Dann springst du drauf und fährst weiter. So!« Er macht es mir einmal vor, bei ihm sieht das so gekonnt aus, dass ich gleich denke: Das schaff ich nie. Aber David lässt nicht locker. Mein erster Sprung geht prompt daneben, das Brett dreht sich auf den Rücken und liegt auf dem glatten Pflaster wie ein hilfloser Käfer, während ich ungeschickt durch die Gegend stolpere und es gerade noch schaffe, nicht mit dem Fuß umzuknicken. Aber nun hat mich der Ehrgeiz gepackt. Beim dritten Versuch schaffe ich den Trick und übe ihn gleich noch ein paarmal, danach zeigt mir David noch einen anderen leichten Sprung.
Gerade als ich so richtig in Fahrt bin, winkt er zwei Jungen zu, die ebenfalls mit ihren Skateboards unter dem Arm angeschlendert kommen. Ich halte an und sehe ihnen neugierig entgegen. Auch Patricia, die wieder mit ein paar anderen Mädchen auf der Treppe zur Galerie sitzt und darauf wartet, dass David mit ihr in die Pizzeria geht,

wedelt freudig mit der Hand. Da erkenne ich einen der beiden Jungs wieder. Ich steige mit einem Fuß auf mein Brett und rolle ihm lässig entgegen.

»Julian!«, rufe ich und mache mir plötzlich überhaupt keine Gedanken mehr darüber, dass er jetzt meine Mädchenstimme hört. »So trifft man sich wieder, find ich total cool.«

»Ach, du Scheiße«, grölt Micha. »Die Schwuchtel kommt. Na, das passt ja.«

»Ihr kennt euch?«, fragt David, ohne auf Michas Bemerkung einzugehen, und schlägt in Julians erhobene Hand. Danach begrüßt er den anderen. Er heißt Marius. »Wieso weiß ich davon nichts?«

»Weil es nicht zu ahnen war, dass wir uns so schnell wiedersehen«, antwortet Julian und erzählt ihm kurz von unserer Begegnung im Sportkaufhaus. »Ich weiß noch nicht mal seinen Namen.«

»Das ist Ulli«, klärt David ihn auf, während ich Marius die Hand gebe. »Ulrike. Also nicht *sein* Name, sondern *ihrer*. Alles klar?«

»Alles klar«, mischt sich Micha schon wieder ein. »Vor der müsst ihr euch in Acht nehmen, Jungs. Die ist ein Mannweib, 'ne richtig brutale Emanze! Ein falsches Wort, und sie schlägt zu.« Dann lacht er schallend, als wäre das ein toller Witz gewesen.

David baut sich vor ihm auf. »Hab ich dir nicht schon mal gesagt, du sollst sie in Ruhe lassen? Ulli ist ein super Kumpel, im Vergleich zu manch anderen. Auf dem Platz hier ist sie beliebter als du.«

»Die hat meine Freundin geschlagen«, erwidert Micha aufgebracht. »Und ich beschütze meine Freundin.«

»Das brauchst du nicht«, winkt David lässig ab. »Die Zunge von Lisa-Marie ist spitz genug. Ich staune, dass du dich noch nicht beim Knutschen daran aufgespießt hast. Aber jemand wie Ulli, die passt nicht in eure blöden Vorstellungen. Und deshalb, Micha«, er versetzt ihm einen leichten Stoß gegen die Brust, »deshalb passt ihr nicht *hierher*. Kapiert?«

Einige Atemzüge lang starren die beiden einander wutentbrannt in die Augen, David zittert vor Anspannung. Auf einmal will ich am liebsten hier weg, nach Hause. Möchte im stillen Zimmer auf meinem

Bett rumliegen oder an Hans' Computer Spiele machen. Was tue ich überhaupt hier? Alles ist so verkehrt, es kommt mir so vor, als ob jeder mit jedem in Streit gerät nur wegen mir. Weil es für so was wie mich keinen Platz gibt an einem Ort wie diesem, wo sich Jugendliche treffen und einfach nur zusammen Spaß haben wollen. Micha hat Recht, ich bin derjenige, der nicht hierher gehört. Bevor ich kam, waren er und David Freunde, oder zumindest Sportkumpels.
»Lass mal, David«, sage ich leise und lege meine Hand auf seinen Arm. »Ich wollte mich sowieso noch bei Lisa-Marie entschuldigen. Hab da wohl Mist gebaut.«
David sieht mich an, so ganz zufrieden scheint er nicht zu sein. Dennoch tritt er einen Schritt zurück und sagt leise etwas zu Julian und Marius. Ich werfe einen verstohlenen Blick auf Micha. Der Zorn in seinem Gesicht ist einem Ausdruck von Arroganz gewichen, mit schmalen Augen und einem kaum sichtbaren Grinsen mustert er mich von oben bis unten. Seine muskulösen Arme hält er vor der Brust verschränkt.
»Hast du schon mal gevögelt?«, zischt er fast unhörbar. »Oder findest du keinen, der es mit dir macht?«

Zum Skateboardfahren habe ich keine Lust mehr. Micha haut endlich ab, aber mein ganzer Traum von einem Leben als Junge scheint mit einem Mal zerplatzt. Warum musste David das mit meinem Namen vorhin unbedingt gleich aufklären? Julian hatte echt gedacht, ich wäre ein Junge, glaube ich; der Einzige, bei dem ich von Anfang an so hätte leben können, wie ich mich fühle, zumindest für eine Weile. Früher oder später wäre die Wahrheit sowieso ans Licht gekommen, wieso musste das jetzt gleich sein?
Gerade war mir noch so leicht zu Mute, und jetzt ist alles versaut. Ich wage nicht mal mehr, Julian richtig anzusehen. Wie ein blamiertes Kind stehe ich rum und blicke zu Boden, wobei ich mein Brett mit einem Fuß hin und her schiebe. Micha kickt angeberisch sein Brett in die Luft und fegt ab in Richtung Potsdamer Platz, David klopft mir mitleidig auf die Schulter, doch genau in diesem Moment kommt Pa-

tricia und erinnert ihn daran, dass sie noch Pizza essen gehen wollten. Also verschwindet auch er, und ich bin mit Julian und Marius allein.
Marius zuckt etwas verlegen mit den Schultern, zieht seine Schutzkleidung an und dreht halbherzig ein paar Runden auf seinem Brett. Julian wird mich gleich denselben Kram fragen, den alle ablassen: Wieso läufst du so rum, wo du doch ein Mädchen bist? Weshalb hast du so kurze Haare? Lange würden dir bestimmt besser stehen. Lass sie doch mal wachsen, es muss doch blöd sein, immer für einen Kerl gehalten zu werden. Also tausche ich meinen Skaterhelm gegen mein Basecap, ziehe mir den Schirm tief ins Gesicht und schweige.
Julian lehnt sein Skateboard gegen den kleinen Mauervorsprung, an dem wir stehen, und sieht mich an, genau wie damals, als ich das Brett bei ihm gekauft habe. Sein Blick ist ruhig und offen, nicht verächtlich taxierend wie der von Micha oder überheblich wie der von Lisa-Marie. Julian scheint sich nicht einmal über mich zu wundern. Vielleicht hat er Davids Bemerkung gar nicht richtig wahrgenommen?
»Hey, Kopf hoch!«, reißt er mich plötzlich aus meinen Gedanken. Mit einer entschlossenen Bewegung hebt er meinen Helm, den ich auf meinen Rucksack gelegt habe, auf, nimmt mir die Mütze ab und setzt ihn mir wieder auf den Kopf. »Den Micha, diesen Primitivo, nimmst du doch hoffentlich nicht ernst. Komm, jetzt geht es doch erst richtig los! Weißt du schon, wie man mit dem Skateboard in der Luft wendet?«

8

Sie heißt Sandy. Seit heute weiß ich es, weil ich in der kleinen Pause ein paar Minuten lang vor ihrem Klassenraum herumgelungert bin. Ihre Lieblingsfreundin, mit der sie fast immer zusammensteckt, rief ihr irgendwas zu, und seitdem ist »Sandy« für mich der schönste Name der Welt. Für den Rest des Schultages hockte ich mit verklärtem Blick auf meinem Fensterplatz und schrieb statt der Matheaufgaben ihren Namen überall hin.

Und ich weiß sogar, wo sie wohnt. Noch immer habe ich kein einziges Wort mit ihr gesprochen, aber nach der siebten Stunde gab Frau Mangelsdorf mir die ehrenvolle Aufgabe, das Klassenbuch im Schulsekretariat abzugeben. Unseres war eines der letzten, die in dem säuberlich beschrifteten, extra dafür aufgestellten Regal lagen, und als unsere ältliche Sekretärin die Blase drückte und ich für zwei Minuten allein war, schnappte ich mir blitzschnell das Klassenbuch der 8a, um die Klassenliste zu durchforsten. Sandy wohnt in Schöneberg, in der Nähe von unserer Schule.

Schade, dass ich Patricia nicht nach ihr fragen kann. Sie kennt so viele Leute, weiß also bestimmt auch etwas über mein Traumgirl. Was sie nicht weiß, ist die Wahrheit über mich. Also stecke ich in einer Sackgasse. In meiner ordentlichsten Schrift verewige ich Sandys Namen und Adresse in meinem Schülerkalender. Wenn ich ein Handy hätte, würde ich sofort ihre Telefonnummer darin speichern. Aber bisher habe ich noch keins. Bisher war es einfach nicht nötig.

»Bist du fertig, Ulli? Wir müssen los!« Patricia steckt ihren Kopf zu meiner Zimmertür herein. Wie auf frischer Tat ertappt klappe ich meinen Kalender zu und verstecke ihn unter meinen Armen.

»Gewöhn dir doch mal das Anklopfen an«, stöhne ich. »Sonst platze ich nächstes Mal auch einfach rein, wenn du mit David ...« Weiter komme ich nicht, denn ich merke selber, dass dieser Vergleich hinkt.

Mich hat Patricia schließlich nicht beim Liebesspiel erwischt, sondern bei einer Eintragung in den Schülerkalender. Da besteht schon ein gewisser Unterschied. Trotzdem ist sie mit zwei langen Schritten neben mir und versucht meine Arme auf der Tischplatte auseinander zu ziehen, um mir den Kalender zu entreißen.
»Es geht also wirklich um die Liebe«, stellt sie triumphierend fest. »Gib's doch ruhig zu! Ich wette, du hast gerade ganz verträumt lauter Herzchen für ihn gemalt. Ach bitte, Ulli, zeig doch mal! Ich freu mich doch so für dich.«
»Nein! Du spinnst wohl!« So schnell ich kann, reiße ich meine Schreibtischschublade auf, schmeiße den Kalender hinein und schließe ab. Den Schlüssel schiebe ich tief in meine Hosentasche. Eins zu null für mich!
»Spielverderber.« Patricia lässt ihre Arme sinken. »Aber was soll's. Du siehst ihn ja gleich, deinen Schnuckel!«
»Wieso *ihn*? Wen sehe ich?«
»Ach komm. Jetzt verscheißerst du mich aber. Dabei ist es so niedlich mit anzusehen ... ihr seid beide noch so schüchtern, du und Julian!«
»Ich und ...« Jetzt kapiere ich. Patricia denkt, Ich hätte was mit Julian. Klar, muss sie ja denken. Letztes Mal war ich abends später zurück als sie von ihrem Pizzadate mit David und zwei anderen verliebten Pärchen aus ihrer Klasse. Und so was kennt sie von mir überhaupt nicht.
»Er hat ja nur Augen für dich«, säuselt sie weiter, während ich meine Schuhe anziehe. »Immer ist er auf dem Skaterplatz in deiner Nähe, voll hilfsbereit, und wehe, Micha will dir ein Haar krümmen! Einer von euch muss doch mal den ersten Schritt machen, Ulli! Tu ihm doch den Gefallen.«
»Den ersten Schritt? Mensch, Patricia, träum weiter! Julian ist ein super Kumpel, wir haben Billard gespielt, gelabert und alles! Aber deshalb sind wir doch nicht ...«
»Jetzt hör mir mal gut zu.« Meine große Schwester setzt sich neben mich auf die Bettkante und glotzt ungefähr so wie die Jacobi nach

der dritten vergessenen Hausaufgabe. »So einen Jungen wie Julian findest du nicht alle Tage. Ihr versteht euch gut, er sieht nicht übel aus, ist aufmerksam und nett - und bestimmt in dich verschossen. Auf was für einen verdammten Märchenprinzen wartest du eigentlich?«
Ich werfe einen hastigen Blick auf meine Armbanduhr. Patricia will immer überpünktlich sein, aber zum Skateboardfahren muss man das wirklich nicht so genau nehmen. Wer da ist, fängt eben schon an. Wir haben noch mindestens eine halbe Stunde Zeit. Eigentlich könnte ich ihr jetzt sagen, was mit mir los ist. Dass es kein Witz war, als ich kürzlich meinte, ich wäre nicht schwul. Dass ich nicht von Julian träume, sondern von Sandy. Dass ich mich nicht nur benehme und kleide wie ein Junge, sondern einer bin. Irgendwann muss es ja mal sein.
»Ich warte auf keinen Märchenprinzen, Patricia«, sage ich leise und knete meine Finger. »Das ist doch alles Blödsinn. Hör mal, hast du es wirklich überhaupt noch nicht bemerkt? Ich ...«
»Nein«, fällt sie mir erstaunt ins Wort. »Ich habe nichts bemerkt, außer dass du abwechselnd immer schweigsamer und immer aufgedrehter wirst. Nicht David, nicht Julian, aber deine Augen leuchten, als hättest du das Rendezvous deines Lebens hinter dir. Wer ist es denn dann? Du triffst doch sonst niemanden außer den Jungs an der Galerie!«
»Doch«, sage ich, »oder nein, du hast Recht. Patricia, es ist alles ganz anders. Wirklich so anders, als du denkst. Deswegen fällt es mir ja auch so schwer, mit dir darüber zu reden.«
Meine Schwester starrt mich an, als wäre ich ein Alien, der gerade mit seinem Ufo auf ihrem Balkon gelandet ist. »Ulli«, seufzt sie und streichelt etwas unbeholfen meinen Arm. »Ulli, das klingt ja ganz dramatisch, nun sag schon, mir kannst du doch alles erzählen! Sag bloß, du bist ... Wär' ja auch überhaupt nicht schlimm, aber ich muss das doch wissen, mein Gott, unser ganzes Leben ... Bist du ...«
In diesem Moment geht die Tür auf.
»Geht ihr gleich?«, fragt Elke, in Straßenschuhen und ihrem Kurzmantel aus changierendem dunklem Stoff. »Ich komme mit, falls ihr

nichts dagegen habt. Diese Potsdamer-Platz-Arkaden hasse ich zwar wie die Pest, aber der Teeladen dort ist einfach der Beste weit und breit. Ich muss ein Geburtstagsgeschenk für meine Kollegin besorgen. Bleibt auch immer an mir hängen, so was.«
Patricia und ich sacken zusammen wie zwei alte Luftmatratzen.
»Ist aber kein Bio-Tee«, versucht Patricia einzuwenden. »Alles vergiftet oder ohne Bezahlung von indischen Kindern gepflückt. Warum fährst du nicht zum Turm an der Gedächtniskirche?«
»Genau!«, mische ich mich ein. »Im Dritte-Welt-Laden gibt es auch jede Menge Tee für euch Ökos. Aus fairem Handel!«
»Du sollst nicht immer ›Dritte Welt‹ sagen«, mahnt Elke. »Es heißt ›Eine-Welt-Laden‹. Vielleicht habt ihr Recht! Aber umsteigen muss ich ja doch am Potsdamer. Also, seid ihr so weit?«

Wer weiß, wann eine solche Gelegenheit wiederkommt. Jetzt ist sie jedenfalls futsch. Vom Mehringdamm bis zum Potsdamer Platz schweigen Elke, Patricia und ich einander an, jede liest die Reklame an der Waggondecke oder studiert den Fahrplan, als wäre sie neu in Berlin. Elke guckt total verstört, als wir schließlich wortkarg aussteigen und sie allein zu ihrem Teeladen weiterfahren muss. Ich steige noch im Bahnhofsgelände auf mein Skateboard und kurve immer um Patricia herum, die schon ganz unruhig guckt. Irgendwann gelingt es ihr, mich festzuhalten.
»Willst du es mir nicht jetzt sagen?«, zischt sie. »Bevor alle anderen dabei sind?«
Ich schüttele den Kopf. »Dazu brauch ich mindestens 'ne halbe Stunde. Und die haben wir nicht. Da drüben ist nämlich schon Julian.«
Patricia grinst. Von einem Ohr bis zum anderen. »Na«, flötet sie, »also doch? Dann nichts wie hin! Viel Glück wünsch ich dir!«
Ich hab's ja gesagt: Die Gelegenheit ist futsch.

Julian grinst tatsächlich von einem Ohr bis zum anderen, als er mich sieht, und auch mir kommt er schon vor wie ein alter Freund. Wir klatschen einander in die erhobene Hand, dann tauschen wir erst

mal alle News aus, während wir zum Platz gehen. Julian hat den gleichen Musikgeschmack wie ich, wir stehen beide auf *Green Day* und *Travis*. Wenn eine von denen mal ein Konzert in Berlin gibt, gehen wir auf jeden Fall zusammen hin.
Ab und an betrachte ich ihn von der Seite und versuche, mir seinen Klamottenstil einzuprägen. Julian ist weniger flippig angezogen als David, der alle möglichen Stile miteinander mixt. Dazu bin ich nicht mutig genug. Julian trägt heute eine ganz normale ausgewaschene Jeans und ein schwarzgelb kariertes Hemd aus dickem Flanellstoff offen über einem grauen T-Shirt. So was könnte ich mir auch mal zulegen, es sieht fast noch männlicher aus als mein Outfit. Meine Brüste würden darin vielleicht sogar noch weniger auffallen. Der Verband, den ich mir auch heute wieder umgewickelt habe, fängt unter der linken Achsel an zu verrutschen. So unauffällig wie möglich greife ich unter meinem Sweater nach dem Ende und stecke es wieder fest.
»Ich weiß noch eine andere Skaterbahn, mit einer kleinen Halfpipe und ein paar Hindernissen«, erzählt Julian, als wir uns dem Platz nähern. »Ich glaube, da würdest du schon klarkommen. Wollen wir nächstes Mal dort hingehen?«
»Klar, machen wir«, antworte ich, während ich Micha beobachte, der in einem Affentempo über das Pflaster fegt. Und mit einer Kopfbewegung in seine Richtung füge ich hinzu: »Dann sind wir wenigstens den da los.«
»Und die anderen auch«, sagt Julian. »He, warte mal!« Er nimmt mir mein Skateboard aus der Hand und dreht an der rechten vorderen Rolle herum. Ich trete dicht an ihn heran, um zu schauen, ob sich da irgendetwas gelockert hat, aber Julian schüttelt den Kopf. »Ich hatte nur so den Eindruck«, sagt er beinahe entschuldigend und weist mit dem Finger auf eine Schraube, wobei er mit seiner Stirn fast meine berührt. »Aber da hat wohl nur das Sonnenlicht reflektiert, und es hat kurz so ausgesehen, als ob da was wackelt. Aber du weißt ja«, er reicht mir das Skateboard und berührt ganz kurz mit seinen Fingerspitzen meine Hand, als ich es entgegennehme, »wenn irgendwas damit ist, kommst du einfach in den Laden. Gehört zum Service!«

Dabei sieht er mich ganz komisch an, ernst, aber doch mit einem Lächeln in den Augen, beinahe zärtlich ... Nein! Das kann nicht sein!
»Ist schon klar«, erwidere ich lachend, »aber jetzt lass uns endlich fahren. Du hast mir doch ein super Gerät verkauft, denke ich! Was sollte nach so kurzer Zeit schon daran kaputt sein?«
Bevor Julian und ich auf unsere Skateboards steigen, schaue ich mich kurz nach Patricia um. Nachdem wir Julian am U-Bahnhof getroffen hatten, hat sie sich wie üblich auf die Suche nach David gemacht. Ob er schon da ist? Hoffentlich hat sie eben nicht zu uns herübergeschaut, denn wenn sie gesehen hat, wie dicht Julian ... Was ist, wenn das stimmt, was sie sagt? Wenn sich ein Junge in mich verknallt, bin ich dann doch ein Mädchen?
Im nächsten Moment atme ich auf. David ist da. Er und Patricia stehen auf der Treppe und knutschen. Sie sind so ineinander verschlungen, dass sie gar nichts mehr um sich herum wahrnehmen, also auch nicht Julian und mich. Erleichtert stoße ich mich mit dem Fuß ab und beginne zu rollen, immer schneller fahre ich über den glatten Boden in ihre Richtung.
Auch heute hocken wieder einige Mädchen auf der Treppe herum und beobachten uns. Ich erkenne einige aus der Schule wieder, aber auch fremde, zwei sind durch David und Patricia halb verdeckt. Micha vollführt mal wieder seine Supersprünge genau vor ihren Augen. Ihm ist es völlig schnuppe, was Lisa-Marie dazu sagt, wenn die anderen Mädchen ihn anhimmeln. Wenn sie nicht da ist, so wie heute, würde er glatt eine von den Tussen abschleppen. So ist Julian bestimmt nicht.
Auch ich wage jetzt eine schnittige Kurve vor unserem »Publikum«. Ein oder zwei von den Mädchen jubeln und klatschen. Bestimmt bin, ich rot wie eine Tomate, doch während ich kehrtmache, werfe ich einen verstohlenen Blick auf sie. Mit großen Augen und offenen Mündern starren sie mich an, einen Augenblick lang bin ich verunsichert. Finden die mich merkwürdig, wissen die, dass ich ein Mädchen bin, und wundern sich über mich, so wie es alle immer tun? Aber dann hätten sie doch eben nicht applaudiert! Oder galt das Micha?

Ich muss es noch einmal ausprobieren. Am anderen Ende des Platzes mache ich kehrt und steigere erneut mein Tempo, ganz verschwommen sehe ich Julian, der noch immer dort steht, wo er eben meine Rollen begutachtet hat. Komisch, dass er nicht fährt, denke ich und rolle weiter, immer schneller und schneller. David und Patricia lösen sich endlich voneinander und sehen mich überrascht an, aber auch sie nehme ich nur schemenhaft wahr, weil der Fahrtwind mir Tränen in die Augen treibt. Ich sehe die Köpfe der Mädchen sich zu mir wenden, jetzt blicke auch ich in ihre Gesichter. Ich strahle die Girls einfach an und zwinkere ihnen zu, während ich mein Gewicht verlagere und springe, und bevor ich an ihnen vorbei bin, sehe ich gerade noch aus dem Augenwinkel, wie zwei von ihnen die Köpfe zusammenstecken und kichern. Vielleicht finden sie mich doch ganz gut. Ich gleite schon wieder ab in meine Lieblingsphantasie, in der ich ein gut aussehender Junge, ein Mädchenschwarm bin. Der Sprung gelingt mir super, nur Patricia und David müssen mir ausweichen, sonst fege ich sie um, und das wollen sie bestimmt nicht, weil es im Krankenhaus keine gemeinsamen Zimmer für Liebespaare gibt. Eilig treten sie zur Seite, Patricia nach rechts und David nach links. Zwischen ihnen entsteht eine Lücke. Ich lande mit den Füßen wieder auf meinem Brett und bremse ab, bis ich stehe.
Und da sehe ich *sie*.
Sandy.
Nein, ich bin kein Mädchen. Als Sandy plötzlich vor mir sitzt, weiß ich es gleich wieder ganz genau. Sonst würde mein Herz kaum so hämmern, allein vom Skaten kommt das jedenfalls nicht. Wenn ich einen Penis hätte, würde ich jetzt wahrscheinlich einen Steifen bekommen. Wie kommt sie ausgerechnet hierher?
»Hallo«, sagt Sandy leise, genau wie neulich in der Schule.
»Hallo«, antworte ich. Diese Jeansjacke. Dieser lässige, fransige Stufenschnitt, die witzige grüne Haarsträhne. Die braunen Augen. Das süße Gesicht. Sandy.
Mist, mein Brustverband rutscht schon wieder. Aber jetzt kann ich auf keinen Fall unter meinen Pulli greifen und daran herumfummeln.

Ich muss mir bald etwas anderes einfallen lassen, beim Sport ist der Verband keine Lösung. Meine linke Brust liegt darunter frei, ich spüre es ganz genau. Hoffentlich bemerkt Sandy nicht den kleinen, weichen Hügel, den sie auch hat, aber den ich nicht haben will. Und schon gar nicht, wenn sie vor mir steht, das Mädchen meiner Träume! Ich bewege mich ein bisschen vor, so als hätte ich Seitenstechen. Aber ich weiß überhaupt nicht, was ich sagen soll! Kein einziges Wort fällt mir ein, wahrscheinlich sagen wir in zehn Jahren immer noch Hallo und lächeln uns an, aber jetzt steht ja auch noch meine Schwester mit David herum. Julian hat weiter hinten Wurzeln geschlagen. Micha und ein paar andere Typen kurven seelenruhig herum, man hört das harte Knallen von Skateboards, die auf das Pflaster fallen, und das Schleifgeräusch beim Aufsteigen und Losfahren. Alles ist wie immer, die Zeit vergeht, als wäre nicht gerade eben die Welt stehen geblieben. Ich glaube, ich fahre auch noch eine Runde. Ich muss Zeit gewinnen, vielleicht fällt mir inzwischen etwas ein, was ich zu Sandy sagen kann. Ich rolle langsam und in Gedanken versunken. Auf der anderen Seite des Platzes wartet Micha. Auf mich?
»Ulli hat sich verknallt«, röhrt er und verpestet die Luft mit seiner ekelhaften, dröhnenden Lache. »Ulli ist lesbisch, ich hab's ja schon immer gewusst! He, Leute, habt ihr so was schon mal gesehen? 'ne echte Lesbe! Erzähl uns doch mal, wie es so ist, von Frau zu Frau! Darf man mal mitmachen?«
Ich bremse ab und bleibe wie angewurzelt stehen. »Das stimmt nicht«, stammele ich und starre Micha entgeistert ins Gesicht, »nein, ich bin nicht lesbisch, auf gar keinen Fall! Ich ...« Weiter komme ich nicht. Mir ist das alles zu viel, Julian, Sandy, mein eigener Wirrwarr, was ich nun eigentlich fühle und was ich bin, wer hier wen liebt oder auch nicht, Micha mit seinen Sprüchen, Patricia und David mit ihrem Geknutsche. Die haben es gut; die lieben sich einfach, ein Junge und ein Mädchen, und alles ist schön.
Aber ich kann nicht mehr. Ich will hier weg. Ich glaube, in solchen Momenten wie diesen entschließen sich Leute, vom Dach zu springen oder sich vor die S-Bahn zu werfen. Weil alles verworren ist, weil

es keine Richtung mehr gibt. Weil man nicht mal mehr weiß, wer man eigentlich ist und was das alles soll, dieses ganze Theater. Und man auf einmal nicht mehr weiß, wozu man sich so quält.
Umbringen will ich mich nicht. Aber bevor ich hier auf dem Platz anfange zu heulen, gehe ich lieber nach Hause. Der Brustverband unter meinen Klamotten ist jetzt völlig verrutscht, auch meine andere Brust fühle ich nun bei jedem Schritt hin und her wackeln. Micha steht noch immer da und lässt sich über Lesben und flotte Dreier aus. Ein paar von den anderen lachen mit, aber an ihren Stimmen höre ich genau heraus, dass sie nur Schiss davor haben, ihm Paroli zu bieten, weil er immer den Macker markiert und das größte Muskelpaket ist. Ich versuche nicht mehr hinzuhören und bücke mich nach meinem Skateboard wie ein flügellahmer Vogel nach seinem letzten Regenwurm.
Julian kommt herüber und geht mit langsamen Schritten auf Micha zu, ohne mich anzusehen. »Jeder verdammte Stein ist sensibler als du«, zischt er ihn an. »Du bist echt das Letzte, Micha.« Dann blickt er mir ganz kurz in die Augen und öffnet den Mund, als wolle er etwas sagen. Stattdessen schüttelt er den Kopf und winkt ab. »Wir telefonieren, Ulli«, meint er nur und schaut wieder an mir vorbei. »Bis dann.«
Während ich mich in Bewegung setze, werfe ich noch einmal einen verstohlenen Blick zu den Mädchen auf der Treppe. David sagt leise irgendetwas zu Patricia, die schüttelt den Kopf. Und Sandy ist schon weg.

»Schneeballtanz!«, rief Anne mitten auf unserer Klassenfete. »Ein Pärchen fängt an zu tanzen, und wenn ich die Musik ausmache, sucht jeder sich einen neuen Partner! Also, jeder Junge sucht sich ein Mädchen und umgekehrt!«
Schon drückte unsere Lehrerin auf die »Play«-Taste der Stereoanlage und Anne forderte Nikos auf. Die ganze Klasse saß im Stuhlkreis um die beiden herum und schaute zu, schaute Anne zu, die mit ihren neuen weißen Klamotten aussah wie eine Elfe. Nikos grinste stolz in die Run-

de, weil er als Erster mit ihr tanzen durfte, mit dem schönsten und beliebtesten Mädchen der Klasse.

Aber gerade als er so richtig herausfordernd an seinem Erzrivalen Steven vorbeitanzte, ging die Musik aus! Nikos forderte Elena auf, Anne stürzte auf Steven zu, der eine Fresse zog, aber er musste ja tanzen. Beim Schneeballtanz durfte man nicht ablehnen, auch wenn man, weil man nur »zweite Wahl« war, schon gar keine Lust mehr hatte. Gleich den Erzrivalen aufzufordern, das fand ich ziemlich mies von Anne. Noch dazu, wo dieses Lied ein Kuschelsong war und Steve jetzt eng mit ihr tanzte.

Aber das war nicht von Dauer, denn schon wieder brach die Musik ab, nun waren schon vier Pärchen auf der Tanzfläche, dann acht, die halbe Klasse.

Als unsere Lehrerin das nächste Mal auf die »Stopp«-Taste drückte, sauste Andi, der Kleinste von allen Jungs, auf sie zu und forderte sie auf. Lachend ließ sie sich von ihm mitziehen und tanzte für ihr Alter noch richtig flott.

Dann sah sie mich. Ich war der Einzige, der noch auf seinem Stuhl saß, niemand hatte mich aufgefordert. Lieber tanzten die anderen mit unserer angestaubten Lehrerin als mit mir, die Jungen wie die Mädchen. Rasch sagte sie Andi irgendetwas ins Ohr und eilte zu mir.

»Wir spielen jetzt ›Abklatschen‹ «, meinte sie mit verzweifelter Miene. »Du gehst zu jemandem hin, mit dem du gern tanzen möchtest, und klatschst ganz kurz in die Hände. Das bedeutet, dass derjenige nun dein Tanzpartner ist und sein Gegenüber wiederum jemanden abklatschen muss. Einverstanden, Ulrike?«

Ich zuckte mit den Achseln, ohne eine Miene zu verziehen. Langsam stand ich auf und blickte mich um.

Dann drehte ich mich um 90 Grad, stieß einen Stuhl aus dem Kreis, warf mich gegen die Tür des Mehrzweckraums und rannte nach draußen, weg von den anderen, nur weg ins Freie, ich rannte und rannte, bis ich mich irgendwo heulend ins nasse Herbstlaub warf und Hagel auf mich niederprasselte wie ein Regen kleiner spitzer Steine.

9

Am Morgen darauf kann ich noch nicht mal meine Brust einwickeln. Der elastische Verband stinkt zum Steinerweichen nach Schweiß. Kein Wunder; ich hatte ihn jetzt tagelang an, und einen zweiten zum Wechseln besitze ich nicht. Also muss ich ihn in die Wäsche tun. Zum Glück bemerkt Elke den Geruch nicht, als sie die 60-Grad-Wäsche in die Maschine füllt. Sie schaut nur etwas komisch, als sie den Verband in der Schmutzwäsche entdeckt, und fragt nach meinem Fuß. Als ich ihr versichere, es wäre alles in Ordnung, ist sie still.
Beim Frühstück schweigt auch Patricia, aber ich höre es förmlich in ihrem Gehirn rattern. Bestimmt hat sie die halbe Nacht wach gelegen und über mich gegrübelt. Wer Sandy ist, warum sie gestern Nachmittag auf dem Platz war, ob ich was mit Julian habe und ob Micha Recht hat, wenn er behauptet, ich sei lesbisch. Sie traut sich aber nicht, mich zu fragen, das würde ich an ihrer Stelle auch nicht tun, denn ich sitze am Tisch und ziehe eine Fresse wie eine Bulldogge. Ich will nicht reden.
Schließlich trotte ich mit wabbelndem Busen zur Schule. Lisa-Marie wird gleich wieder was zum Tratschen haben. Eines von den beiden engen Unterhemden habe ich zwar an, aber trotzdem fühle ich mich nackt. Auch meine Haare sind viel zu lang. Ich muss zum Friseur.
Gleich in der ersten Stunde haben wir Sport, wie immer bin ich die Letzte in der Turnhalle. Am liebsten würde ich mich wieder davor drücken, so wie neulich, als ich meine verflixten Tage hatte. Aber immer geht das ja nicht. Also verschwinde ich, statt wie die anderen in den Umkleideraum zu gehen, vor der Stunde auf dem Klo und ziehe dort meine Sportsachen an. Im Mädchenumkleideraum käme ich mir vor wie ein Spanner, und zu den Jungs kann ich ja auch schlecht gehen.

»Mädels, nehmt euch vor Ulrike in Acht!«, blökt Lisa-Marie, sobald ich die Turnhalle betrete. »Die ist lesbisch und will euch alle verführen.«
»Lisa-Marie, es reicht!«, schimpft Frau Mangelsdorf, »kapierst du endlich: Es reicht!« Das Echo ihrer schrillen Stimme hallt von den Wänden, selbst das abebbende Gekicher der anderen Mädchen kommt doppelt zurück. Ich habe nicht einmal mehr die Kraft, ihr eine zu scheuern, mir kommen auch nicht die Tränen. Als Lisa-Marie mit beleidigter Visage ihrer Gefolgschaft etwas zuflüstert, fordert Frau Mangelsdorf uns auf, sämtliche Geräte für das Zirkeltraining aufzubauen. Die anderen stöhnen, doch mir ist das sehr recht. Beim Zirkeltraining kämpft jeder für sich allein, es gibt Punkte, die in unsere Noten eingehen. So hat Michas Freundin keine Zeit, mich fertig zu machen.
Der Rest des Schultages geht wie hinter einem Schleier an mir vorbei. Ich sitze an meinem Einzeltisch und denke an gar nichts, melde mich in keiner Stunde auch nur ein einziges Mal. Als wir in der Vierten einen Mathe-Test schreiben, gebe ich nach fünf Minuten ein leeres Blatt ab.
»Willst du es wirklich nicht einmal versuchen, Ulrike?«, fragt Frau Jacobi mich leise, nachdem sie meinen Arbeitsbogen stirnrunzelnd entgegengenommen hat. »So ist es eine glatte Sechs, das weißt du doch.«
»Egal.« Ich hebe die Schultern und schaue an ihr vorbei. »Scheißmathe.«
»Aber du hast dich auch im Mündlichen so verschlechtert«, flüstert Frau Jacobi weiter, um die anderen nicht beim Arbeiten zu stören. »Viel mehr als eine Vier minus ist da im Moment nicht drin, und jetzt eine Sechs im Test ... Der zählt auch fürs Mündliche, überleg doch mal! Dabei kannst du Mathe, das weiß ich. Nutze diese Begabung, Ulrike, damit hast du alle Chancen.«
»Na und? Ich hasse Mathe! Sag ich doch«, blaffe ich zurück. Die will sich sowieso nur einschleimen, so was kennt man ja, ich bin hier der Sonderling, der Problemfall, da wollen die Lehrer immer das wenige

Gute, was vorhanden ist, überbetonen, um den ganzen Morast dahinter nicht anschauen zu müssen. Schön für sie, wenn sie mich für ein begabtes Mädchen hält. Sie hat überhaupt keine Ahnung, und deshalb fülle ich auch diesen Testbogen nicht aus.

»Du musst es ja wissen, Ulrike.« Die Jacobi schiebt ihre Brille nach vorn auf die Nasenspitze, zückt ihren Rotstift, pinselt eine fette Sechs unten auf mein Blatt und setzt ihr Kürzel dazu. »Übrigens: Am Donnerstag nächste Woche ist Elternsprechabend. Sag das ruhig schon mal deinen Eltern.«

Lisa-Marie schaut genervt von ihrem Platz hoch. »Ist hier vielleicht heute noch mal irgendwann Ruhe?«, stöhnt sie. »Nur wegen der Lesbe will ich nicht die Hälfte falsch haben!« Einige von den anderen murmeln Zustimmung.

Achselzuckend schlurfe ich zurück auf meinen Platz, setze meinen Walkman auf und höre Musik. Das geht natürlich keine 30 Sekunden gut, dann kommt die Jacobi mit knallenden spitzen Absätzen auf mich zu, und ich bin ihn los. Aber als ich mein Handy heraushole, das ich mir vor einer Woche gekauft habe, den Ton ausstelle und anfange eines der drei einprogrammierten Spiele zu spielen, lässt sie mich seltsamerweise gewähren. Eigentlich hoffe ich auf eine SMS von Julian, aber es geschieht natürlich nichts. Na ja, er muss arbeiten, das Praktikum im Sportkaufhaus dauert noch diese und nächste Woche. So spiele ich eben irgendein blödes Kampfspiel, zack, bumm. Ich verliere gegen mich selber.

Irgendwann klingelt es endlich zur Pause. Meine Klassenkameraden atmen erleichtert auf, legen ihre Stifte weg, überfliegen noch einmal ihre Blätter und stehen dann auf, um zu zweit oder in kleinen Grüppchen nach draußen zu gehen. Lisa-Marie und ihr Fanclub rauschen erhobenen Hauptes ab in die Raucherecke. Daniela, Füsun und Nils, die im rechten Winkel zu mir an der Fensterseite sitzen, schauen mich mit mitleidigen, ratlosen Blicken an und gehen etwas zögerlich ebenfalls raus. Der Rest ist sich selbst der Nächste. Frau Jacobi sammelt ihren ganzen Kram ein, lässt ihr Brillenetui zuschnappen und klappert mit dem Schlüssel. Ich schlurfe an ihr vorbei nach draußen.

Auf dem Schulhof latsche ich wieder einfach so herum, wie immer allein, und hier sind so viele Schüler und Lehrer, dass es niemandem auffällt, wenn einer über Monate und Jahre keinen richtigen Anschluss findet. Hier und da bleibe ich kurz stehen, wenn ich eines der Grüppchen aus meiner Klasse erreicht habe. Ich höre ihre Satzfetzen zwischen zwei Zigarettenzügen oder ihre erbitterten Diskussionen, vielleicht kann ich den einen oder anderen geistreichen Satz dazu beisteuern. Manchmal nicke ich zustimmend oder sage etwas. Aber schon nach wenigen Minuten wird mir klar, dass es scheißegal ist, ob ich mich zu den anderen geselle oder nicht. Manche streifen mich gerade eben so mit ihrem Blick, um dann weiter miteinander zu reden, andere antworten in kurzen, meist ablehnenden Sätzen. Als ich schließlich weitergehe, hält mich niemand auf. Von weitem sehe ich Sandy, aber in ihre Nähe traue ich mich nach dem Ärger auf dem Skaterplatz gestern erst recht nicht.
Nächste Woche ist Elternsprechtag, hat die Jacobi gesagt. Es ist schon Juni, bald gibt es Zeugnisse. Die neunte Klasse habe ich dann immerhin geschafft. Und gerade als es zum Pausenende klingelt, kommt mir ein Gedanke, der meine Laune gleich wieder etwas hebt. Ich weiß jetzt, was ich machen will. Elke kann es sämtlichen Lehrern gleich verklickern: Nach der Zehnten gehe ich ab. An dieser Schule ist es wahrlich nicht so toll, dass ich hier länger bleiben möchte als unbedingt notwendig. Lieber mache ich eine Lehre als Kfz-Mechaniker!

»Kfz-Mechaniker, soso.« Hans grinst unter seinem viel zu langen Schnurrbart und kaut kopfschüttelnd auf seiner Pfeife herum. »Da hast du dir ja was vorgenommen, Ulli! Kannst mir nachher gleich mal helfen! Beim Toyota stimmt irgendwas mit den Zündkerzen nicht. Ich muss immer ewig orgeln, bis er mal anspringt.«
»Nun setz ihr doch nicht noch mehr Flausen in den Kopf, Hans!« Elke schmiert gesalzene Butter auf eine Scheibe Bio-Brot, als hinge ihr Leben davon ab, und beißt hinein. »Das ist doch überhaupt kein Beruf für dich! Wenn du dich ein bisschen anstrengst, könntest du das Abi machen.«

»Will ich aber nicht. Das ganze Geschwafel in der Schule kotzt mich an. Kommt doch sowieso nichts dabei raus. Ich will was Handfestes machen. Kfz-Mechaniker ist doch ein super Beruf. Man hat mit Technik zu tun, kommt unter Leute ...«
»... und liegt im Winter bei Eiseskälte völlig verdreckt unterm Auto.« Patricia schüttelt sich bei dieser Vorstellung und verschüttet beinahe ihren Pfefferminztee. »Woher willst du überhaupt wissen, dass die dich nehmen? Das ist doch ein Männerberuf.«
»An Ulli ist ja auch ein Kerl verloren gegangen«, brummt Hans und klopft mir kumpelhaft auf die Schulter. »Ich find das völlig okay. Wichtig ist doch, dass sie glücklich wird. Und das Abi - wenn sie in fünf Jahren merkt, ihrem Schädel fehlt noch eine Portion Weisheit, gibt es immer noch Abendschulen.«
Dankbar lächle ich ihn an. Mein Alter ist eigentlich gar nicht so übel. Aber ob er das auch noch so locker sieht, wenn ich ihm sage, was wirklich mit mir los ist?
Soll ich es jetzt sagen? Die Gelegenheit ist nicht schlecht, wir sitzen friedlich beim Abendbrot, eine glückliche, heile Familie, und das Thema »Männerberuf« ist ohnehin schon auf dem Tapet. Dann wissen es wenigstens gleich alle. Ich nehme all meinen Mut zusammen und hole Luft.
»Sicher ist Ulli ein bisschen burschikos«, lenkt Elke ein, noch ehe ich etwas sagen kann, »aber irgendwie werden Frauen doch immer benachteiligt. Selbst wenn sie eine Lehrstelle finden sollte - in den Köpfen der Männer herrscht doch immer noch das alte Rollenklischee.« Mit zusammengepressten Lippen quält sie sich mit dem Metallverschluss einer Dose Sardinen ab. Nie im Traum würde Elke sich die Blöße geben, solche Dinge einfach Hans zu überlassen. Als sie es geschafft hat, wendet sie sich wieder an mich. »Und nachher darfst du, statt Autos zu reparieren, bloß Kaffee kochen. Ist es das, was du willst?«
»Das ist doch Blödsinn, Elke.« Hans grinst jetzt nicht mehr, er sieht meine Mutter unter zusammengezogenen Augenbrauen an und reicht mir den Brotlaib und das Wellenschliffmesser, damit ich noch ein

paar Scheiben abschneide. »Wenn sie gut ist, wird kein halbwegs normaler Meister sie nur Kaffee kochen lassen. Genau wie jeder Kerl muss sie natürlich durch Leistung überzeugen, das ist klar. Aber das muss sie in anderen Berufen auch. Oder?«

»Vielleicht würde Elke ihr Auto nicht so gerne bei einer Frau in Reparatur geben«, stichelt Patricia. »Da spielen gewisse Vorurteile schon eine Rolle. Ganz so emanzipiert ist unsere Mami dann doch nicht.«

»Quatsch!« Elke läuft ein wenig rot an. »Natürlich würde ich mein Auto auch von einer Frau reparieren lassen. Das wäre ja noch schöner!« Ein wenig gekünstelt lacht sie auf. »Ich will ja nur nicht, dass Ulli ... da irgendwie unterdrückt wird in der Männerwelt.«

»Da brauchst du keine Angst zu haben«, erwidere ich grinsend. »Meine beiden besten Kumpels sind Jungen; Julian und David. Und notfalls mal ausholen und jemandem einen Kinnhaken verpassen, das kann ich auch.«

»Ehrlich?« Hans' Gesicht erhellt sich wieder. »Mensch, Ulli, dann können wir ja mal trainieren! Ich glaube, im Keller habe ich noch ein paar alte Boxhandschuhe!«

»Ich glaube, du hättest dir eigentlich einen Sohn gewünscht«, sinniert Elke und sieht Hans ein wenig verträumt an. »Einen Jungen, mit dem du all so was machen kannst: Raufen, Fahrräder reparieren, Holz hacken. Habe ich Recht?«

»Wieso? Er hat doch mich!«, protestiere ich und knuffe meinen Vater in die Seite.

»Genau.« Hans nickt mir zu. »Ich liebe meine Kinder, so wie sie sind.«

»Ich doch auch«, beeilt Elke sich zu sagen, »ich doch auch. Du bist schon in Ordnung so, Ulli. Ehrlich.«

Das sind große Worte, auf die ich gerne bei passender Gelegenheit zurückkommen werde. Vielen Dank. »Ich darf also von der Schule abgehen und Kfz-Mechaniker werden?«

»Mechaniker*in*«, korrigiert sie mich hastig. »Nun überstürze die Entscheidung bitte nicht. Bis dahin ist ja noch etwas Zeit.«

»Ich will aber nicht mehr zur Schule gehen. Unsere Klassengemeinschaft ist das Letzte! Alle schneiden mich oder hacken auf mir herum.«
»Hach, mein Gott, dann zieh halt auch mal ein rosa T-Shirt an, oder geh mal im Rock«, ereifert sich Elke. »So was liegt immer auch an einem selber. Wenn du unbedingt anders sein willst als alle anderen, brauchst du dich nicht zu wundern. Lass ein bisschen mehr Weiblichkeit an dir zu, dann hören die ganz von alleine auf!«
»Komm, Ulli!« Hans steht auf, schiebt seinen Stuhl zurück. »Zwei Stunden lang ist es noch hell. Das Auto wartet, machen wir uns an die Arbeit. Zeig deinem Alten, was du draufhast!«
»Sagt mal«, wirft Patricia noch ein, als wir schon fast draußen sind, »gibt es in so 'ner Autowerkstatt überhaupt ein Damenklo?«

Im Mai schon kam eine Hitzewelle. Sogar in unserem schattigen Hinterhof war es heiß. Hans hatte unser riesiges Plantschbecken aus dem Keller geholt und mit dem Blasebalg aufgepustet, und nun schleppten wir eimerweise warmes Wasser heran um es mit dem kalten aus dem Gartenschlauch zu vermischen. Patricia und ihre Freundin hatten ihre Bikinis an und testeten andauernd mit dem großen Zeh die Temperatur, während Tommi, Lars und ich in unseren Badehosen eine Feuerwehrkette bildeten, damit das mit dem Wasser schneller ging. Sobald das Becken voll war, wollten wir unsere Spritzpistolen mit dem Superdoppeltank und über 50 Metern Strahllänge holen und eine Wasserschlacht veranstalten. Tommi motzte die Mädchen an, sie sollten endlich mal helfen, sonst würden wir nachher auf sie zielen. Patricia ging daraufhin gleich einen Eimer füllen, aber ihre Freundin zog ein Gesicht.
Schließlich hatten wir es geschafft. Patricia und ihre Freundin gingen zuerst ins Wasser, aber nur bis zu den Knien, dann spritzten sie sich gegenseitig ein bisschen nass und kreischten. Das genügte ihnen schon. Großmütig überließen sie uns das Becken, breiteten unter der alten Kastanie zum Nachbarhaus eine Decke aus, zauberten einen Picknickkorb hervor und legten sich hin, um Kaubonbons zu essen und Pferdecomics zu lesen. Tommi, Lars und ich sprangen ins lauwarme Nass, zogen

so viel Wasser wie möglich in unsere Pistolen auf und zielten aufeinander. Ich traf fast so gut wie Tommi, doch als unsere Haare klatschnass waren, beschlossen wir, lieber die Blätter am Kastanienbaum zu durchschießen. Wer die meisten Löcher fabrizierte, sollte Sieger sein.
»Iiih!«, schrien die Mädchen, die auf ihrer Picknickdecke natürlich auch nass wurden, sobald das Wasser von den Kastanienblättern auf sie heruntertopfte. »Igitt, seid ihr bescheuert, hört auf!« Die beiden sprangen hoch, wie vom Affen gebissen, und versuchten uns die Pistolen abzunehmen. Aber wir waren schneller.
Plötzlich wurde im dritten Stock ein Fenster geöffnet.
»Ruhe da unten!«, brüllte eine ältere Nachbarin. »Kann man hier nicht mal in Ruhe seinen Mittagsschlaf halten? Schluss jetzt mit dem Geschrei!«
»Sie schreien ja selber«, sagte Tommi, aber nicht richtig laut. Wir lachten ein bisschen, aber irgendwie war die Luft raus. Patricia und ihre Freundin zogen sich wieder auf ihre Decke zurück, und Tommi, Lars und ich wussten nicht, was wir machen sollten.
»Ich muss sowieso mal aufs Klo«, murmelte ich und steuerte die Haustür des Seitenflügels an, in dem wir alle wohnten. »Bin gleich wieder da.«
Auf der Treppe begegnete mir der Mann dieser Meckertante. In der Hand trug er eine stinkende Mülltüte, aus der bräunliche Flüssigkeit tropfte. Mürrisch sah er mich an, ich kam kaum an seinem Schmerbauch vorbei.
»So langsam wird's aber Zeit, dass du dir obenrum was anziehst, Kleine«, nuschelte er. »Da wächst doch schon was. Bald weiß man gar nicht mehr, wo man hingucken soll.«

»Du machst das gar nicht schlecht, Ulli«, lobt mich Hans einige Zeit später, nachdem ich die letzte Zündkerze an unserer alten Familienkutsche ausgewechselt habe. »Ich starte jetzt mal. Es müsste eigentlich klappen.« Mit erwartungsvoller Miene setzt er sich auf den Fahrersitz und dreht den Zündschlüssel herum. Ohne zu orgeln, ohne jegliche Verzögerung springt der Motor an.

»Klasse!«, ruft er in das saubere, runde Motorengeräusch hinein. »Die erste Prüfung hast du bestanden!« Von einem Ohr zum anderen grinsend, steigt er wieder aus. Ich klopfe mir die Hände an meiner dreckigen Latzhose ab und lache zurück.

»Und jetzt?«, frage ich. »Bremsbeläge, Benzinleitung, Lichtmaschine? Oder soll ich Ihren Wagen TÜV-fertig machen, mein Herr?«

»Du Spinnerin.« Hans wuschelt mir durch mein vom Gel ganz hart gewordenes, igelig frisiertes Haar. »Aber eines Tages wirst du das alles lernen. Wie wär's mit einer kleinen Spritztour? Einmal zum nächsten Drive-in und zurück?«

Einen Augenblick lang überlege ich. So nah wie jetzt waren mein Vater und ich uns schon ewig nicht mehr. Wenn ich jetzt allein mit ihm wegfahre, könnte ich mich vielleicht outen. Ihm sagen, dass ich eigentlich gar kein Mädchen bin oder zumindest nur körperlich. Im Moment glaube ich sogar fast, er wäre nicht einmal sonderlich überrascht. Vielleicht würde er zu mir halten, so wie vorhin beim Abendessen. Aber wenn ich es ihm sage, weiß Elke es auch gleich. Und wie die wohl reagiert?

»Du musst nicht«, winkt Hans ab. »War nur 'ne Frage. Wir haben ja auch schon gegessen.«

»Doch, doch, ich ... ich dachte nur gerade an was.«

»Ist schon gut, wirklich«, erwidert er, »ich habe sowieso noch am PC zu tun. Das läuft uns ja nicht weg.«

In diesem Moment kommt Patricia aus der Haustür gelaufen, unser schnurloses Telefon in der Hand.

»Für dich, Ulli«, sagt sie und hält mir, noch ganz außer Atem, den Hörer hin. »Es ist Julian.«

2. Teil

10

»Also, Kinder, kommen wir zur Zimmerverteilung!« Frau Jacobi klatschte in die Hände. »Ihr seid dreizehn Mädchen und fünfzehn Jungen. Es sind alles Vierbettzimmer. Habt ihr euch schon untereinander abgesprochen, wer mit wem in ein Zimmer möchte?«
Die Jungs nickten und brummelten irgendetwas, während sie sich auf ihre Koffer und Reisetaschen lümmelten. Lisa-Marie und ihre Freundinnen klammerten sich paarweise oder zu viert aneinander, als müssten sie befürchten, gleich gewaltsam auseinander gerissen und in verschiedene Kontinente verschleppt zu werden. Dabei waren wir hier bloß im Schullandheim.
Nur an mich klammerte sich niemand. Mir war es egal, mit wem ich das Zimmer teilte, es gab niemanden, an dem ich übermäßig hing. Wie die anderen Jungen hockte ich auf meiner Reisetasche und wartete ab, die Arme vor der Brust verschränkt und die Schirmmütze tief ins Gesicht gezogen.
»Für die Mädchen gibt es das Bienenzimmer, das Elfenzimmer und das Kleeblattzimmer«, fuhr Frau Jacobi fort. Während die Girls durcheinander zwitscherten, in welches davon ihr Grüppchen einziehen wollte, verdrehte ich die Augen. Wir sind in der siebten Klasse, Mann, dachte ich, und nicht im Kindergarten oder beim Zwergenballett.
Dann wurden die Zimmer der Jungen benannt. Meine Klassenkameraden rappelten sich mühsam hoch, gaben einander lässige Handzeichen und schleiften ihr Gepäck über den Flur zu den verschiedenen Türen.
»Also dann, Ulli«, sagte Nils, neben dem ich schon im Bus die ganze Zeit gesessen hatte. »Hals- und Beinbruch. Wir sehen uns nachher auf dem Bolzplatz.«
Auch ich stand auf und griff nach meiner Tasche, wusste aber nicht, wohin. Frau Jacobi rief den anderen noch einige Anweisungen nach. Erst als alle hinter ihren Türen verschwunden waren, bemerkte sie mich.

»Ulrike«, rief sie entsetzt aus, »du bist noch hier! In welches Zimmer gehörst du denn?«

An seinem letzten Praktikumstag hole ich Julian nachmittags vom Kaufhaus ab. Als ich am Telefon seine Stimme gehört habe, wurde mir erst richtig klar, wie sehr ich ihn vermisst habe. Patricia schlich dauernd um mich herum, rein zufällig natürlich, um irgendwelche heißen Liebesschwüre zwischen uns zu belauschen. Da kann sie lange warten. Jetzt gleich werde ich den besten Kumpel wieder sehen, den ich habe. Zur Feier des Tages habe ich mir heimlich ein kariertes Hemd von Hans ausgeborgt und stolziere damit wie ein Gockel vor dem Spiegel herum, bevor ich losgehe. Die Ärmel habe ich bis zum Ellbogen aufgekrempelt, und weil das Hemd so weit ist, versteckt es toll meine weibliche Taille und den verhassten Busen. Steht mir super, finde ich!
»Gehen wir Billard spielen?«, fragt Julian gleich, als er rauskommt. Wir fahren mit der U-Bahn bis zur Berliner Straße in der Nähe des Schöneberger Rathauses und gehen ins *Robbengatter*. Um diese Zeit ist es hier noch nicht so voll. Kleine Grüppchen von Gymnasiasten beugen sich über ihre Referate und bestellen französisches Frühstück, zwei Mädchen von Patricias Sorte mümmeln Salat und ein Liebespaar löffelt händchenhaltend Milchschaum aus riesigen weißen Tassen mit Café au lait. Der Billardtisch ist frei. Während Julian Münzen einwirft, reibe ich die Queues mit Kreide ein und bestelle bei der vorbeieilenden Servierering Cola. Wir spielen schweigend, in meiner Phantasie sind wir zwei Männer, die den ganzen Tag zusammen gearbeitet haben (vom Hubschrauber aus verschollene Bergwanderer gerettet oder so was) und die sich jetzt zu später Stunde noch in der Kneipe erholen. Zwischen diesen beiden Lebensrettern herrscht eine tiefe, wortlose Übereinstimmung. Zug um Zug versenken sie die Billardkugeln in den Löchern und spüren die wohltuende Nähe des anderen. Zu Hause warten die Ehefrauen. Sollen sie warten!
Allmählich wird es voller im *Robbengatter*. Zwei Typen stellen sich provozierend neben den Billardtisch und warten, dass wir endlich

verschwinden. Wortlos drücken wir ihnen die Queues in die Hand und hauen ab. Als wir durch die schmale Tür hintereinander nach draußen gehen, legt Julian für einen kurzen Moment seine Hand auf meinen Rücken.

Etwas unschlüssig stehen wir auf der Straße rum, das Sonnenlicht blendet uns, und jetzt, ohne das gemeinsame Billardspiel, habe ich plötzlich das Gefühl, etwas sagen zu müssen. Über mich. Darüber, was mit mir los ist. Dass ich ein Junge bin, der in einem Mädchenkörper steckt. Dass ich wissen will, wieso er plötzlich so komisch wurde, als Sandy auf dem Skaterplatz aufgetaucht ist. Dass ich meinen eigenen Körper hasse, aber ein Mädchen liebe. Und nicht Jungs. Nicht ihn.

Es ist alles so kompliziert. Wenn er wirklich in mich verschossen ist, bin ich vielleicht in wenigen Augenblicken meinen besten Freund los. Aber wem soll ich es sonst sagen, wenn nicht ihm?

Eine Weile gehen wir nebeneinander her in Richtung Volkspark Schöneberg und reden, wie sonst auch, über dies und das, die Clique, Skateboardfahren, Musik. Aber ich spüre die ganze Zeit, dass ich immer aufgeregter werde, fast wie vor einer Prüfung. Meine Hände sind schweißnass, ich bin total flatterig und meine Kehle ist wie ausgetrocknet, trotz der Cola vorhin. Aber die Luft ist auch schwül, oder kommt es mir nur so vor?

Im Park lassen wir uns irgendwo auf den Rasen plumpsen. Ich japse, als wäre ich gerannt. Heute habe ich den Brustverband wieder um, darüber mein enges Unterhemd, dann ein T-Shirt und schließlich Hans' Flanellhemd. Darunter ist es verdammt heiß. Wie soll das erst werden, wenn eine richtige Hitzewelle kommt? Julian sieht mich an. Wieder mit diesem Blick. Ich finde es schön und schaue doch weg.

»Meine Schwester spinnt neuerdings«, beginne ich endlich. »Die glaubt, ich wär deine Braut oder so was.« Dabei streife ich Julian mit einem kurzen Blick. Wir werden beide ein bisschen rot. Dann räuspert er sich.

»Ich weiß«, sagt er. »Die tratschen alle. Aber du bist keine Braut, Ulli.«

Ich starre ihn an. Also ist er doch nicht in mich verknallt! Mann, jetzt hab ich mich wohl ganz schön blamiert.
Julian rollt sich auf den Bauch und stützt seinen Kopf auf die Hände. »Du bist keine Braut, sondern ein Transmann. Hab ich Recht?«
»Transmann?«, wiederhole ich. »Nee. Bin ich nicht! Was soll das überhaupt sein?«
Er lässt seinen Blick von meinem Gesicht über meinen Körper wandern, bis hinunter zu den derben Schuhen und wieder nach oben. »Du bist körperlich ein Mädchen«, stellt er fest, »aber seelisch ein Junge. Du stylst deine Haare wie ein Junge, redest so, gehst wie ein Junge, kleidest dich auch so, fährst Skateboard, hast nur Jungs als Freunde. Du fühlst dich als Junge. Stimmt's?«
Ich nicke, noch immer atemlos. »Micha sagt, ich wäre eine Kampflesbe. Ein Mannweib.«
»Weil er ein Blödmann ist, der keine Ahnung hat. Aber die wenigsten haben davon Ahnung. Wahrscheinlich kann er nicht mal was dafür. Lesben sind Frauen und wollen auch Frauen sein. Aber du? Was ist nun mit dir?«
Ein wenig muss ich lachen. »Ich bin Ulli. *Der* Ulli.«
»Siehste!«, triumphiert Julian. »Also keine Lesbe. Wahrscheinlich bist du transsexuell.«
Ich ziehe die Nase kraus. »Trans - *was*?«
»Transsexuell. So nennt man das, wenn einer sich nicht mit seinem biologischen Geschlecht im Einklang fühlt. Oder auch transidentisch, denn es geht dabei ja nicht um Sex, sondern um den ganzen Menschen. Eben um seine Identität als Mann oder Frau.«
»Hab ich noch nie gehört. Komisches Wort! Woher hast'n das?«
»Ich hab da mal einen Film drüber gesehen«, erklärt Julian. »Spät abends, auf irgendeinem Privatsender. Eine Reportage über Transsexuelle.«
»Eine Reportage? Dann gibt es also noch mehr Leute, denen es so geht wie mir?«
»Klar! Wahrscheinlich viel mehr, als man denkt. In dem Film waren auch Männer zu sehen, die sich als Frau fühlen. Das gibt es auch. Die ziehen dann Frauenkleider an und schminken sich.«

»Stimmt! So was habe ich auch schon mal irgendwo gelesen. Aber bei mir ist es genau anders herum …«

»Übrigens hab ich dich ganz am Anfang wirklich für einen Jungen gehalten«, gesteht Julian. »Du machst deine Sache also ziemlich gut!«

Ich grinse hocherfreut, aber gleichzeitig wirbeln in meinem Kopf tausend Gedanken durcheinander. Transidentisch, transsexuell. Auf einmal gibt es ein Wort für mein ganzes Lebenswirrwarr. Julian hat es gewusst, ich nicht. Durch eine Fernsehsendung. So einfach ist das. Und ich quäle mich jahrelang herum.

»Wie war das für dich, als du erfahren hast, dass ich … nun ja, also körperlich ein Mädchen bin?«

»Na ja, ein bisschen geschockt hat mich das schon. Schließlich war ich verknallt in dich.«

In meinem Hirn rattert es. *Verknallt*? Julian hat sich in mich als Jungen verknallt?

»Dann bist du also …«

»Schwul.« Julian nickt. »Sag es ruhig! Das weiß sowieso jeder.«

»Aber ich bin keine *Sie*!«, protestiere ich.

»Weiß ich«, erwidert Julian. »Du bist ein Junge, obwohl du in einem Mädchenkörper steckst. Und wie die meisten Jungs liebst du Mädchen. Besonders eines.«

»Sandy«, bestätige ich und schaue verträumt in die Ferne. »Verrückt, nicht? Ich kenne sie kaum. Aber irgendwie hat es sofort Zoom gemacht, als ich sie zum ersten Mal gesehen habe.« Ich hole Luft und will Julian sämtliche Vorzüge von Sandys wundervollem Aussehen unter die Nase reiben, doch im letzten Moment fällt mir ein, was er gerade über seine Gefühle zu mir gesagt hat. Noch immer sieht er ein bisschen traurig aus. Also halte ich die Klappe.

»Lass nur, Ulli.« Julian winkt ab, als hätte er meine Gedanken erraten. »Ich komm schon klar.« Noch einmal schaut er mich von oben bis unten an und lacht. »Aber du hast mich ganz schön getäuscht. Wie schaffst du es eigentlich, dass man deine Brust überhaupt nicht sieht?«

»He, das gehört zu meiner Intimsphäre!« Ich bin froh, dass er mir nichts übel nimmt, knuffe ihn mit dem Ellbogen in die Seite. Dann blicke ich halb stolz, halb verlegen an mir herunter. »Sieht man sie wirklich nicht?«

Julian schüttelt den Kopf. »Du siehst aus wie ein Kerl. Führst ahnungslose schwule Jungs an der Nase herum.«

Ich grinse über beide Backen und ziehe aus meinem Kragen ein Stück des elastischen Verbands. »Das ist das ganze Geheimnis«, sage ich. »Obwohl das Gewickel ziemlich nervt. Dauernd verrutscht die Umhüllung! Wie hat denn der Typ in deinem Fernsehfilm das gemacht?«

Julian springt auf. »Komm mit«, fordert er mich auf und zieht mich hoch. »Ich zeig's dir!«

Eine halbe Stunde später finde ich mich in der Damenwäscheabteilung eines großen Billigkaufhauses in der Schlossstraße wieder. Als ob überhaupt nichts dabei wäre, stöbert Julian zwischen Spitzenhöschen, BHs und zarten Seidenhemdchen mit Spaghettiträgern herum. Mir wird heiß, unsicher schaue ich mich um. Hoffentlich ist nicht zufällig jemand hier, der mich kennt.

»Sag mal, spinnst du?«, zische ich ihn an. »Was sollen wir ausgerechnet hier? Mit dem Plunder will ich nichts zu tun haben, verdammt! Was habe ich dir gerade erst anvertraut, he? Hätte ich das bloß nicht getan.«

»Pst«, macht Julian und legt einen Zeigefinger auf die Lippen. »Jetzt raste nicht gleich aus. Du weißt doch gar nicht, was ich vorhabe! Hier!« Er fischt eine hautfarbene Miederhose für alte Frauen aus einem Wühlkorb und hält sie triumphierend in die Höhe. »Größe 40! Das müsste passen.« Ehe ich etwas erwidern kann, zieht er mich am Arm zu den Umkleidekabinen, doch jetzt reicht es mir. Mit einer heftigen Armbewegung reiße ich mich los und starre ihn wütend an.

»Ich bin keine Tunte!«, fauche ich. »Du kannst solchen Schwachsinn ja anziehen, aber lass mich damit in Ruhe! Und ich dachte, du wärst mein Freund ...«

»Bin ich doch auch.« Julian spricht leise; er sieht aus, als ob er gleich anfängt zu weinen. »Wir können auch zu den Männerkabinen gehen, sorry. War blöd von mir. Aber hier, fühl mal diesen Stoff!« Er legt mir die Omaunterhose in die Hand und reibt daran. Ich mache es ihm nach. »Fühlt sich scheiße an«, blaffe ich. »Wie Gummi. Komm jetzt, wir gehen. Ich will Männersachen anprobieren, aber die gibt es hier bestimmt nicht.«

»Da ist ganz viel Elasthan drin«, fährt Julian unbeirrt fort. »Was glaubst du, was man damit alles machen kann! So was hatte der Transmann im Fernsehen auch.«

Bei diesen Worten werde ich neugierig. »Was hatte der?«, frage ich. »Einen Omaslip? Wozu das denn?«

»Na, um die Brust abzubinden!« Julian dämpft seine Stimme, weil eine dicke Verkäuferin uns schon misstrauische Blicke zuwirft. »Mit diesem festen Stretch geht das zehnmal besser als mit deinem komischen Verband! Kannst du nähen?«

»Nee!« Ich schüttele mich und bekomme eine Gänsehaut. »Das überlasse ich immer Elke oder Patricia. Da bin ich voll der Macho.«

Julian lacht. »Macht nichts! Ich kann es ein bisschen. Wir kaufen jetzt zwei davon, dann gehen wir zu mir und probieren es aus.« Er zieht noch eine weitere Miederhose hervor, diesmal in weiß. »Zwei brauchst du mindestens! Musst sie ja mal waschen. Hast du noch etwas Kohle?«

Nachdem wir bezahlt haben, fahren wir zu Julian. Bei ihm zu Hause war ich noch nie, die ganze Wohnung ist sparsam eingerichtet, statt teurer Kunstdrucke oder Ölbilder hängen Kinoplakate und selbst entwickelte Schwarzweißfotos an den Wänden. Auch in Julians Zimmer gibt es nicht viel mehr als eine breite Matratze und zwei offene Regale, in denen seine Klamotten liegen. An der Wand steht eine Stereoanlage, daneben hängt ein großer Spiegel.

»Ihr habt es cool«, sage ich, »nicht so spießig wie bei uns. Machst du Musik an?«

Julian legt die neue CD von Oasis auf, während ich mich auf seine Matratze fallen lasse. Dann geht er kurz aus dem Zimmer und kommt mit einem Schuhkarton zurück.

»Das Nähzeug«, spricht er in die Gitarrenakkorde hinein, als er wieder kommt. »Pack mal die Omawäsche aus, Ulli.«
Ich lege den hautfarbenen Liebestöter vor ihn hin. Mit geschickten Handbewegungen schneidet er den Schritt und die Beinausschnitte ab, bis das Ding keine Unterhose mehr ist, sondern aussieht wie ein Nierenwärmer, nur aus Elasthan statt aus Wolle.
»Zieh mal über«, fordert er mich auf. »Mal sehen, ob es schon eng genug ist!«
»Jetzt, hier? Einfach so?«
»Kannst auch ins Bad gehen«, meint er achselzuckend und schaut zur Seite. »Mir egal. Auf dem Flur die letzte Tür links.«
Ich schnappe mir das Stretchteil und verschwinde. Im Badezimmer ziehe ich mich aus. Wie immer ist dies mit dem engen Unterhemd etwas mühsam. Dann muss ich noch meinen Busen auswickeln, aber zum Glück nur für ein paar Sekunden. Ich schaue gar nicht erst in den Spiegel, als ich mit nacktem Oberkörper dastehe, sondern streife mir das Gummidings über, so schnell ich kann.
Was sollte das für eine Größe sein, 40? Das ist doch Größe M, aber ich mit meinem knochigen Körperbau trage immer Größe S, sonst würde ich auch kaum in die Kinderunterhemden passen, die ich jetzt immer trage. Kein Wunder, dass dieses Teil so um meinen Körper schlackert. Meine Brust wird darunter eher noch betont als platt gequetscht.
»Viel zu weit«, bemerke ich sauer, als ich wieder bei Julian im Zimmer bin. »Ist sowieso alles Scheiße.«
»Blödsinn. Hab mal ein bisschen Geduld! Die Änderungsschneiderei Julian macht das schon.« Flink trennt er die Seitennähte auf, schlägt den Stoff um und heftet mit Nadel und Faden alles um etwa zwei Zentimeter enger. Dann schickt er mich erneut ins Bad.
Und dieses Mal passt es! Ich komme kaum hinein, aber als ich den engen Schlauch aus hautfarbenem Elasthan endlich an der richtigen Stelle zurechtgezupft habe, sieht man von meiner Weiberbrust so gut wie nichts mehr. Ganz platt gedrückt liegt sie unter dem Stoff, und als ich mein T-Shirt wieder anziehe und in den Spiegel schaue, be-

komme ich zwar kaum Luft, weil mein ganzer Brustkorb sich anfühlt wie eingeschnürt. Aber alles fühlt sich fest und flach an, ich trommle mir auf die Brust und stoße einen tiefen Urschrei aus. Dann gehe ich zurück zu Julian. Er grinst mir schon in der Zimmertür entgegen.
»Gut siehst du aus«, lobt er mich und schaut mich etwas verlegen an. »Soll ich dir noch die Haare schneiden?«
»Das kannst du auch?« Mit großen Augen glotze ich ihn an.
Julian nickt. »Hab ich schon für viele Freunde gemacht. Setz dich hin!« Er stellt einen Klappstuhl vor seinen großen Wandspiegel und drückt mich sachte darauf. Dann greift er nach einer zerschlissenen Kulturtasche und zieht eine Schere und eine Schneidemaschine hervor.
»Wie kurz soll es denn werden?«
Ich überlege einen Augenblick und schaue in den Spiegel, während Julian bereits hinter mir steht und meine Haare kämmt. Ich glaube, mein Gesicht sieht immer noch zu mädchenhaft aus, mit den viel zu langen Haaren erst recht. Julians Züge wirken viel markanter. Ich will nicht mädchenhaft aussehen.
»Ganz kurz«, entscheide ich. »Richtig schön stoppelig. So wie du!«

So nervös wie heute bin ich noch nie gewesen. Schule, das war dagegen ein Klacks, da konntest du dich auch mal zurücklehnen und gar nichts machen, wenn du keinen Bock hattest, und wenn der Pauker dich drannahm, hast du eben irgendwelches Zeugs dahergelabert oder Fragen gestellt. Fragen stellen war immer gut, bei den Zensurbesprechungen hieß es dann immer: »Dem bereitet das Fach zwar Schwierigkeiten, aber er fragt nach! Er zeigt Interesse, das ist immer schon ein Pluspunkt!« Und schon warst du an der Fünf vorbei.
Aber jetzt, heute – jetzt geht es um meine Zukunft. Um meinen ersten Job. Ich will diese Lehrstelle haben, als Kfz-Mechaniker, und zwar genau in dieser Werkstatt, wo fast nur reiche Typen vorgefahren kommen, mit ihren Porsches, BMWs und Daimlers. Da kannst du bestimmt ab und zu ein schönes Trinkgeld abgreifen, wenn du deine Sache gut machst, auch als Azubi. Solche Typen haben es gerne, wenn einer zielstrebig ist und sich Mühe gibt.

Ich ziehe also meine neue Hose an, grauer Flanell, dazu ein ordentliches Hemd und mein Sakko, als Kfz-Mechaniker musst du da nicht im Anzug antreten, aber trotzdem vernünftig aussehen. Die Haare glätte ich mit Gel, heute mache ich mir keine Igelfrisur. Ich weiß nicht, ob so was dem Chef gefallen würde.

Im Vorzimmer des Büros sitzen vier andere Jungs, als ich eintrete. Ich gehe jede Wette ein, dass die auch genau diese Stelle wollen. Die Konkurrenz ist hart auf dem Arbeitsmarkt und bei Ausbildungsplätzen erst recht. Also grüße ich meine Rivalen knapp und setze mich. Wir beobachten einander wie lauernde Hunde, aus Augen, die zu schmalen Schlitzen geworden sind. Wir fünf sind die engere Wahl, bestimmt gab es noch mehr Bewerber. Aber die sind alle schon ausgesiebt. Nur wir sind zum Bewerbungsgespräch eingeladen. Jetzt geht es ums Ganze.

Plötzlich geht die Tür auf, und eine Dame kommt aus dem Chefzimmer. Mit einem dünnen Stapel Unterlagen in der Hand lässt sie ihren Blick über unsere Gesichter wandern. Dann bleiben ihre Augen an mir hängen.

»Herr Ulrich Herold, bitte«, sagt sie.

»Fertig!« Julian pustet mir die abgeschnittenen Haare aus dem Nacken und begutachtet sein Werk. »Und, wie gefällst du dir?«

»Super!« Begeistert drehe ich meinen Kopf hin und her. »So wollte ich schon immer aussehen. Danke!«

»Bitte! Dann können wir ja morgen zusammen schwimmen gehen.«

»Schwimmen?« Entgeistert starre ich ihn an. »Wie stellst du dir das vor? Im Bikini, oder wie? Gerade jetzt, wo ich ...«

»Nicht im Bikini.« Er drückt mir einen Stapel Klamotten in die Hand und hebt ein paar Teile davon an. »Im T-Shirt, das kannst du doch auch im Wasser anbehalten! Hier ist eine Badehose von mir, die dir passen müsste. Den Rest kannst du auch behalten, ich hatte das alles schon ewig nicht mehr an.«

»Im T-Shirt baden, da bin ich doch bestimmt der Einzige weit und breit, der das macht!«, überlege ich laut. »Fällt doch total auf!«

Julian schüttelt den Kopf. »Du bist nicht der Einzige, Ulli«, sagt er. »Ich bade nämlich auch im T-Shirt.«

11

Als der Wecker klingelt, bin ich noch mitten im Tiefschlaf. Nach dem Abend mit Julian kam ich erst so spät zu Hause, dass bis auf Hans alle schon im Bett waren. Am liebsten würde ich mich einfach noch mal umdrehen und weiterpennen, doch dann fahre ich rein zufällig mit der Hand über meinen kurz geschorenen Schopf. Sofort fällt mir ein, dass ich mich gestern zum ersten Mal »geoutet« habe. Es war gar nicht so schlimm, wie ich dachte, aber es war natürlich nur ein Anfang und Julian dabei das »harmloseste« Gegenüber. Aber jetzt muss es weitergehen, denke ich und bin mit einem Schlag hellwach.

Sobald ich Patricia aus dem Bad in ihr Zimmer huschen höre, klaube ich meine Klamotten vom Fußboden auf und gehe duschen, wasche mich fix von oben bis unten ab, ohne meinen Körper dabei genau anzusehen. Danach geht alles ganz schnell. Solange ich meine Brüste noch jeden Morgen mit dem Verband umwickelt habe, dauerte es immer ewig, bis ich fertig war. Aber das Wunderdings von Julian brauche ich nur überzuziehen, ein bisschen unter den Achseln zurechtzuzupfen, und schon bin ich fertig. Auch mit den Haaren geht es jetzt schön fix, ich muss mich nicht einmal unbedingt kämmen. Dann schlüpfe ich schnell in meine Sporthose, weil wir heute bestimmt draußen turnen, darüber kommt die Armyhose von Julian, ein graues T-Shirt von mir und ein schwarzes Hemd von ihm, das ich vorn offen lasse. Gut gelaunt riegele ich die Badezimmertür auf und gehe in die Küche. Hans und Elke sitzen schon am Tisch. In Patricias Zimmer höre ich den Fön aufheulen.

»Rieke!« Elke reißt die Augen auf und schlägt die Hand vor den Mund als sie mich sieht. »Wie siehst du denn aus, Mädchen? Das wird ja immer schlimmer! Die Haare so kurz ... Das dauert doch ewig, bis die wieder wachsen? Du läufst ja rum wie ...«

»Seit wann nennst du mich Rieke?«, unterbreche ich sie. »Ich bin Ulli!

Und ich laufe rum, wie es mir passt!« Ohne sie eines Blickes zu würdigen, setze ich mich auf meinen Platz und atme tief durch. Dieser Brustabbinder ist wirklich ganz schön eng, ich hoffe, dass niemand bemerkt, wie sehr ich schnaufe. Gerade als ich mir eine dicke Portion Crunchy Cornflakes in eine Müslischale schütte, erscheint Patricia.
»Huch!«, ruft sie bei meinem Anblick und fängt an zu lachen. »Guten Morgen, Ulrich! So gestylt heute? Was hat der Herr denn vor?«
»Na, was schon«, grinse ich. »Tolle Weiber anmachen. Was sonst?«
Wenigstens Hans lacht mit uns mit. »Verrückte Kinder haben wir, was Elke?« Er gibt ihr einen Schmatzer auf die Wange. »So was hast du noch nicht erlebt, wette ich. Nicht mal bei den durchgeknallten Familien, die du Tag für Tag berätst.«
»Wisch dir gefälligst den Kaffee von deinen Barthaaren, bevor du dich mir näherst«, faucht Elke zurück. »Nee, so was hab ich weiß Gott noch nicht erlebt. Das hat man nun von seiner toleranten Erziehung. Die Leute in der Beratungsstelle sind im Vergleich zu euch die reinsten Lämmchen!«

»Ulrich«. Der Name ist gar nicht mal schlecht. »Ulli« gefällt mir natürlich besser, klingt freundlicher. Aber »Ulrich« ist männlich. Ganz eindeutig. Klingt fast ein bisschen unmodern und spießig, aber »Daniel« oder »Philipp« heißt schließlich jeder. Ich müsste direkt mal ausprobieren, was passiert, wenn ich mich irgendjemandem als Ulrich vorstelle. Jemandem, der mich noch nicht näher kennt.
Als ich in unseren Klassenraum trete, kommt mir ausgerechnet Lisa-Marie entgegen, die gerade die Tafel gewischt hat und nun mit spitzen Fingern den Eimer mit dem Dreckwasser von gestern nach draußen tragen will. Als sie mich sieht, erstarrt sie fast zur Salzsäule. Ihr perlmuttrosa geschminkter Mund bleibt offen stehen.
»Iiih«, bringt sie mühsam hervor, »wie siehst *du* denn aus?«
Ich zucke mit den Schultern und will mich an ihr vorbeidrücken, doch nun treten Daniela und Füsun an meine Seite. Füsun legt eine Hand auf meine Schulter und hält mich auf Armeslänge von sich weg, um mich genau zu betrachten.

»Ich find's scharf«, sagt sie. »Total mutig! Mein Vater würde mich rauswerfen, wenn ich mir die Haare so kurz schneiden ließe. Aber wenn ich es dürfte, würde ich es auch tun.«

»An deiner Stelle würde ich mir noch die Spitzen blond färben«, meint Daniela. »So richtig krass hellblond. Damit siehst du bestimmt noch toller aus. Richtig ausgeflippt!«

»Meinst du?« Ich grinse sie an. »Keine schlechte Idee. Mein Friseur macht das bestimmt gern.«

»Ich finde es krank.« Lisa-Marie tritt ein paar Schritte zurück. »Ich würde dich nicht mal mit dem Arsch angucken, wenn ich 'ne Lesbe wäre!«

»Ich dich auch nicht«, sage ich und setze mich seelenruhig auf meinen Platz.

Kurz darauf kommt Frau Jacobi herein und verkündet, dass wir wegen der großen Hitze Kurzstunden haben, jede Unterrichtsstunde dauert nur 30 statt 45 Minuten. Das bedeutet, die sechste Stunde ist schon um 11.30 Uhr zu Ende, die ganze Klasse jubelt bei dieser Aussicht. Ich lehne mich in meinem Stuhl zurück und strecke die Beine aus. Wenn wir früher Schluss haben, kann ich umso früher mit Julian ins Schwimmbad gehen. Ich glaube, da war ich schon ewig nicht mehr - zumindest, seit ich einen Busen bekommen habe. Und den schleppe ich ja schon ziemlich lange mit mir rum. Leider.

Diesen kurzen Schultag bringe ich ganz gut hinter mich, nur vor der letzten Stunde, wo wir Sport haben, graust mir. Wir sollen draußen für die Bundesjugendspiele trainieren. Wie immer gehe ich gar nicht erst in den Umkleideraum, sondern setze mich auf dem Sportplatz auf eine Bank und ziehe nur meine Armyhose aus und die Sportschuhe an. Dann hüpfe ich ein paarmal auf und ab, während ich auf die anderen warte. Unter dem Brustabbinder beginne ich zu schwitzen, der Stoff ist dick und fest. Wie schön wird es nachher sein, ins kalte Wasser zu springen!

»Hallo«, ertönt plötzlich eine freundliche Stimme hinter mir. Freundlich und irgendwie vertraut, aber trotzdem weiß ich nicht, zu wem sie gehört. Mit klopfendem Herzen fahre ich herum.

Es ist Sandy. Ganz heimlich, still und leise hat sie sich auf die Bank gesetzt. Neben meine Hose.
»Hallo«, antworte ich und muss auf einmal lachen. Ihre braunen Augen sehen mich fragend an. Aber immerhin lächelt sie.
»Wir haben noch nie was anderes zueinander gesagt als Hallo«, lache ich und setze mich neben sie.
»Du warst beim Friseur«, antwortet sie. »Wie heißt du eigentlich?«
»Ulrich«, höre ich mich sagen. »Aber alle nennen mich ›Ulli‹.«
Bevor mir richtig klar wird, was ich da soeben gesagt habe, unterbricht Frau Mangelsdorf mit ihrer Trillerpfeife meine Gedanken.
»Tausend-Meter-Lauf!«, befiehlt sie, und sofort werden Proteste laut. Lisa-Marie, die ihre langen blonden Haare zu einem Dutt hochgesteckt hat, stöhnt, dass es eine Zumutung sei, in der sechsten Stunde noch Marathon zu laufen.
»Du wirst schon nicht zusammenbrechen«, kontert Frau Mangelsdorf mit eisiger Stimme. »Von der Uhrzeit her ist es schließlich erst die vierte Stunde. Wenn es am Tag der Bundesjugendspiele heiß ist, können wir auch nicht alles hinschmeißen!«
»Manchmal ist die Mangelsdorf eine Mörderin«, sagt Sandy leise und rutscht etwas dichter an mich heran.
»Hast du auch bei ihr Sport?«
Sandy nickt. »Leider. Ich versuche mich davor zu drücken, so oft ich kann. Aber auf die Dauer fällt das ja auf.«
»Genau wie ich!« Hocherfreut über diese Übereinstimmung zwischen uns strahle ich sie an. »Zum Beispiel, wenn ich meine Regel ...mäßig auftretenden Allergiebeschwerden habe, so richtigen Heuschnupfen mit Triefnase und Atemnot.« Puh, das war knapp! Beinah hätte ich »Regel« gesagt! »Dann lässt die Mangelsdorf es durchgehen. Sonst nicht.«
»Du hast Heuschnupfen?« Sandy sieht mich mitfühlend an. »Du Armer! Dann kannst du ja den Sommer gar nicht richtig genießen!«
»So schlimm ist es nun auch wieder nicht«, lache ich. »Nur, wenn wir Sport haben. Da bekomme ich manchmal vorher richtige Attacken.«

»So schlimme Attacken, dass du auf und davon rennst wie von der Tarantel gestochen?«
»Wieso? Kapiere ich nicht. Wann bin ich davongerannt?«
»Ist noch gar nicht so lange her! Damals habe *ich* beim Sport nicht mitgemacht und saß mit meiner Freundin hier auf der Bank. Und plötzlich kamst du aus der Turnhalle herausgeschossen und bist an uns vorbeigerannt wie ein Gejagter, mitten in der Stunde.« Sie macht eine Pause und blickt etwas verlegen zu Boden. »Na ja, und da ... bist du mir zum ersten Mal aufgefallen. Ich fand das toll. Ich weiß nicht, was da los war, aber niemand hätte dich aufhalten können. Du sahst aus, als ob dir alles zuwider wäre, du wolltest nur noch weg. Genauso fühle ich mich auch manchmal. Aber ich habe mich noch nie getraut, einfach aus der Schule abzuhauen.«
»Ach das! Jetzt weiß ich es wieder. Aber wenn ich dir erzähle, was los war, willst du bestimmt nichts mehr mit mir zu tun haben.«
Sandy erwidert nichts, sondern schaut nur abwartend.
»Ich hatte gerade vorher jemandem einen Kinnhaken verpasst«, gestehe ich. »Einem Mädchen.«
»Oh.« Sandy beißt sich auf die Unterlippe und blickt zu Boden.
»Jetzt hältst du mich für einen ekelhaften Macho und Schlägertypen, stimmts's?«
Sie hebt die Schultern und runzelt die Stirn. »Wen hast du denn verkloppt?«
»Lisa-Marie. Die da hinten, mit dem eleganten Dutt, die beim Rennen ihre Beine so schön nach außen wirft.«
»Die? Das hast du dich getraut?« Sandys Blick wechselt jetzt von skeptisch auf bewundernd. »Es wurde langsam Zeit, dass endlich einer so was macht. Lisa-Marie ist die übelste Zicke der ganzen Schule! Aber was ist mit ihrem Freund? Hast du keinen Schiss vor ihm? Der macht doch jeden platt, der seiner Süßen ein Härchen krümmt!«
»Weiß nicht. Das dicke Ende kommt vielleicht noch.«
»Du bist ein Typ ... Darf ich mal in deine Haare fassen?« Vorsichtig streckt sie die Hand aus.
Nur zu gerne! Ich neige ihr meinen kurz geschorenen Kopf entgegen.

»Fühlt sich an wie eine Bürste«, sagt sie lachend und streichelt meine Stoppeln, einmal und noch einmal. »Total irre.«
»Ulli, was ist mit dir?«, ruft Frau Mangelsdorf. »Alle anderen sind schon losgelaufen, los, los, Tempo!«
Widerwillig stehe ich auf. »Wartest du hier auf mich?«
Sandy schüttelt den Kopf. »Ich muss los, wir haben schon lange Schluss. Aber komm doch zu meiner Fete am nächsten Samstag! Goltzstraße 5, so ab acht!«
»Aber nur, wenn du auch mit mir tanzt!«, rufe ich schon im Laufen. Ich meine: Im Schweben. Ob sie Geburtstag hat?

»Hey, Ulli, du schrubbst ja heute deine Hände, als wolltest du einen Preis damit gewinnen!« Mein Meister steht hinter mir am Spiegel und zieht einen Kamm durch seine gewellten dunklen Haare. In seinem Mundwinkel hängt lässig eine Zigarette. Für sein Alter, so Mitte vierzig, sieht er echt super aus, ein bisschen wie die Tankwarte in amerikanischen Filmen und viel gepflegter als Hans. »Hast wohl heute Abend noch was vor?«
Ich nicke und grinse ihn an. »Klaro. Mein Mädchen kommt gleich, dann fahren wir mit dem Bike noch was essen und vielleicht zum See.«
Mein Meister schlägt mir auf die Schulter und lacht. »Du hast es drauf, mein Junge. Ein romantisches Candle-Light-Dinner und dann zum See. Liebe bei Sonnenuntergang. Damit kriegst du jede Frau rum, ich sag's dir.«
Ich ziehe meinen Blaumann aus und schaufele mit den Händen kaltes Wasser über meinen Oberkörper. »Den Z 13 hab ich schon fertig«, sage ich. »War bloß die Lambda-Sonde. Nicht weiter schlimm. Herr von Stein kann ihn morgen früh abholen.«
»Hey, du bist richtig gut, Mann!« Mein Meister drückt seine Zigarette aus und zieht sein Handy aus der Brusttasche. »Da wird er sich freuen. Ich ruf ihn gleich mal an.«
Als er draußen ist, ziehe ich mich um, in meinem Spind hängen ein sauberes Hemd und die Lederjacke, die ich mir von meinem ersten Lohn geleistet habe. Da klopft es plötzlich an die Tür. Noch ehe ich antworten kann, schlüpft meine Freundin herein und umarmt mich.

»Bist du verrückt?«, flüstere ich. »Du kannst doch hier nicht einfach reinkommen! Warum hast du nicht draußen bei der Maschine gewartet?« Trotzdem muss ich lachen und küsse sie heftig, damit mein Meister uns nicht hört.
Meine Freundin streichelt mir über den nackten Bauch. »Ich habe es nicht mehr ausgehalten vor Sehnsucht«, antwortet sie leise. »Weißt du, dass du durch die Arbeit hier ein richtig tolles Sixpack bekommen hast?«
Mein Meister telefoniert noch immer, als wir wenig später eng umschlungen auf die Straße treten. Er winkt und zwinkert mir mit einem Auge zu.
Dann reiche ich meiner Freundin ihren Sturzhelm, setze meinen eigenen auf, und als ich meine Maschine starte, legt sie ihre Arme vom Sozius aus um mich, und wir brausen in den lauen Abend hinein, der untergehenden Sonne entgegen.

»Bist du noch zu retten?« Julian bleibt mitten in der Drehtür des Freibades stehen und starrt mich entgeistert an. »Du hast ihr gesagt, du heißt Ulrich, und die Sache nicht aufgeklärt?«
Hinter uns beginnen die Leute zu drängeln und zu schieben. Einige murren schon laut. Ich schiebe ihn weiter und gebe ihm mit der Hand ein Zeichen, dass er seine Stimme dämpfen soll.
»Was hätte ich denn tun sollen?«, frage ich. »Das war meine einzige Chance. Seit Wochen warte ich schon darauf, irgendwie an Sandy heranzukommen. Und plötzlich sitzt sie da und findet mich auch noch gut. Sie hat mich zu ihrer Party eingeladen!«
»Umso schlimmer. Wenn sie in dich verknallt ist, kannst du sie nur enttäuschen.« Julian geht jetzt voran, den Blick nach unten gerichtet. »Du weißt doch, wie schnell dein Geheimnis auffliegt. Oder steht deine Sandy auf Frauen?«
»Ich bin keine Frau!«, blaffe ich ihn an. »Was soll das jetzt überhaupt? Erst schenkst du mir deine Klamotten, bastelst mir einen Brustbinder, schneidest mir die Haare kurz - ich dachte, du unterstützt mich! Und jetzt kommst du mir so!«

Julian bleibt stehen und sieht sich um. Wir sind an einer etwas abgelegenen Stelle der Liegewiese vor dem Schwimmerbecken angekommen. Von mir aus können wir hier bleiben. Mit einer heftigen Bewegung wirft er sein Strandlaken und seinen Rucksack auf den Rasen und streift sich die Schuhe ab. Dann setzen wir uns hin.
»Für mich bist du ein Junge«, sagt er leise.
»Ja, bin ich ja auch!« Ich schreie beinahe. »Ich weiß es doch hundertpro! Reicht das nicht?«
»Du bist ein Transsexueller. Ich bin schwul, für viele also selbst ein Sonderling. Und durch mein Schwulsein kenne ich mich ein bisschen aus in dieser Szene, habe eine Reportage gesehen, bin vielleicht etwas toleranter als andere.«
»Ja, ja«, antworte ich bitter. »Hab ich gemerkt.«
»Ulli, ich sag das doch alles nicht, um dich zu ärgern.« Er legt eine Hand auf meinen Nacken. Ich schiebe sie weg, da legt er sie auf meinen Arm. »Aber denk doch mal nach. Du gehst auf diese Fete, und vielleicht kommst du mit Sandy zusammen, ohne ihr zu sagen, dass du ...«
»Dass ich ein Mädchen bin. Sag's nur!« Ich rücke ein Stück von Julian ab.
»... dass du nicht als Junge auf die Welt gekommen bist oder dass du körperlich ein Mädchen bist. Wie du es auch nennst, es bleibt das Gleiche. Gut, ihr kommt also zusammen, und irgendwann bleibt es nicht mehr beim Händchenhalten und Knutschen. Was willst du denn machen, wenn ihr euch befummelt und sie merkt plötzlich, du hast einen Busen und 'ne Muschi? Und hast ihr nichts davon gesagt!«
»So weit denke ich noch gar nicht«, brummele ich. »Du kannst einem den ganzen Spaß verderben.«
»Das ist kein Spaß, Ulli!«, beschwört er mich. »Die andere Möglichkeit ist, sie erfährt es von jemand anders. Ihr geht doch beide auf dieselbe Schule, Mann! Hast du nicht gesagt, du bist da immer ganz allein in den Pausen?«
Ich antworte nicht, sondern pule an meinen Fingernägeln herum. Am linken Daumen reiße ich mir einen Hautfetzen ab.

»Jetzt stell dir vor, du bist nicht mehr allein, sondern spazierst mit deinem Traumgirl eng umschlungen über den Schulhof, seit zwei Tagen frisch verliebt«, fährt Julian gnadenlos fort. »Und plötzlich steht da Lisa-Marie und blökt: ›Äääh, die olle Lesbe macht sich an kleine Mädchen ran!‹ Du hast mir doch erzählt, wie sehr du unter ihr zu leiden hast! Oder jemand anders geht zu ihr hin und sagt: ›Was, du gehst mit Ulli aus der 9a? Das is' 'ne Tante, noch gar nicht mitgekriegt?‹ Und dann«, er sieht mir so eindringlich in die Augen, dass ich unter seinem Blick regelrecht schrumpfe, »dann bist du nicht mehr nur einsam, sondern wirst gnadenlos gedisst, nicht nur von Lisa-Marie. Und man könnte es den anderen noch nicht mal verübeln.«
Ein paar Minuten lang schweigen wir uns an. Missmutig schaue ich zu den Schwimmbecken hinüber, überall sind fröhliche, lachende Menschen: Mädchen und Jungen, Männer und Frauen, die in ihrer bunten Badebekleidung ins Wasser springen oder Eis lutschend über den Rasen spazieren. Ein paar Meter von uns entfernt liegt ein Pärchen schmusend und küssend auf einer Decke, tief ineinander versunken.
Wie gut die es alle haben, denke ich. Alle sind so eindeutig Männlein oder Weiblein, die Mädchen tragen ihre schlanken Taillen zur Schau, die Jungs stolzieren mit nackter, flacher Brust umher und lassen ihre Muskeln spielen. Wie viele von ihnen gehen heute Abend als neue Pärchen nach Hause? Nur ich sitze hier und schwitze unter meinem Gummibrustbinder, bekomme schlecht Luft und kann mein T-Shirt nicht ausziehen, weil es einen Jungen mit Busen nun mal nicht gibt. Sogar Julian ist zehnmal besser dran als ich. Schwul ist schwul, aber er weiß wenigstens, dass er ein Junge ist, und alle anderen wissen es auch.
»Du hast leicht reden«, entgegne ich schließlich. »Und was soll ich jetzt machen? Überhaupt nicht zu der Fete gehen? Wieder bloß ewig in meinem Zimmer hocken und ab und zu ein bisschen Skateboard fahren?«
Jetzt ist es Julian, der keine Antwort weiß. Schweigend ziehen wir weiter unsere Klamotten aus, bis wir nur noch in T-Shirt und Bade-

hose dastehen. Julian hat viel mehr Haare an den Beinen als ich, obwohl ich meine noch nie rasiert habe. Richtige Jungs bekommen auch an den Oberschenkeln dunkle Haare. Gut gebaut ist er auch, beneidenswert, nicht so knochig wie ich. Ich muss unbedingt mal was für meinen Bizeps tun. Doch während ich Julian so verstohlen anschaue, merke ich, dass auch er mich mustert. Mit seinem sanften, fast zärtlichen Blick.

»Tut mir Leid, Ulli«, sagt er leise. »Vielleicht bin ich auch ein bisschen eifersüchtig.«

»Nein, nein«, wehre ich ab, »ist schon gut. Irgendwo hast du ja Recht.«

»Ist alles ganz schön kompliziert, wie? Nicht gerade einfach für dich.«

Ich nicke, und dann umarmen wir uns plötzlich. Ganz kurz und ganz hölzern. Als es vorbei ist, muss ich den Kloß in meinem Hals wegräuspern.

»Mir ist heiß«, sage ich mit heiserer Stimme und lege mein Handtuch über meinen Rucksack. »Gehen wir ins Wasser?«

12

Als ich aus dem Wasser wieder auftauche, ist mein T-Shirt weg. Nur meine Badehose habe ich noch an. Mit nackten Armen und Schultern pflüge ich durch das Becken, so schnell ich kann, im Kraulschwimmen bin ich zum Glück ganz gut. Mist, dass ich keine Schwimmbrille aufhabe, irgendwo muss das T-Shirt doch sein, aber so kann ich in diesem ätzenden Chlorwasser natürlich nichts sehen. Dabei müsste ich tauchen. Wenn es nicht auf dem Boden liegt, schwimmt es bestimmt noch irgendwo hier herum, ich muss es unter Wasser wieder finden und anziehen, bevor ich aus dem Wasser steige. Auf keinen Fall kann ich mit nacktem Busen rausgehen, das würde ja gleich einen Menschenauflauf geben. Ein Junge in knielanger Badehose und mit einer Frauenbrust! Draußen am Beckenrand steht Julian und ruft nach mir, wild gestikulierend steht er da. Soll ich rauskommen? Ich kann nicht hören, was er sagt, er sieht auch ganz anders aus, ist das überhaupt Julian? Jetzt kommt auch noch Sandy von hinten auf ihn zu und legt ihre Arme zärtlich um seine Hüften, sie hat sich auch so verändert, trotzdem weiß ich, dass es Sandy ist, ich weiß es sogar ganz genau. Sie umarmt ihn und sagt: »Ein Schwuler ist immer noch besser als ein Transsexueller, der ist wenigstens ein Mann«, und dann macht sie so eindeutige Bewegungen.

Julian lacht, aber was soll das alles, was will er von ihr, er ist doch schwul?

»Ja, aber ich bin nicht lesbisch«, ruft Sandy und macht fröhlich weiter an ihm herum.

»Ich doch auch nicht!«, schreie ich und werfe mich im Wasser auf den Rücken, weil ich so am schnellsten schwimmen kann, sogar schneller als Micha, der gerade mit langen, kräftigen Delphinzügen an mir vorbeihechten will.

Auf dem Rücken? »Nein!«, schreie ich, aber es kommt kein Ton aus meiner Kehle, ich habe wohl Wasser geschluckt, ich kann nur gurgeln und blubbern. Schnell drehe ich mich wieder um, hoffentlich hat noch keiner

etwas gesehen, meine weibliche Brust, das weiche Gewebe, die großen Nippel. Als könnte ich jetzt noch etwas verbergen, fahre ich rasch unter Wasser mit einer Hand darüber.
Aber was ist das? Ich habe ja gar keinen Mädchenbusen mehr! Noch einmal taste ich über meinen Brustkorb, und wirklich, er ist ganz flach! Meine Brust fühlt sich fest und hart an, und ich habe keinen Verband drüber, keine elastische Binde und kein selbst geschneidertes Gummikorsett, kein Gewabbel. Ich spüre meine nackte Haut unter den Händen: feste, flache Brustmuskeln, die Brust eines Jungen. Eindeutig.
Ich bin ein Junge!
So schnell ich kann, schwimme ich zum Beckenrand. Jetzt kann ich endlich mit gutem Gefühl auf Sandy zugehen, Julian und alle anderen Typen auf ihren Platz verweisen. Als ich die Leiter hochklettere, sieht Sandy mich schon von weitem strahlend an und löst sich von Julian. Wir laufen aufeinander zu, und endlich, endlich spüre ich ihre Hände auf mir, jetzt sind wir nicht mehr im Freibad, sondern tanzen zu einem romantischen Kuschelrocksong, die Lichtorgel flackert im Gleichklang zu den Bässen.

»Ulli!«, höre ich ihre Stimme dicht an meinem Ohr. »Ulli, guten Morgen! Aufwachen!«
Ich öffne die Augen und schaue in das Gesicht von Patricia, die sich über mich beugt und an meinem Arm rüttelt.
»Du hast total verpennt, wir sind alle schon fast mit dem Frühstück fertig! Bist du krank?«
Ich rappele mich hoch und starre meine Schwester entgeistert an. »Du hier? Auf Sandys Fe... oh.« Erst jetzt merke ich so richtig, wo ich bin. Nicht im Schwimmbad, nicht auf einer Fete oder in der Disco, sondern in meinem verflixten Bett, vor dem Patricia steht und einen Zipfel meiner Bettdecke in der Hand hält. »Scheiße.«
»Vielen Dank«, faucht sie und dreht mir so abrupt den Rücken zu, dass ihre Haare fliegen. »Nächstes Mal wecke ich dich nicht. Dann pennst du eben bis zum Abwinken und verpasst deine Mathearbeit. Mir doch egal, ich bin schließlich nicht deine Mama!« Mit diesen Worten rauscht sie hinaus und knallt die Tür hinter sich zu.

Aus der Traum. Im wahrsten Sinn des Wortes. Keine Sandy liegt in meinen Armen, und Julian ist auch nicht da. Stattdessen soll ich mich jetzt beeilen. Als ich mich völlig verschwitzt aus dem Bett schäle und mein T-Shirt ausziehe, fluppt mein Busen darunter hervor und fällt wabbelnd zurück an seinen Platz. Aus der Traum von der flachen, muskulösen Männerbrust. Aber sie hat sich doch so echt angefühlt, alles war so wirklich, ich habe doch mit meiner eigenen Hand darüber gestrichen, und da waren nicht diese weichen Hügel, die ich an Mädchen liebe und an mir selber hasse. Es war die Brust eines gut durchtrainierten Jungen, und es war meine!

Nein, natürlich war es nicht meine. Mit einem Seufzer schleudere ich mein T-Shirt zurück aufs Bett und greife nach meinem Brustabbinder. Nur damit kann ich mich selbst einigermaßen ertragen. Sobald ich ihn um meine Titten gepresst habe, schlüpfe ich in eine frische Boxershorts und wühle im Schrank nach Jeans.

»Was hast du denn *da* an!? Um Himmels willen, Ulli!« Noch ehe ich mich retten kann, steht Patricia abermals in der Tür. »Was soll denn das sein, hast du dir die Rippen gebrochen? Du hättest doch was sagen können, wenn du Schmerzen hast! Kein Mensch hätte dich aus dem Bett gejagt!«

»Ich habe keine Schmerzen«, sage ich leise, während meine Schwester noch immer dasteht und mich mit weit aufgerissenen Augen und offenem Mund anstarrt, als wäre ich eine Erscheinung. Schnell zerre ich ein T-Shirt aus einem Stapel und streife es mir über. »Und gebrochen ist auch nichts, keine Sorge.«

»Aber du japst so, Ulli, irgendwas ist doch mit dir, so ein enger Gurt um die Brust, das muss doch wehtun!« Ihr Gesicht verzerrt sich zu einer verzweifelten Fratze. »Du bekommst doch gar keine Luft, was hast du denn, sag es mir doch!«

In diesem Moment höre ich Elkes Schritte im Flur näher kommen. Rasch werfe ich Patricia einen beschwörenden Blick zu und lege den Zeigefinger auf meine Lippen. Sie nickt ganz kurz. Dann ist unsere Mutter auch schon im Zimmer.

»Hans und ich fahren jetzt«, sagt sie mit hektischer Stimme. »Seht ihr beiden auch zu, dass ihr in die Gänge kommt, ja? Zieh dich doch endlich mal an, Ulli, ihr kommt noch zu spät!« Dann haucht sie einen Kuss in die Luft und verschwindet.
»Okay«, keuche ich, ich atme wirklich etwas gepresst heute. »Die sind weg, das ist schon mal gut. Was hältst du von Schule schwänzen?«
»Immer! Ich schicke nur schnell eine SMS an David, damit er nicht auf mich wartet.«
Während sie die Tastatur ihres Handys bearbeitet, zermartere ich mir schon mal das Hirn, wie ich ihr am besten erzähle, was mit mir los ist. Obwohl ich es vor einiger Zeit schon beinahe einmal getan hätte, wummert mein Herz auch jetzt wieder wie vor einer mündlichen Prüfung, denn dieses Mal bin ich völlig unvorbereitet. Was mache ich, wenn sie mich nicht versteht? Wenn sie mir ausreden will, was ich mit absoluter Gewissheit fühle?
»Fertig.« Patricia steckt ihr Handy wieder an den Gürtel. »Und nun schieß los. Wer hat dir das angetan? Etwa Lisa-Marie?«
»Quatsch. Niemand hat mir was getan. Ich mach' mir das selber um. Jeden Tag. Freiwillig.«
»Du meinst ... du trägst dieses komische Dings schon länger?«
Ich setze mich aufs Bett. »Ist dir noch gar nicht aufgefallen, wie?«
Patricia schüttelt den Kopf. »Ich starre dir ja auch nicht ständig auf den Busen! Wieso machst du das?«
Jetzt hole ich tief Luft, so gut es mit dem Brustabbinder geht. »Weil ich diese Mistdinger hasse«, rufe ich. »Ich hasse sie, sie gehören nicht zu mir! Und deshalb will ich sie weder sehen noch spüren. Ich will sie überhaupt nicht haben!«
»Aber deine Brüste sehen doch ganz normal aus«, wundert sie sich, »da ist doch überhaupt nichts Hässliches dran! Welches Mädchen hat schon die absoluten Traummaße? Außerdem gibt es für jeden Busen den richtigen BH, der alles optimal zurechtrückt. Ganz nach Wunsch kriegst du sie mit oder ohne Bügel, gefüttert oder nicht, einen Push-up oder Minimizer ... schau her!« Sie zeigt auf ihre eigenen Brüste, die von einem gut geschnittenen Stückchen Stoff unter dem Shirt ein biss-

chen angehoben werden. »Wenn du willst, gehen wir nachher zusammen los, und ich berate dich mal wieder! Dich so einzuschnüren, das hast du nicht nötig.«
»Hör auf«, winke ich ab. »Ich will weder einen Push-up noch sonst irgendeinen Scheiß-BH. Wenn ich dir sage, diese Brüste gehören nicht zu mir, dann meine ich das auch so.« Ich mache eine Pause. »Zu mir gehört überhaupt kein Busen. Weil ich überhaupt kein Mädchen bin, sondern ein Junge.«
Jetzt ist es heraus. Meine Schwester und ich stehen da und starren uns schweigend an, als wäre soeben ein Meteorit durchs Fenster geflogen und läge jetzt vor unseren Füßen. Patricia fängt sich als Erste wieder.
»Hä?« Sie zieht ihre Nase kraus und rückt ein Stück von mir ab. »Was redest du da? Wieso meinst du, dass du ein Junge bist?«
»Ich meine es nicht, ich *weiß* es! Es ist schwer, das jemandem begreiflich zu machen«, gebe ich zu. »Aber erinnerst du dich nicht mehr, dass ich schon früher immer am liebsten mit Jungs zusammen war, ihre Spiele mitgespielt habe: Fußball, auf Bäume klettern, Autos, Räuber und Gendarm und das alles? Dass du an meinen Kindergeburtstagen immer eine Freundin für dich einladen durftest, weil ich selber nie Mädchen eingeladen hatte? Dass ich immer kurze Haare und Jungshosen wollte, während du getobt hast, wenn Elke dir nur mal die Spitzen schneiden wollte?«
»Ich kenne dich gar nicht anders«, antwortet Patricia. »Aber für mich war das immer normal, so warst du eben und bist es immer noch, das stimmt. Aber trotzdem warst du immer meine Schwester, und kein ... *Junge*!«
»Doch«, erwidere ich. »Ein Mädchen, deine Schwester ... das ist nur mein Körper. Aber innerlich bin ich ein Junge. Durch und durch. Genau wie David, wie Julian – und sogar wie Micha.«
»Verstehe ich immer noch nicht.« Patricias Blick verrät eine Mischung aus Verwunderung, Ablehnung, Mitleid, aber auch einer gehörigen Portion Neugier. »Man kann sich doch nicht einfach als Junge fühlen, wenn man eigentlich ein Mädchen ist!«

»So ist es auch nicht.« Jetzt habe ich mich warm geredet, fühle mich etwas sicherer. Meine Schwester wird zu mir halten, sie wird mich nicht abweisen, das spüre ich mit einem Mal ganz genau. »Ich *bin* eigentlich ein Junge, ich sehe bloß aus wie ein Mädchen.« Etwas verlegen lachend sehe ich an mir herunter. »Na ja, außer meine ganze Aufmachung eben. Da habe ich mich schon angepasst an das, was ich wirklich bin.« Nun werde ich wieder ernst. »Ich lebe im falschen Körper, Patricia. Ich bin ein Junge, der aus Versehen in einen Mädchenkörper hineingeboren wurde. Und das weiß ich so sicher, wie ich jetzt neben dir sitze.«

Jetzt ist es heraus. Endgültig. Es gibt kein Zurück mehr. Ich lehne mich zurück, verschränke die Arme vor der Brust und schweige. Meine Schwester hat soeben einen Bruder bekommen.

»Und woher weißt du das?«, fragt sie. »Ich meine, wieso bist du dir so sicher?«

»Einfach so. Vom Gefühl her eben.«

»Ja, und jetzt?« Patricia wirft die Hände in die Luft. »Das ist doch der absolute Hammer, was soll ich denn jetzt anfangen! Was machen wir denn jetzt?«

»Gar nichts.« Ich versuche ein Grinsen, das misslingt. Ich zittere ein wenig. »Es ist ja nichts Neues. Du weißt es nur erst jetzt.«

Ein paar Minuten lang ist nichts weiter zu hören als das Ticken der Uhr an der Wand und unsere Atemzüge, die sich abwechseln. Während ich einatme, atmet Patricia aus und umgekehrt. Mein Atem klingt gepresst und ein bisschen pfeifend. In der Stille bemerkt meine Schwester es.

»Das kommt von diesem engen Teil, nicht wahr?«, fragt sie und schiebt ihre Hand zwischen meine Schulterblätter und die Wand, an der ich lehne. Sanft streichelt sie meinen Rücken an der Stelle, wo der Brustgurt hinten verläuft. »Was tust du dir bloß an, Ulli? Kriegst kaum Luft, fügst dir selber Schmerzen zu, nur damit man deine Brüste nicht sieht ...«

»Nicht nur deshalb. Vor allem, damit ich sie nicht fühle.«

»Aber wenn es so wehtut, fühlst du sie doch!«

Ich spüre, wie sich ein Kloß in meinem Hals bildet, bald ist meine Kehle wie zugeschnürt, und in meinen Augen beginnt es zu brennen. Ich nicke, sie hat ja Recht. Gleichzeitig werde ich ganz steif. Ich will nicht heulen, verdammt, das ist doch auch wieder so eine weibische Reaktion, oder heult Julian vielleicht oder David oder Micha? Aber Patricia streichelt immer weiter meinen Rücken und meinen Nacken, zweimal wiederholt sie ihre Frage ganz leise, und endlich lehne ich meinen Kopf gegen ihren und werde weich. Meine Nase brennt und fängt an zu laufen, die ersten Tränen rollen einfach aus meinen Augen, ohne dass ich es verhindern kann, und mit dem ersten richtigen Schluchzer lässt dieses aufgeregte Zittern nach. Patricia heult auch. Ich weiß, dass sie um ihre Schwester weint, um Ulrike. Ulrike, die es nie gab, die immer schon Ulrich war. Bestimmt fühlt Patricia sich betrogen.
In der Schule muss ungefähr die dritte Stunde vorbei sein, als wir uns schließlich hochrappeln, die Wohnung nach Papiertaschentüchern durchkämmen und unsere Nasen schneuzen wie zwei erkältete Elefanten. Danach setzen wir uns total erschöpft an den Küchentisch und schütten uns beide einen halben Liter Cola in den Rachen.
»Wie willst du das eigentlich Elke und Hans beibringen?«, fragt Patricia und zündet sich eine Zigarette an. Ich hatte gar nicht gewusst, dass sie qualmt. Mit einer Hand wedele ich den blauen Dunst vor meinem Gesicht weg, in der anderen halte ich jetzt ihr Feuerzeug und spiele damit herum.
»Meinst du nicht, dass die beiden es ahnen? Wenigstens Hans?«, frage ich. »Bei ihm war ich neulich schon mal drauf und dran ... da hatte ich das Gefühl, er ahnt was.«
»Wer soll so was schon ahnen!« Patricia tippt sich gegen die Stirn. »Die fallen bestimmt aus allen Wolken. Besonders Elke. Gib endlich mein Feuerzeug wieder her, Alter!«
»Alter? Du hast Alter gesagt?«, rufe ich begeistert, springe von meinem Stuhl auf und wedele mit dem Feuerzeug in der Luft herum. »Du bist die beste Schwester der Welt! Weißt du, was wir jetzt machen?«
Patricia schüttelt den Kopf. »Bin völlig ratlos.«

»Wir verabschieden Ulrike«, bestimme ich. »Irgendwo in meinem Schrank habe ich bestimmt noch die Weiberunterwäsche von der Konfirmation. Machst du mit?«
»Hast du das nicht damals mir gegeben?«, fragt sie.
»Wollte ich. Aber nach der Kirche habe ich mir das alles vom Leib gerissen und in der hintersten Schublade verstaut. Eigentlich wollte ich es wegschmeißen.«
»Aber wieso denn verabschieden? Vielleicht überlegst du es dir irgendwann doch noch anders und bist froh, ein Mädchen zu sein.«
»Auf keinen Fall!« Ich trete einen Schritt zurück und stecke Patricias Feuerzeug in meine hintere Hosentasche. »Du weißt erst seit heute, dass ich kein Mädchen bin, aber ich weiß es schon mein ganzes Leben lang. Jetzt will ich mit Ulrike Schluss machen. Hilfst du mir dabei?«
Patricia sieht aus, als wolle sie schon wieder losheulen, während sie mich feierlich von oben bis unten mustert. Komische Mischung. »Es ist dir also ernst damit«, stellt sie fest. »Also gut, Ulli. Gehen wir.«
An einer etwas abgelegenen Stelle des Fraenkelufers lehnen wir unsere Fahrräder gegen einen Baum, von meinem Gepäckträger zerre ich eine Plastiktüte. Dann gehen wir langsam hinunter zum Wasser. Heute ist es nicht ganz so heiß wie an den vergangenen Tagen, aber das Gras ist ziemlich verdorrt und im Kanal schwimmt eine zertretene Milchtüte.
»Lieber nicht im Gras«, gibt Patricia zu bedenken. »Bei dieser Trockenheit kannst du sofort einen Riesenbrand entfachen.«
»Wo denn dann?«, frage ich und schaue mich um. Einige Meter über mir steht eine Parkbank mit einem Abfalleimer daneben, den steuern wir an. Wenn ich Glück habe, ist er leer.
»Hier«, entscheide ich also, »das ist gut.« Ich beuge mich über den Blecheimer; tatsächlich liegen nur zwei leere Bierdosen, ein Pappteller mit einem Rest Senf und eine zerknickte Zigarettenschachtel darin. Den Pappkram kann ich zum Anzünden gebrauchen, die Dosen werfe ich in hohem Bogen ins Wasser. Elke dürfte das nicht sehen, denke ich grinsend.

Das Feuer geht ein bisschen schwer an, aber schließlich gelingt es mir doch. In den niedrigen Flammen schwelt und verkohlt in einer eleganten Lackpapiertüte ein »ganz entzückender« Büstenhalter, Größe 70B mit dazu passendem Spitzenhöschen.

Die Nacht ist sternenklar und kalt. Lange haben wir gemeinsam Holz zusammengesucht, mit der Axt zu Scheiten gespalten und fachgerecht zu einem Lagerfeuer aufgehäuft. Zwei von uns haben gejagt, während die anderen beiden die Kanus ans Ufer gezogen und etwas zu trinken besorgt haben. Nun sitzen wir am Feuer, alle Knochen schmerzen uns nach der Wildwasserfahrt heute, aber wir haben es geschafft. Das Fleisch wird schon etwas braun, Fett tropft zischend ins Feuer, ich werfe ein paar Kartoffeln dazu, einer meiner Kumpels hält schweigend ein riesiges Stockbrot in die Flammen. Ein paar Funken fliegen hoch. Der Mond taucht den Wald in ein silbriges Licht. In der Ferne hört man den Wasserfall rauschen.
»Nimm auch einen Schluck«, sagt der Älteste von uns und reicht mir die Whiskyflasche, die er gerade geöffnet hat. »Das wärmt durch.«
Ich setze die Flasche an meine rissigen Lippen, das Zeug brennt wie Feuer, aber er hat Recht. Eine wohlige Wärme breitet sich in meinem Inneren aus. Erst jetzt spüre ich so richtig, wie hungrig ich bin.
»Ich glaube, es ist gar«, sage ich und deute auf unseren Braten, den wir abwechselnd am Stock, der auf zwei Astgabeln liegt, drehen. Der würzige Duft des am offenen Feuer gebratenen Fleisches steigt mir in die Nase. Auch das Stockbrot scheint fertig zu sein. Wenig später essen wir schweigend Fleisch, Brot und Kartoffeln aus unseren rußigen Händen.
»Morgen müssen wir unbedingt das nächste Dorf erreichen«, sagt der Mann, mit dem ich tagsüber im Zweier gesessen habe. »Unsere Vorräte gehen zur Neige.«
»Das wird nicht einfach sein in der einsamen Gegend hier«, antworte ich.
»Lasst uns schlafen gehen«, bestimmt unser Ältester. »Sonst kommen wir morgen nicht früh genug los.« Also räumen wir auf und ziehen uns in die Zelte zurück.

»Klasse Abenteuerferien«, sagt mein Kumpel, als wir in unseren Schlafsäcken liegen.
»Finde ich auch«, bestätige ich. »Und keine Frauen.«

13

Später ermutigt mich Patricia, es auch David zu erzählen. Aber das hatte ich sowieso vor. Die wenigen Freunde, die ich habe, sollen es jetzt wissen.
»Armer Kerl«, sagt er am Nachmittag zu mir. Eigentlich ist er nur vorbeigekommen, um meine Schwester abzuholen, aber wir haben ihn gemeinsam in Patricias Zimmer gelotst und kurz darauf habe ich ihm reinen Wein eingeschenkt. David hat gleich gesagt, dass er etwas in der Art vermutet habe. Er kenne sich nur nicht so damit aus und habe deswegen lieber die Schnauze gehalten, um nicht ins Fettnäpfchen zu treten. Jetzt sieht er mich etwas mitleidig an. »Ich möchte nicht in deiner Haut stecken, ehrlich.«
»Der Brustgurt ist schrecklich, nicht wahr?«, wirft Patricia ein. »Das habe ich Ulli auch schon gesagt. Fühlt sich bestimmt ätzend an.«
»Nein, überhaupt im falschen Körper zu leben! Stell dir doch mal vor, Patricia, du lebst ganz normal vor dich hin, denkst und fühlst so wie immer, und wenn du an dir herunterschaust, siehst du eine behaarte Männerbrust und einen Schwanz!«
»Nein!« Meine Schwester schlägt sich die Hand vor den Mund. »Das wäre ja ein Alptraum! Da wäre ich mir ja selber völlig fremd!«
»Siehst du? Genau so geht es Ulli. Und zwar schon ein Leben lang.«
»He, du fällst ja gar nicht aus allen Wolken, David«, stelle ich verwundert fest. »Kein angewidertes Gesicht, keine neugierigen Blicke ...«
»Wieso denn auch? Ich kann dich gut leiden, egal ob du ein Junge oder ein Mädchen bist«, beruhigt mich David. »Und als ich gehört habe, dass Julian sich in dich verguckt hat, war ich mir im Grunde schon fast sicher. Julian verliebt sich nicht in Mädchen.«
»Und du hast nichts gesagt?«, setzt Patricia noch hinzu. »Nicht einmal mir?«

»Was hätte ich denn sagen sollen? Ulli musste doch erst mal selber dahinter kommen, was mit ihm los ist! Ich konnte doch nicht einfach hingehen und sagen: Hör mal, kann es sein, dass du im falschen Körper lebst?«

»Stimmt«, lenke ich ein. »Wahrscheinlich wäre ich dir an die Gurgel gesprungen.«

»Aber mir hättest du es doch sagen können!« Patricia sieht immer noch etwas beleidigt aus. »Vielleicht hätte ich Ulli helfen können, wenn ich davon eine Ahnung gehabt hätte! Meine Güte, wenn ich an das ganze Theater bei der Konfirmation denke, dieser Rock ...«

»Hör auf«, falle ich ihr ins Wort. »Das ist Vergangenheit. Wozu haben wir gestern die Unterwäsche verbrannt?«

»Finde ich total krass!« David lacht und nickt mir anerkennend zu. »Du ziehst es jetzt also durch.«

»Ein bisschen Schiss habe ich ja«, gestehe ich. »Wie die anderen alle so reagieren. Micha macht mich bestimmt zur Schnecke.«

Patricia verschwindet kurz in der Küche und kommt mit einem Korb voller Proviant zurück. Heute will sie mit David ganz romantisch zum Rudern gehen. Ganz schön dreist, nachdem sie den Schultag mit mir geschwänzt hat.

»Das soll er nur mal wagen!« David erhebt die Faust wie zu einer Drohung. »Nee, ehrlich, Ulli, wenn du Unterstützung brauchst - auf mich kannst du zählen!«

Patricia nimmt sanft seine Hand und will ihn zur Tür lotsen, doch nach zwei Schritten bleibt David noch einmal stehen.

»Komm doch mit, Ulli«, sagt er.

Am nächsten Tag in der Schule hat Frau Mangelsdorf Hofaufsicht. Wie immer gehe ich allein über den Hof, Sandy habe ich noch nicht entdeckt, morgen Abend ist ihre Fete. Allein diese Aussicht ist es wert, das zu tun. Jetzt habe ich diese ganze Mühle losgetreten, und es gibt kein Zurück mehr. Ich bin ein Junge, ich bin Ulrich, und ich will meinen Mann stehen. Meine Hände sind nass von Schweiß, als ich auf unsere Sportlehrerin zugehe, aber nicht einmal von meiner eigenen Angst lasse ich mich jetzt noch beirren.

»Ulrike!« Mit zufriedenem Lächeln sieht sie mich an, noch ehe ich sie angesprochen habe. »Na, freust du dich auf die Sportstunde nachher? Du hast ja deine Leistungen im Laufen erstaunlich steigern können! Wenn ich nur das zensieren müsste, kämst du auf eine glatte Eins. Da können sich manche eine Scheibe abschneiden!«

»Danke«, antworte ich leise. »Eigentlich wollte ich Sie aber wegen etwas anderem sprechen.«

»Bitte«, erwidert sie, und ihr Lächeln wird ein wenig ernster. »Was hast du denn auf dem Herzen?«

»Ich möchte ab sofort nicht mehr bei den Mädchen Sport mitmachen, sondern bei den Jungs«, beginne ich. »Denn ich weiß jetzt, dass ich ein Junge bin und nur so aussehe wie ein Mädchen. Ich lebe im falschen Körper. Ich bin transsexuell. Aber ab jetzt will ich als Junge leben.«

Während ich rede, entgleiten die Gesichtszüge von Frau Mangelsdorf immer weiter. So etwas hat sie wohl noch nie gehört, schon gar nicht von einem ihrer Schüler. Als ich fertig bin, schüttelt sie ganz langsam den Kopf, beugt ihren Oberkörper leicht nach hinten und streicht sich eine ihrer ewig ungekämmt aussehenden silberroten Haarsträhnen hinters Ohr.

»Ulrike«, stößt sie in einem ganz anderen Ton hervor als vorhin bei der Begrüßung, »so was kannst du doch nicht einfach behaupten, das geht doch nicht so mir nichts, dir nichts. Ich weiß auch gar nicht, wie da die Vorschriften sind ... transsexuell, sagst du?«

»Genau. Eigentlich heißt es transidentisch, aber das Wort kennen noch weniger Leute. Und nennen Sie mich bitte nicht mehr Ulrike. Ich bin Ulrich. Oder bleiben Sie einfach bei Ulli.«

»Ulli, das ist schon besser ... aber das ist ja ganz ungeheuerlich, was du da behauptest! Was sagen denn deine Eltern dazu?«

»Was sollen die sagen?«, weiche ich aus. »Die haben mich ja so in die Welt gesetzt! Also, was ist nun mit der Sportstunde?«

»Ulrike – äh, Ulli, ich kann dich doch jetzt nicht einfach in den Jungenumkleideraum lassen! Was glaubst du, was die mir erzählen?«

»Ich rede nicht vom Umkleideraum, sondern vom Unterricht«, entgegne ich und verdrehe die Augen. »Ich ziehe mich doch sowieso immer auf dem Klo um!«
»Darüber habe ich mich immer schon gewundert«, gibt die Mangelsdorf zu. »Ich dachte aber, du wärst einfach nur, äh, ein bisschen unsicher, wie soll ich sagen, manch einer hat eben ein ausgeprägtes Schamgefühl.«
So sehr in die Tiefe will ich mit einer Lehrerin nicht gehen. »Ich will mich bei der Leichtathletik nicht mit Lisa-Marie und den anderen Mädchen messen!« Ein paar Schüler aus den unteren Klassen werfen uns neugierige Blicke zu, deshalb senke ich meine Stimme. »Ich will mit den anderen Jungs um die Wette laufen, Fußball und Basketball spielen, Gewichtheben und Kugelstoßen trainieren. Darum geht es. Dieses Mädchengehampel ist nichts für mich, und das war es auch noch nie.«
In diesem Moment klingelt es zum Pausenende. Wie ein Staubsauger nimmt das große Portal des Haupteingangs die Massen von Jungen und Mädchen wieder in sich auf. Nun sind wir fast allein auf dem Hof, doch Frau Mangelsdorf blickt unruhig auf ihre Armbanduhr und dann haarscharf an meinem Gesicht vorbei.
»Wir reden ein andermal weiter darüber, Ulrike«, sagt sie und setzt sich in Bewegung. »Ich muss jetzt vor dem Unterricht unbedingt noch mal ins Lehrerzimmer und ein paar Arbeitsblätter kopieren. So einfach versprechen kann ich dir das nicht. Heute turnst du also bitte auf jeden Fall bei den Mädchen mit. Ich muss erst mit ein paar Kollegen darüber reden.«

»Ulli ist ein Transvestit!«, wiehert Lisa-Marie, als ich sie kurz vor unserem Klassenraum treffe. »Wann führst du denn deine Tuntenshow auf? Ich muss unbedingt kommen und zuschauen.«
»Hör auf, solche Scheiße zu labern«, zische ich und versuche mich an ihr vorbeizuzwängen.
»Wieso Scheiße?« Ihre Stimme klingt schrill und viel zu laut, besonders als sie jetzt auch noch den Kopf nach hinten biegt und so an-

fängt zu lachen, dass sämtliche Zahnfüllungen in ihrem Mund zu sehen sind. »Du hast es doch selbst zur Mangelsdorf gesagt, oder? Frau Lehrerin, ich kann leider nicht mitturnen! Ich bin ein Transvestit!«, quakt sie mit verstellter Stimme.

»Du hast echt null Ahnung, Lisa-Marie.« Mit einer groben Armbewegung schiebe ich sie zur Seite. »Lass mich vorbei.«

Wer hat Frau Mangelsdorf und mich in der Pause belauscht? Typisch Lisa-Marie, dass sie gleich wieder so aufdreht, ohne das Geringste verstanden zu haben. Ich lasse sie einfach links liegen und gehe, doch weiter als zwei Schritte komme ich nicht. Ein ganzer Ring von Leuten aus meiner Klasse schließt sich plötzlich um mich, ich stehe mittendrin und habe das Gefühl, alles um mich herum dreht sich, in meine Ohren dringt ein undefinierbares Stimmenwirrwarr aus Lachen, Spott, Gegröle und Beschimpfungen und immer wieder das Wort »Transvestit«. Irgendjemand rempelt mich an, ein anderer versucht mich am Arm festzuhalten, aus dem Augenwinkel bemerke ich sogar ein paar mitfühlende Blicke. Mein Brustabbinder verrutscht, obwohl er sogar im Schwimmbad gehalten hat. Eine Brust ist schon beinahe frei, ich halte mich gebückt, damit das nicht auch noch von den anderen bemerkt wird. Mir ist heiß und übel, ich habe Durst.

Plötzlich spüre ich im Rücken einen heftigen Stoß. Ich stolpere und falle über meine eigenen Füße, dann rammt sich der Overhead-Projektor in meine Kniekehlen. Mitten in dem Pulk steht plötzlich Frau Jacobi.

»Kann mir mal jemand verraten, was hier los ist?«, fragt sie mit erhobener Stimme, und ihre Augen flackern wild aus ihrem blassen Gesicht, während sich die Horde um mich herum blitzartig auflöst. Einer nach dem anderen flitzt auf seinen Platz und setzt sich an den Tisch. Was eben noch einem Irrenhaus glich, ist nun wieder der Klassenraum einer kreuzbraven neunten Klasse, die vor ihrer Mathelehrerin kuscht. Auch ich trotte zu meinem Einzeltisch und setze mich hin, obwohl mir noch alles wehtut. Als ich nach vorne schaue, bemerke ich David, der offensichtlich den OH-Projektor für Frau Jacobi hereingefahren hat. Rasch bückt er sich und stöpselt den Stecker in die Steckdose. Dann

dreht er sich um und kommt zu mir. Mit einer Hand auf meiner Schulter bleibt er hinter mir stehen.
Frau Jacobi schlägt das Klassenbuch auf und greift nach ihrem Kugelschreiber. Ihre Hände zittern, während sie etwas einträgt. Scheinbar eine Ewigkeit lang füllt sie die unterste Spalte des heutigen Tages, die mit der Überschrift »Bemerkungen«.
»Ich brauche nicht extra zu betonen, was ich von eurem Benehmen halte«, beginnt sie, nachdem sie sich wieder aufgerichtet hat und die Kugelschreibermine mit einem Klicken in ihrem Gehäuse verschwinden lässt. »Sicher ist, dass ich ein derart primitives, hinterhältiges und intolerantes Verhalten auf keinen Fall dulden werde.« Sie wirft einen langen, strafenden Blick auf Lisa-Marie, die den Kopf senkt und auf ihre blau lackierten Fingernägel blickt. Ich sehe genau, dass sie kichert.
»Ich hatte euch mehr zugetraut als bloßes Mitläufertum und dumme Vorurteile«, fährt sie gnadenlos fort. »Es ist so einfach, nicht wahr? Wenn Lisa-Marie lacht, lachen alle. Wenn sie jemanden herunterputzt, wird kräftig mitgemacht. Irgendjemand hat auf dem Hof ein paar Satzfetzen aufgeschnappt, als Ulli sich eurer Sportlehrerin anvertraut hat, und gleich die irrsinnigsten Geschichten daraus gemacht. Ohne sich zu informieren, ohne sich an Ulli selbst zu wenden.«
Ich will hier weg. So habe ich mir das alles nicht vorgestellt. Ich wollte doch nur, dass mein Geheimnis langsam, aber sicher die Runde macht und ich dann mehr und mehr als Junge akzeptiert werde. Warum geht das nicht? Warum sitze ich jetzt hier unter den eingeschüchterten Blicken meiner Klassenkameraden und bin das Thema des Tages? Und wie kommt David so schnell hierher? Was hat er mitbekommen?
»David aus der 11c ist mit Ulli befreundet«, setzt Frau Jacobi hinzu. Einige schauen überrascht zu ihm hin. »Du musst heute nicht hier bleiben, Ulli. Wenn du willst, kann David dich nach Hause bringen.«
»Die kriegt ja sowieso immer ’ne Extrawurst«, nölt Lisa-Marie und kritzelt irgendetwas mit dem Kuli auf ihren Spiralblock.

David hilft mir, meinen Schreibkram im Rucksack zu verstauen. Dann flüstert er mir etwas ins Ohr, doch ich verstehe nicht richtig, was er meint, weil gleichzeitig jemand ganz in meiner Nähe mit den Fingern schnippst. Es ist Nils, der sich meldet. Frau Jacobi nimmt ihn dran.
»Ich habe überhaupt nichts gegen Ulli.« Seine Stimme klingt aufgebracht. »Und ich habe sie auch nicht gedisst. Sie brauchen das gar nicht gleich der ganzen Klasse zu unterstellen!«
Im Nu geht erneut ein Raunen und Brausen durch die Klasse, ähnlich wie vorhin. Doch die Stimmen klingen nicht mehr so aggressiv, nicht mehr so höhnisch. Auch noch andere außer Nils betonen, sie hätten gar nicht mitgemacht, ja nicht einmal richtig mitbekommen, was hier vor dem Stundenklingeln überhaupt los war.
»Das ging doch total schnell«, meint auch Daniela. »Ulli und Lisa-Marie kamen rein, die beiden sind ja sowieso immer wie Hund und Katze, dann waren auf einmal alle um sie herum und ein Riesengeschrei. Ich saß schon hier auf meinem Platz und wollte gerade nachschauen, was da abgeht, aber dann kamen Sie auch schon! Ich hatte ja gar keine Chance, Ulli zu verteidigen!«
»Ich hoffe, das ist jetzt nicht nur der Versuch euch herauszureden«, zweifelt Frau Jacobi. »Dass das hier vorhin sehr unschön abgelaufen ist, kann ja wohl niemand abstreiten.«
»Ach, unschön«, stöhnt Lisa-Marie genervt. »Ulli braucht sich gar nicht zu wundern. Die *will* ja auffallen! Diese komischen Klamotten, der abartige Haarschnitt, ständig sondert sie sich ab ... Wenn sie dazugehören will, soll sie sich gefälligst auch so benehmen! Und sich nicht immer woanders umziehen, zu den Lehrern rennen und irgendwas von Transvestiten labern. Das ist doch pervers!«
David tippt mir sachte, ohne dass es jemand mitbekommt, auf den Rücken. Während meine Klasse weiter diskutiert, beuge ich mich zu ihm hinüber.
»Willst du es denen jetzt nicht sagen?«, fragt er im Flüsterton. »Das Thema ist doch sowieso schon auf dem Tisch. Du hörst es ja.«
»Jetzt, hier? Spinnst du?«, zische ich zurück. »Vor Lisa-Marie und allen? Lieber sterbe ich!«

»Es sind nicht alle wie Lisa-Marie.« David bleibt ganz ruhig. »Das wird jetzt hammerhart, aber danach hast du es hinter dir. Die reden noch ein paar Tage drüber, manche werden dich vielleicht ausfragen, aber dann hast du höchstwahrscheinlich deine Ruhe.«
Ich überlege einen Augenblick. Vielleicht hat er Recht. Trotzdem fängt mein Herz schon wieder zu wummern an. Ich kralle meine eiskalten Hände in Davids Arm. »Also gut«, keuche ich. »Bleibst du so lange hier?«
David lacht leise. »Jetzt komme ich sowieso zu spät zum Unterricht. Ich hol' mir nachher von deiner Lehrerin ein wasserdichtes Alibi.«
Frau Jacobi weist gerade Lisa-Marie darauf hin, dass es sie gar nichts anginge, wenn irgendjemand eine Lehrerin unter vier Augen sprechen möchte, und von Transvestiten hätte niemand etwas gesagt. Lisa-Marie lacht ihr bitteres Lachen, die anderen sind still.
Ich hole tief Luft und hebe den Arm, um mich zu melden.

Der ganze Saal applaudiert. Meine Rede zur Hochzeit meiner Schwester ist zu Ende. Ich bedanke mich bei meinem Publikum, indem ich mich mit einem souveränen Lächeln in alle Richtungen verneige. Dann klappe ich die Mappe mit meinen Unterlagen zu und trinke einen Schluck aus meinem Wasserglas, ehe ich vom Rednerpult abtrete. Mehrere Zuhörer stehen von ihren Plätzen auf und eilen auf mich zu.
»Das war brillant, Herr Herold«, sagt eine ältere Dame, die wohl zur Verwandtschaft meines frisch gebackenen Schwagers gehört. »Wirklich brillant, ich gratuliere Ihnen.« Sie reicht mir ihre welke, kühle Hand und ich schüttele sie. Ich finde auch, dass ich brillant war. Lange war ich nicht mehr so stolz auf mich wie in diesem Moment.
»Der ganze Aufbau, von der Kindheit über die Gegenwart bis hin zur Zukunft des Brautpaares – ich muss schon sagen, Hut ab«, betont auch ein gebildet aussehender Mann und rückt seine Brille mit Goldrand zurecht.
»Vielen Dank«, antworte ich. Ein Mädchen kommt mit einem Tablett voller Sektgläser herbei, ich nehme mir eines und stoße mit Patricia und ihrem Mann an, die ebenfalls zu mir geeilt sind. Patricia blickt stolz

zu mir auf. Sie ist eine ganz hinreißende Braut, und das sage ich ihr auch.

»Oh, ein paar Freundinnen von mir möchten dir etwas sagen«, verkündet sie und lächelt mich geheimnisvoll an. In diesem Moment drängen sich auch schon zwei reizende junge Damen durch die Menge der Hochzeitsgäste.

»Ich fand deine Rede auch super«, sagt die eine von ihnen, eine gut gebaute Blondine. »Aber das Beste daran war deine Stimme. Einfach zum Dahinschmelzen!«

14

Als es zur Pause klingelt, bin ich noch mitten im Redefluss. Sonst ist es immer so, dass wir alle gar nicht schnell genug aus dem Klassenraum kommen können. Die Raucher lechzen nach ihrer Zigarette, manche wollen sich mit ihren Lovern aus anderen Klassen treffen, ich drehe meine einsamen Runden oder linse auf dem Flur heimlich nach Sandy. Aber heute bleiben alle sitzen, manche auf den Tischen, andere haben ihre Stühle dichter zu mir herangerückt, einige lümmeln sich auf dem Fensterbrett, aber alle richten ihre Blicke auf mich und hören zu. Nur Frau Jacobi blickt ganz kurz auf ihre Uhr und sieht aus, als ob sie etwas Dringendes zu erledigen hat. Aber da wir auch in der nächsten Stunde bei ihr Unterricht haben, bleibt auch sie bei uns. Als Lisa-Marie mit ihrem Feuerzeug herumfuchtelt und ein ungeduldiges Gesicht zieht, nimmt sie es ihr weg. Irgendjemand zischt Lisa-Marie eine Warnung zu.

Und ich sitze da und rede, meine ganze Geschichte sprudelt aus mir heraus, von Anfang an bis jetzt. Ich erzähle, wie ich als Kind immer dachte, ich wäre ein Junge. Von den Spielen, die ich spielte. Den Freunden, die ich damals hatte, den Hosen, die ich immer schon lieber trug als Kleider. Den Wutausbrüchen, die ich hatte, wann immer ich dazu gedrängt wurde, mich mit Mädchenkram abzugeben. Und dass dies alles bis heute so geblieben ist und sich auch ganz bestimmt nicht mehr ändern wird. Ich erkläre, dass ich im falschen Körper lebe und wie schrecklich sich das anfühlt, aber die Details lasse ich weg. Ich rede nicht über meine Brüste, die ich abbinde, damit sie weder für mich zu spüren noch für andere zu sehen sind, nicht über meine Regelblutung, die mich jedes Mal völlig fertig macht, weil das, was da Monat für Monat passiert, nicht zu mir gehört, und ich rede nicht über die Liebe. Das ist mir zu intim. Dazu ist mir meine Klasse zu fremd, schäme ich mich zu sehr vor meiner Lehrerin.

Die nachfolgende Schulstunde ist schon zu einem Drittel vorbei, als ich endlich fertig bin. David lehnt immer noch hinter mir, ich spüre seine Hand warm und locker auf meiner Schulter ruhen. Als ich nichts mehr sage, räuspert er sich und zieht sie langsam weg. Die anderen ändern ihre Sitzposition oder strecken sich, manche husten wie in der Pause eines Konzerts, aber keiner lacht oder gibt blöde Bemerkungen von sich. Meine Kehle ist wie ausgetrocknet, mir ist schwindlig, und leichte Kopfschmerzen habe ich auch. Aber in meinen Adern summt es angenehm, und mir ist warm und irgendwie auch leicht zu Mute. Am liebsten würde ich mich jetzt ins Bett legen und einfach nur schlafen. Zum Glück finde ich wenigstens eine halbvolle Flasche Cola in meinem Rucksack.
»Ich glaube, jetzt müssen wir alle erst mal durchatmen«, bemerkt Frau Jacobi in die entstehende Unruhe hinein, »vor allem natürlich du, Ulli. Deshalb schlage ich vor, wir öffnen das Fenster und machen eine kleine Pause. Vielleicht machen wir danach noch ein bisschen Grammatik. Aber nichts Schweres mehr.«
Daniela und eine von Lisa-Maries Freundinnen hechten zu den Fenstern und reißen sie auf, meine Mitschüler laufen umher und reden leise miteinander. Ab und zu sieht jemand zu mir hin und lächelt scheu.
Der Rest dieser Stunde geht an mir vorbei. Ich bin so müde, hier und da spricht mich jemand an, stellt mir eine Frage, aber ich antworte wie ein Automat. Es war alles so viel. Irgendwann verabschiedet sich David und geht zurück in seine Klasse.
Erst in der zweiten großen Pause werde ich wieder halbwegs wach, draußen ist ein leichter Wind aufgekommen. In der nächsten Stunde haben wir Sport. Als Frau Mangelsdorf mit dem Schlüssel für den Geräteraum in der Turnhalle aufkreuzt, wird mir ganz flau im Magen. Im nächsten Augenblick sind jedoch schon Nils, Daniela und Füsun bei mir.
»Weißt du was, Ulli: Ich bin gar nicht so überrascht von deiner Geschichte«, beginnt Nils. »Dass du ein Mädchen sein sollst, hat noch nie so richtig in meinen Kopf gepasst.«

»Danke! In meinen auch nicht«, erwidere ich mit einem Grinsen.
»Ich dachte schon öfter an so was wie Transsexualität, habe mich aber nie getraut, dich danach zu fragen«, gesteht auch Daniela.
»Du hast es bestimmt total schwer!« Füsun schaut mich mit großen, mitfühlenden Augen an und legt ihre Hand auf meinen Arm. »Was jammere ich manchmal herum, wenn ich schlechte Laune habe, oder rege mich wegen Kleinigkeiten auf! Dabei habe ich es doch gut, ich bin ein Mädchen und will auch eines sein. Wie muss es dir dagegen erst gehen!«
»Jetzt jammere nicht noch mehr. Damit hilfst du Ulli auch nicht!« Nils tippt sich an die Stirn und knufft mir mit dem Ellbogen in die Seite. »Typisch, Weiber, wie? Mir fällt etwas viel Besseres ein.«
Ohne mich einzuweihen, eilt er am Beginn der nächsten Stunde auf Frau Mangelsdorf zu und fragt sie, ob ich heute nicht doch am Sportunterricht der Jungen teilnehmen dürfte.
»Das ist aber nur eine Ausnahme«, betont unsere Sportlehrerin. »Auf jeden Fall kann dies nur eine vorläufige Lösung sein. Mir ist keine Regelung bekannt, die für so einen Fall gilt.«
Wir spielen Fußball, aber weil ich dies seit meinen Kindertagen mit der Bande um Tommi nicht mehr getan habe, spiele ich ziemlich schlecht. Gerade will ich einen Spieler aus der anderen Mannschaft ausdribbeln, da trudelt der Ball und rollt mir vom Fuß weg in eine ganz andere Richtung, als ich es taktisch geplant hatte. Zum Glück ist Nils gleich zur Stelle und verhindert, dass der Gegner in Ballbesitz kommt.
»Tor!«, schreit Christopher plötzlich dicht neben mir und fällt mir um den Hals. »Hast du das gesehen, Ulli? Nils hat aus deiner Flanke einen Pass in den Strafraum gemacht, und Stefan hat eingeköpft! Klasse, Mann!«
Ich freue mich auch, und als ich im Jubel die Arme hochreiße und nach oben schaue, sehe ich Sandy, die in ihrem Klassenraum am Fenster steht und uns zusieht. Mit einer Hand klopfe ich unserem Torschützen auf die Schulter, mit der anderen winke ich ihr zu. Sandy winkt zurück.

»Ulrich, kommst du?«, ruft meine Freundin durch die offene Terrassentür. »Das Essen ist fertig!«
Ich schlage noch den letzten Nagel in den Balken, ehe ich antworte, dann lege ich meinen Hammer aus der Hand.
»Komm erst mal kurz her, Schatz!« Stolz auf mein Bauwerk blickend, winke ich sie zu mir nach draußen. »Ich bin gerade fertig geworden! Sieh es dir doch mal an!«
Meine Freundin murrt etwas, sie weiß, wie schwer ich mich losreißen kann, wenn ich draußen arbeite, etwas mit meinen eigenen Händen schaffe. Letzten Herbst haben wir uns für ganz wenig Geld dieses total verrottete Grundstück gekauft, die Wochenendlaube darauf glich einer Ruine, aber im Frühjahr habe ich sie wieder hergerichtet. Sogar der Garten ist wieder einigermaßen ansehnlich, aber da steckt noch viel Arbeit drin. Dieses Wochenende habe ich einen Schuppen gebaut, für die Gartengeräte und unsere Fahrräder.
»Sieht ja super aus!« Meine Freundin tritt ganz dicht neben mich und schlingt ihre Arme um meine Hüften. »Einfach toll, wie du das hinbekommen hast.«
»Unser kleines Paradies«, sage ich zufrieden und schlinge meinen Arm um ihre Hüften, während ich meinen Blick über das Grundstück schweifen lasse. »Alles mit eigener Muskelkraft geschaffen.«
Sie lacht leise und hebt ihre Hand, um meinen Bizeps zu befühlen.
»Starker Mann und großer Angeber«, bemerkt sie, »aber jetzt wollen wir essen, ehe alles kalt wird. Machst du uns danach ein Kaminfeuer an?«

Am Abend kommen David und Julian vorbei, um nach mir zu schauen.
»Ihr habt sturmfreie Bude?«, stellt Julian grinsend fest, nachdem er sich in allen Zimmern umgesehen hat. »Elternfrei?«
»Die sind heute eingeladen«, bestätigt Patricia und schlingt ihre Arme um David, der sie an sich drückt und ihre Stirn küsst. »Vor Mitternacht kommen die nicht zurück.«
»Das ist genial!«, ruft Julian. »Wo ist euer PC? Ihr habt doch Internetanschluss?«

»Logo«, antworte ich und zeige auf die Tür zu Hans' Arbeitszimmer. »Da drin. Aber was willst du jetzt im Netz?«
»Wirst du gleich sehen«, verkündet er mit geheimnisvollem Blick. »David und ich haben was entdeckt, das dich interessieren wird!« Wenige Augenblicke darauf fährt er unseren Computer hoch, stellt die Verbindung zum Web her und gibt irgendetwas Merkwürdiges in die Adresszeile ein. Dann müssen wir etwas warten, Hans ist technisch nicht immer auf dem neuesten Stand.
»Wehe, du lässt ihn abstürzen«, warne ich Julian. Der schüttelt nur ungeduldig den Kopf, und schon baut sich auf dem Bildschirm eine Seite auf. Ein freundlich lächelnder junger Mann mit weichen Gesichtszügen schaut uns von einem vergrößerten, farbigen Passfoto aus an. »Willkommen auf Erics privater Homepage«, steht in phantasievoll gestylten Buchstaben darunter.
»Na? Was sagst du nun?« Julian dreht sich auf Hans' Chefsessel zu mir herum und strahlt mich stolz an.
»Wieso? Was soll ich dazu sagen? Ich kenne keinen Eric!« Um besser sehen zu können, beuge ich mich über Julians Schulter etwas dichter zum Bildschirm hin, doch ich kann beim besten Willen nichts Auffälliges an dem Typen entdecken.
»Dieser Eric ist ein Kollege von dir, Ulli.« Nun schiebt sich David zwischen Julian und mich, nimmt ihm die Maus aus der Hand und klickt auf einen Button, auf dem »Meine Kindheit« steht. »Pass auf!« Wieder werden Bilder geladen, diesmal sogar mehrere, und nun begreife ich es. Das Kind auf den Fotos hat Kleider und Röcke an, auf manchen trägt es lange, auf den meisten aber kurze Haare, und fast immer sieht es unglücklich aus.
»Als diese Fotos entstanden, hieß ich noch Elisa«, steht darunter, »und dass ich all diese Kleider und Röcke gehasst habe, ist nicht zu übersehen.«
Mit stockt der Atem, am liebsten würde ich in den Bildschirm hineinkriechen. »Mach weiter!«, dränge ich und stupse David in die Seite. »Der ist ja transidentisch, genau wie ich!«
»Erraten!« David grinst triumphierend und klickt auf »Weiter«. Auf der

nächsten Seite sehe ich Eric mit einer fleckigen Latzhose und einer Laubsäge in der Hand an einem Brett sägen. »Schon von klein auf habe ich Röcke gehasst und Hosen geliebt«, beginnt der lange Text unter der Überschrift »Wie aus Elisa Eric wurde«. »Ich kletterte auf jeden Baum und spielte am liebsten mit anderen Jungen Fußball, solange ich denken kann. Wenn ich zum Geburtstag oder zu Weihnachten Mädchenspielzeug bekam, hatte ich Wutanfälle und warf die Sachen in die Ecke ...«

»Das kann nicht wahr sein«, stammele ich. »Der Typ erzählt genau meine Geschichte! Hol noch mal das erste Bild, David!«

David erfüllt mir den Wunsch, und nun starre ich wieder fassungslos auf das Foto, das Eric zeigt, wie er heute aussieht. Erst jetzt bemerke ich, dass sein Geburtsdatum unter dem Foto steht. Achtzehn Jahre alt ist er, also drei Jahre älter als ich.

»Der kommt total männlich rüber«, staune ich und rücke noch dichter an den Bildschirm. »Seht mal, dem wächst sogar ein Bartflaum! Wie kann denn das sein?«

Julian nimmt David die Maus aus der Hand und öffnet ein anderes Fenster mit Infos. »Der nimmt Hormone«, antwortet er. »Männliche Hormone, Testosteron. Dadurch merkt man ihm kaum noch an, dass er mal ein Mädchen war. Der Körper verändert sich ziemlich krass.«

»Wie hast du diese Website gefunden?«, stoße ich, noch immer fassungslos, hervor.

»Über meine Lieblingssuchmaschine«, lacht Julian. »Es ist ganz einfach! Du musst nur die beiden Begriffe »,Transsexualitaet« und »Berlin« eingeben, und schon findest du alle Seiten, die du zu diesem Thema gebrauchen kannst.«

»Wieso Berlin? Was machen denn Transsexuelle, die woanders wohnen?«

»Es gibt genügend Links zu anderen Seiten. Aber wenn du nur ›transsexuell‹ eingibst, kommt ganz viel Pornoquatsch, der einfach nur ärgerlich ist. Aber mit diesen beiden Begriffen kann nichts passieren.«

»Wahnsinn«, stoße ich leise hervor und blicke wieder auf Erics Foto. »Hormone nehmen, dass es so was überhaupt gibt ... Glaubst du, das machen viele Transidenten?«
»Nicht alle«, vermutet Julian, »aber einige schon. Du kannst ja noch mal in Ruhe auf Erics Seite vorbeischauen! Der ist dadurch sogar in den Stimmbruch gekommen. Kannst du dir alles auf seiner Website anhören. Der quatscht genauso bassig daher wie David und ich.«
»Jetzt hör mal auf, Julian«, mischt sich Patricia ein. »Das geht jetzt wirklich ein bisschen zu weit, finde ich. Ulli hat sich doch gerade erst dazu durchgerungen, ganz offiziell als Junge leben zu wollen. Da musst du ihm doch nicht gleich mit Hormonen kommen!«
»Ist schon gut.« Julian steht von Hans Drehsessel auf und schiebt ihn wieder ordentlich zurück an den Schreibtisch. »Aber dieser Eric trifft sich auch noch mit anderen Transsexuellen, Ulli! In so 'nem Kiezcafé, gar nicht weit weg von hier. Vielleicht hast du ja Lust, da auch mal hinzugehen!«
»Hier, mitten in Berlin?«
»Das soll ein Stammtisch von zehn oder zwölf Leuten sein, steht da. Von deinem Alter an aufwärts.«
Ich antworte nicht. Mir fällt gar nichts mehr ein, was ich sagen könnte. Das muss ich alles erst mal auf mich wirken lassen. Patricia, die neben mir steht, legt den Arm um meine Schultern und sieht mich richtig besorgt an. Ich versuche, ihr beruhigend zuzulächeln.
»Draußen ist es noch schön«, bemerkt Julian mit einem Blick aus dem Fenster. »Gehen wir noch ein bisschen Skateboard fahren?«
Auf der Straße, mit meinem Skateboard unter dem Arm, brüte ich noch immer vor mich hin. Dieser Eric geht mir nicht aus dem Kopf. Um mein Hirn ein bisschen freizubekommen, stelle ich schließlich mein Board auf den Asphalt und fahre den anderen ein Stück voraus. Dabei kommt mir plötzlich ein Gedanke.
»Ist euch eigentlich etwas aufgefallen?«, frage ich und schaue lachend in die Gesichter von Patricia und meinen Freunden. Erstaunt erwidern sie meinen Blick und schütteln die Köpfe.

»Ihr habt heute zum ersten Mal ›er‹ zu mir gesagt!«, rufe ich. Dann sause ich vorwärts, immer schneller, obwohl mich die untergehende Sonne ein wenig blendet.

Auf dem Skaterplatz ist es heute voller als sonst. Schon von weitem sehe ich Micha, der wie üblich in einem Affenzahn über das Pflaster fegt, aber auch Marius und einige von den anderen sind da. Als sie uns von weitem sehen, stoppen sie auf ihren Brettern ab und kommen uns entgegen. Nur Micha fährt unbeirrt weiter.
»Hey, Ulli«, begrüßt mich Marius und klopft mir auf die Schulter. »Das sind ja irre Geschichten, die man so über dich hört. Stimmt das wirklich alles?«
»Doch, das stimmt«, kommt mir Max zuvor, der auch in meine Klasse geht, aber nur selten hier ist. »Sie hat es in der Schule auch allen erzählt.«
»Du meinst, *er* hat es erzählt«, korrigiert Julian. »Wenn Ulli sagt, er ist ein Transsexueller, und das auch durchziehen will, müssen wir *er* sagen.«
»Genau!«, bekräftige ich. »Am besten, ihr gewöhnt euch so schnell wie möglich daran. Ich bin Ulrich. Aber wenn ihr einfach weiter Ulli sagt, ist das auch okay.«
»Geht schon klar. Du bist ja deshalb kein anderer Mensch, nur weil du dich jetzt geoutet hast.« David nickt mir zu und blickt prüfend in die Runde, als wolle er feststellen, ob die anderen das auch richtig verstanden haben.
»Ich mache nur das, was ich immer schon wollte«, bestätige ich.
Marius bläst Luft aus seinen Backen. »Finde ich total mutig, so einen Schritt«, meint er, »ich weiß nicht, ob ich das könnte.«
»Ich könnte nicht mehr als Mädchen rumlaufen«, meine ich lachend.
»Und du, Patricia? Hast du dich schon daran gewöhnt, dass du jetzt praktisch einen Bruder hast?«, will eines von den Mädchen wissen, die immer mit ihr auf der Treppe vor der Galerie sitzt und uns beim Skaten zusieht. Ich glaube, sie heißt Anna.
Meine Schwester schüttelt den Kopf. »Das wird sicher noch dauern«,

gibt sie zu. »Aber ich will ihr, äh, ihm natürlich helfen. Wichtig ist ja, dass Ulli sich endlich mal halbwegs wohl fühlt.«
Micha, der inzwischen etwas außer Puste ist, rollt auf seinem Brett langsam zu uns heran. An seinem Gesicht sehe ich schon von weitem, dass Lisa-Marie ihm alles erzählt hat.
»Hatte ich ja doch Recht, als ich ›Frau Mann‹ zu dir gesagt habe«, sagt er. »Willst du jetzt echt ein Kerl sein, ja? Wirst du doch nie! Oder lässt du dich umoperieren?«
Noch ehe einer von uns etwas erwidern kann, springt er wieder auf sein Brett und jagt laut lachend davon. Ich balle meine Hände in den Hosentaschen und starre ihm hinterher.

15

Ich liege wach in meinem dunklen Zimmer und kann nicht einschlafen. Seit Stunden geht das nun schon so. Ich habe gelesen, leise Musik gehört, das Fenster aufgemacht, Schäfchen gezählt, bin noch mal aufgestanden und habe mir eine Tasse von Elkes Baldriantee gekocht, aber es hat nichts genützt. Ich kann nicht aufhören zu grübeln. Immer wieder sehe ich das Foto von Eric vor mir, das David und Julian mir im Internet gezeigt haben. Eric, dem es genauso geht wie mir, der auch als Mädchen geboren wurde, sich aber schon immer als Junge fühlte. Eric, der auch eines Tages nicht mehr weiterleben konnte in seinem Mädchenkörper, der wie ich immer unglücklicher wurde mit seinem Busen, mit seiner Regelblutung - ohne das, was andere Jungen haben, aber er nicht. Eric, der sicher auch sein ganzes Leben lang das Gefühl hatte, nicht richtig zu sein, so wie er ist. Eric, der jetzt Hormone bekommt, Testosteron, vom Arzt verschrieben. Wieso ist er überhaupt zum Arzt gegangen? Ist das denn eine Krankheit, transidentisch zu sein?

Am liebsten würde ich aufstehen und noch einmal seine Seite anklicken, mir sein Gesicht ansehen, das schon so viel männlicher ist als meins. Aber ich glaube, das mache ich lieber, wenn ich mal alleine zu Hause bin. Ich will nicht, dass dabei jemand ins Zimmer platzt. Nicht einmal Patricia. Ob Eric sich besser fühlt mit seinem Bartwuchs und der tieferen Stimme, von der Julian erzählt hat?

Es muss toll sein, als Junge erwachsen zu werden. Zu spüren, wie die Stimme zuerst anfängt zu kratzen und dann nach und nach tiefer wird, bis sie klingt wie die eines Mannes, reif und überlegen, Haare an den Beinen und vielleicht auch auf der Brust zu bekommen. Richtig in die Länge zu schießen, statt irgendwo oberhalb von 155 oder 160 cm mit dem Wachsen aufzuhören. Zu erleben, wie die eigenen Hände breiter und kräftiger werden, wie sich die Armmuskeln entwickeln, wenn man etwas dafür tut. Sich eines Tages rasieren zu müssen, ein cooles After Shave zu benutzen und zu fühlen, wie es auf der Haut brennt, um die wunden Stellen zu desinfizieren. Mit anderen Jungs ins Fußballstadion zu gehen und hinterher ein Bier zu trinken. Am Kneipentisch beim Armdrücken und Fingerhakeln miteinander Kräfte zu messen. Ein Mädchen im Arm zu halten, das sich an einen lehnt und zu einem aufschaut. Eine feste Freundin zu haben. Vielleicht eines Tages mit ihr zu schlafen und dann immer wieder. Ob Eric das alles macht?

Leise stöhne ich vor mich hin und schaue auf den Radiowecker in meinem Bücherregal. Die grünen Digitalziffern leuchten mir erbarmungslos ihr »1:42« entgegen, doch noch immer finde ich keine Ruhe. Geräuschlos wälze ich mich aus dem Bett, öffne meine Zimmertür einen Spaltbreit und lausche auf den Flur. Durch keine der anderen Zimmertüren dringt mehr Licht, im Schlafzimmer höre ich Hans schnarchen. Schnell husche ich in sein Arbeitszimmer und schließe die Tür hinter mir, so leise ich kann und ohne Licht zu machen.

Es erscheint mir wie eine Ewigkeit, bis der PC hochgefahren ist. Zum Glück habe ich mir die Webadresse von Eric gemerkt. Hastig tippe ich sie ein, und schon sitzt Eric wieder vor mir. Nachdem ich ihn mir lange angeschaut habe, wieder mit dieser Mischung aus Faszination und Schrecken wie schon beim ersten Mal, gehe ich die Navigationsleiste auf seiner Homepage durch. »Was ist Transidentität?«, steht auf dem obersten Button. Atemlos klicke ich darauf, es öffnet sich ein langer Text, und während ich ihn gierig verschlinge, ist es, als hätte mich jemand mein ganzes Leben lang beobachtet. Fast bis ins Detail lese ich meine eigene Geschichte! Immer schneller fahre ich mit dem Rollbalken die Zeilen entlang, mein Herz klopft, aber jetzt nicht mehr vor Angst und Verzweiflung, nein, dieser Eric ist mit mir seelenverwandt. Hier bin ich richtig.

Neugierig klicke ich den nächsten Button an, »Stimmproben« steht darauf. Mit zitternden Fingern drehe ich den Lautsprecher des PCs so leise, dass ich gerade eben noch etwas hören kann. Dann rufe ich die erste Stimmprobe von Eric auf. Die hat er aufgenommen, bevor er angefangen hat, Testosteron zu nehmen. »Hier spricht Eric. Bald werde ich mit Testo beginnen, um in den Stimmbruch zu kommen«, sagt er. Seine Stimme ist die eines jungen Mädchens, hell und ruhig, wie meine eigene. Aber es gibt noch mehr Proben. »Hallo, ich bin Eric und bekomme seit zwei Monaten Testo«, erzählt mir ein Junge, der wirklich im Stimmbruch ist. Könnte man glatt mit Julian verwechseln! Bei der dritten Probe trifft mich endgültig der Schlag. »Hier ist Eric, seit einem halben Jahr auf Testo«, sagt er und klingt nun richtig männlich, wie ein ausgereifter Bass. Das muss ein Wahnsinnsgefühl sein! Diese Stimme und dazu sein Aussehen - den hält doch kein Mensch mehr für ein Mädchen!

Gerade will ich die Homepage schließen, da fällt mir noch ein Button mit dem Hinweis »Stammtisch« auf. Hastig klickte ich ihn an. »Wenn auch du mit dem Körper eines Mädchens geboren wurdest, dich ansonsten aber eher als Junge fühlst, dann bist du bei uns richtig, denn uns geht es genauso!«, lese ich. »Komm doch einfach zu unseren Treffen jeden 1. und 3. Freitag im Monat. Hier können wir gemeinsam Erfahrungen über unser Leben und unsere Ziele austauschen, uns gegenseitig Tipps geben und vor allem viel Spaß haben. Nur Mut, wir freuen uns auf dich!«

Darunter entdecke ich den Link auf Erics E-mail-Adresse, er empfiehlt, man solle mit ihm Kontakt aufzunehmen, bevor man zum ersten Mal zu diesem Treffen geht. Hastig schließe ich das Fenster wieder. An Eric schreiben, das traue ich mich nicht.

Ein Weilchen stöbere ich noch auf seiner Homepage herum, finde Fotos und Lebensgeschichten von anderen transidentischen Jungs und sogar Tipps zum Abbinden der Brust und zum täuschend echten Ausstopfen der Unterhose vorn. Nicht schlecht! Daran hatte ich noch gar nicht gedacht. Muss ich mir für meinen nächsten Schwimmbadbesuch unbedingt merken.

Plötzlich höre ich, wie jemand über den Flur ins Badezimmer geht; dem Schritt nach ist es Elke. Mit angehaltenem Atem und ohne mich durch das Klappern der Tastatur zu verraten, warte ich, bis sie

wieder im Schlafzimmer verschwunden ist. Leise zähle ich bis hundert. Dann schließe ich Erics Homepage mit einem letzten Blick auf sein männliches Gesicht und fahre den Computer herunter. Ohne ein Geräusch zu machen, schleiche ich zurück in mein Zimmer.
Ob ich diesem Eric eine E-mail schicken soll?, überlege ich, sobald ich wieder in meinem Bett liege. An Schlaf ist nun erst recht nicht zu denken, obwohl mein Wecker inzwischen 2.51 Uhr zeigt. Aber was soll ich schreiben? Die anderen aus seiner Gruppe sind sicher schon alle viel weiter als ich in ihrer männlichen Entwicklung. Wird er mir überhaupt antworten, wenn er erfährt, dass ich noch herumpiepse wie ein Mädchen und außer kurzen Haaren und Jungsklamotten noch nichts zu Stande gebracht habe?
Aber was wäre, wenn ich auch männliche Hormone nehmen würde? Was passiert dann mit mir, mit meinem Körper, verändert der sich auch irgendwie? Würde ich mich dann besser fühlen, mehr mit mir im Reinen? Und wie reagieren die anderen darauf?
Ich muss mich aufdecken, bin total verschwitzt. In meinem Kopf fühlt sich alles ganz dusselig an. Auch meine Hände sind feucht. Neben meinem Bett steht ein Wasserglas, ich trinke einen Schluck, doch auch danach fühle ich mich nicht besser. Tränen schießen mir in die Augen, ich bin so ratlos, weiß überhaupt nicht mehr weiter. Und das, nachdem ich schon so vielen Leuten von meiner Transidentität erzählt habe und eigentlich fast alle verständnisvoll reagiert haben!
Wenn ich nichts mache, wird mein Körper immer so bleiben, wie er jetzt ist. Viele halten mich auf den ersten Blick für einen Jungen, aber ich bin noch nicht mal sechzehn. In meiner Klasse sind auch die anderen Jungen noch nicht alle im Stimmbruch, ein paar Spätzünder gibt es immer. Tobias und Linus sind sogar kleiner als ich, sehen noch fast aus wie Siebtklässler.
Aber was kommt danach? Ich werde erwachsen, und meine Stimme bleibt hell und mein Gesicht glatt. Wer wird mich dann als Junge, gar als Mann akzeptieren? Wenn ich Glück habe, bleibt meine Figur vielleicht so schmal und knochig wie jetzt. Aber was ist, wenn sich das

später ändert? Wenn ich runde Hüften und Oberschenkel bekomme wie Tante Klara und eine Taille wie Lisa-Marie?

»Warte, Schatz. Lass mich das machen.« Entschlossen nehme ich meiner Freundin die schwere Getränkekiste ab, die sie gerade aus dem Auto wuchten wollte, verrückt, wie sie ist. »Nimm du den Einkaufskorb, da ist nicht so viel Schweres drin.«
Ohne allzu große Anstrengung schleppe ich die Selters nach oben, danach noch den Bierkasten. Wir haben Großeinkauf gemacht, weil heute Abend ein paar Freunde zum Doppelkopf-Spielen vorbeikommen. Während ich auch noch das Bier hochhole, räumt sie die Lebensmittel in den Kühlschrank. Kurz darauf höre ich sie Gemüse schnippeln; bei ihr geht nichts ohne einen frischen Salat. Ich habe lieber eine Wurststulle zwischen den Zähnen als diesen Schlankheitskram.
»Kannst du ja auch machen«, beruhigt sie mich, als ich wie ein hungriger Wolf durch die Küche tigere und Brot, Butter, Zwiebeln und Salami unübersehbar auf einem dicken Holzbrett platziere. »Aber ihr seid heute Abend nicht nur unter euch. Wir Frauen wollen etwas Gesundes essen!«
»Wann kommen sie denn?«, frage ich und schaue auf meine Armbanduhr. Die ist neu, wasserdicht. Im nächsten Urlaub probiere ich sie mal beim Tauchen aus.
»Um halb neun«, seufzt meine Freundin und schiebt mich mit sanfter Gewalt aus der Küche. »Weißt du, dass du hier störst, Ulli? Räum lieber mal im Wohnzimmer deine Zeitungen zusammen und stell die Gläser hin.«
Das ist keine schlechte Idee. Auch die Spielkarten suche ich schon heraus, öffne eine Dose mit Erdnüssen und reiße eine Tüte Chips auf. Wenn sie das sieht, wird sie bestimmt zur Furie. Aber das Knabberzeug in Tupperschüsseln drapieren kann sie selber.
»Was soll ich jetzt machen?«, frage ich, trete von hinten dicht an meine Freundin heran und streichle ihren Busen. Sie dreht sich um und legt ihre Wange an meine.
»Rasier dich«, sagt sie.

Am Samstag bin ich schon vom frühen Morgen an total aufgeregt. Heute Abend ist Sandys Fete! Gleich nach dem Frühstück stelle ich mich vor meinen Schrank und überlege, in welchen Klamotten ich wohl am meisten Eindruck bei ihr schinden kann. Eine von meinen neuen Jeans, so viel ist klar, und ich muss unbedingt meine Schuhe putzen, obwohl ich keinen Schimmer habe, wie man Sneakers putzt, die aus Wildleder sind. Frische Socken sind auch mal wieder fällig. Aber was ziehe ich oben herum an? Meine Sweater erscheinen mir plötzlich alle nicht mehr cool genug, so sehe ich doch jeden Tag aus. Außerdem wird mir darin bestimmt heiß, wir haben jetzt Mitte Juli, und nach ein paar verregneten Tagen ist es heute wieder richtig schwül draußen. Sogar zum Skateboardfahren ist es zu drückend. Julian, David, Patricia und ich sind deshalb gestern ins klimatisierte Kino geflüchtet.
Also werde ich wohl ein T-Shirt anziehen. Eines nach dem anderen reiße ich aus dem Stapel in meinem Schrank, aber die sind alle total ausgelabbert, die meisten eignen sich nur noch zum Drunterziehen. Sogar die von Julian.
Leise fluche ich vor mich hin. Hätte ich mich damals beim Shoppen für meine Einsegnung gegenüber Elke durchgesetzt, stünde ich jetzt nicht vor diesem Problem. Dann hätte ich ein wunderbares Jackett und ein weißes Hemd, so was könnte ich lässig mit meinen Jeans kombinieren. Sandy würde bei meinem Anblick weiche Knie bekommen, ihre rehbraunen Augen würden mich anschmachten, und todsicher würde sie den ganzen Abend nur mit mir tanzen. In Rock und Bluse kann ich ja wohl kaum davon ausgehen. Vielleicht hätte ich damals mit Hans Klamotten einkaufen sollen statt mit Elke.
Hans!, schießt es mir blitzartig durch den Kopf, das ist *die* Idee! Der hat den ganzen Schrank voller Hemden und Sakkos, da kann er mir ruhig mal was leihen! Ich donnere meine Schranktüren so schwungvoll zu, dass ich drinnen die Kleiderbügel klappern höre, und stürme hinüber in sein Arbeitszimmer. Die Gardine bauscht sich auf, als ich die Tür aufstoße. Das Fenster knallt von dem Luft-

zug zu. Hans sitzt am Computer und brütet über irgendeiner Zahlentabelle, hinter ihm steht Elke, beugt sich über seine Schulter und stiert mit auf den Bildschirm. Als sie mich hört, fährt sie erschrocken hoch und wendet sich um.

»Ulli!« Sie greift sich an die Brust und stöhnt. »Hast du mich erschreckt! Kannst du nicht hereinkommen wie ein zivilisierter Mensch?«

»Nicht, wenn es um etwas Lebenswichtiges geht. Ich brauche Klamotten für die Fete heute Abend.«

»Ulrike, das hat doch wirklich Zeit bis später. Du siehst doch, dass wir hier mitten am Arbeiten sind! Sprich mich nach dem Mittagessen noch mal an, dann suchen wir zusammen was raus.« Schon will sie sich wieder dem Bildschirm zuwenden. Hans sieht sogar nicht einmal zu mir her, sondern hackt unbeirrt auf seiner Tastatur herum. Wahrscheinlich denkt er, Klamotten für die Fete, das ist sowieso Weiberkram.

Aber so schnell gebe ich mich nicht geschlagen. Mit zwei Schritten bin ich neben den beiden und lehne mich so an den Schreibtisch, dass ich ihnen die Sicht auf die Mattscheibe zumindest halb verdecke. Dann stemme ich meine Hände in die Hüften und sehe meiner Mutter mit festem Blick in die Augen.

»Ich meine nicht dich, Elke«, sage ich und betone jedes Wort einzeln. »Ich rede von Hans. Der soll mir Klamotten leihen.«

Mein Vater tippt noch eine sechsstellige Zahl ein und trinkt einen Schluck kalt gewordenen Kaffee aus seiner selbst getöpferten Teetasse. »Ich?«, fragt er und bekommt einen solchen Hustenanfall, dass er purpurrot anläuft. »Wieso? Wird das eine Faschingsparty?«

»Blödsinn. Doch nicht mitten im Sommer! Ich will einfach nur gut aussehen, Hans! Und dazu brauche ich ein weißes Hemd und ein Sakko. Oder wenigstens eine Weste, vielleicht deine dunkelblaue aus Leder. Oder die schwarze von deinem Anzug.«

»Bei wem bist du denn eingeladen?« Elke sieht nun doch vom Bildschirm auf und kratzt ein Eckchen von ihrem rostroten Nagellack am Daumen ab.

»Bei Sandy«, antworte ich, »einem Mädchen aus unserer Schule.«
»Bei einem Mädchen!«, ruft sie und strahlt plötzlich über das ganze Gesicht. Sie fällt mir um den Hals und knuddelt mich. »Das freut mich aber für dich, Kleines. Endlich! Ich hatte schon befürchtet, das hört nie auf, dass du immer nur von Jungs eingeladen wirst wie zu deiner Grundschulzeit.« Sie hält mich auf Armeslänge von sich ab und mustert mich von oben bis unten. »Aber willst du dich dann nicht auch ein bisschen so anziehen wie die anderen Mädchen? Sonst bist du nachher wieder so außen vor und findest keinen Anschluss!«
»Wenn ich keinen Anschluss finden würde, hätte mich Sandy gar nicht erst eingeladen«, kontere ich. »Also, Hans, leihst du mir ein weißes Hemd und ein Jackett?«
»Wirklich, Hans, sag doch auch mal was!« Elke sieht ihn mit einem verzweifelten Blick an und ringt die Hände. »Das ist doch sicher so eine Party, bei der auch getanzt wird, oder? Was hättest du denn in dem Alter gesagt, wenn da ein Mädchen aufgekreuzt wäre, das angezogen ist wie ein Kerl? Hättest du sie aufgefordert?«
Hans sieht mich lange an. Ich glaube, er denkt genau wie ich an den Nachmittag, an dem wir zusammen an seinem Auto herumgebastelt haben, und vielleicht auch an früher, an das Taschenmesser, das Modellbauflugzeug, die Spielzeugautos und die Fußballspiele.
»Ich halte mich da raus«, verkündet er schließlich. Mit einer entschlossenen Handbewegung markiert er eine der Zeilen, die er eben getippt hat, und drückt die Entferntaste. »Kleidervorschriften wird es bei dieser Party ja wohl nicht geben. Von mir aus kannst du die Sachen haben, Ulli!«
Ich brauche ewig, um mich zu stylen. Hans' Hemd bügele ich sogar, und anfangs mache ich dadurch sogar mehr Knicke und Falten hinein, als es vorher hatte. Patricia, die sich auf unserem alten Sofa im Wohnzimmer räkelt und mir zusieht, lacht sich scheckig und bietet mir ihre Hilfe an, doch ich habe auch meinen Männerstolz und lehne dankend ab. Schließlich habe ich es einigermaßen hinbekommen. Danach schließe ich mich in meinem Zimmer ein und nähe mit unbeholfenen Stichen meinen Brustgurt noch etwas enger. Nachdem

ich geduscht habe, föne ich meine ultrakurzen Haare drei Mal, bis jede Igelstoppel so steht, wie es sein muss. Schließlich ziehe ich mich an und finde sogar noch eine Flasche Duftwässerchen, das Hans irgendwann einmal von Tante Klara geschenkt bekommen hat. Er hat es noch nie benutzt, glaube ich, aber ich sprühe mir jetzt einen Hauch davon unter die Achseln und auf den Hals. Dann rufe ich einen kurzen Abschiedsgruß in den Flur und mache mich auf den Weg.
Bestimmt hat Sandy Geburtstag, fährt es mir siedend heiß durch den Kopf, als ich am U-Bahnhof Kleistpark am Blumenstand vorbeikomme. Hastig zähle ich mein Geld. Wenn ich jetzt eine Rose kaufe, eine von diesen schönen, langstieligen, die so samtig aussehen, bin ich hinterher pleite. Andererseits kann ich schlecht mit leeren Händen ankommen und behaupten, ich liebe sie.
So stehe ich wenig später im Treppenhaus vor Sandys Wohnungstür und klingele. Aus der Wohnung dringt laute Musik und fröhliches Lachen. Dann kommen Schritte näher. Das Herz schlägt mir bis zum Hals, als endlich die Tür geöffnet wird.
»Ulli!«, ruft Sandy und zieht mich herein. »Du kommst aber spät! Wir machen uns schon alle über das kalte Buffet her!«
»Hast du heute Geburtstag?«, frage ich und reiche ihr die Rose, die ich schon im Treppenhaus aus ihrem Papier gewickelt habe. Sandy nickt.
»Die riecht aber gut«, staunt sie und taucht ihre Nase in die Blüte. Dann umarmt sie mich und schnuppert noch einmal. »Fast so gut wie du!«
»Wie? Ein duftender Rosenkavalier?«, tönt eine bekannte Stimme aus dem Flackerlicht im Wohnzimmer, in das Sandy mich gerade lotst. Eine Stimme, bei der sich gleich meine Magenwände zusammenziehen.
»Ich finde das total süß von Ulli«, meint Sandy und stellt die Rose in ein Wasserglas. Ich drehe mich um.
Vor mir steht Micha.

16

»Hi, Micha! Du hier?«, frage ich und versuche, meine Stimme so normal wie möglich klingen zu lassen.
»Was dagegen?«, erwidert er und zieht eine Augenbraue hoch. Mit einer Hand fährt er sich über sein gegeltes Haar. »Ich habe eben ein gutes Verhältnis zu meiner Ex.«
»Ex?« Ich muss mich verhört haben, die Musik ist so laut. Jetzt läuft gerade mein Lieblingssong von Oasis. »Wer ist deine Ex?«
»Unser Geburtstagskind!« Micha grinst breit. »Die süße Sandy.« Er streckt seine Hand nach ihr aus und will sie an sich ziehen, doch Sandy macht sich geschickt von ihm los.
»Red keinen Blödsinn, Micha«, zischt sie. »Komm mit, Ulli, du bekommst erst mal was zu trinken. Dann zeige ich dir das kalte Buffet und mache dich mit ein paar Leuten bekannt.« Schon will sie mich hinter sich her ziehen, aber so einfach soll es Micha nicht haben. Tolles Verhältnis zur Ex. Der spinnt wohl! Ich halte Sandys Hand auf meinem Arm fest und sehe ihn herausfordernd an.
»Und wo ist Lisa-Marie?«, frage ich. »Hast du sie nicht mitgebracht?«
»Lisa-Marie.« Micha schnaubt und macht eine wegwerfende Handbewegung. »Die hat's nicht gebracht, Mensch. Ex und hopp!«
Mir bleibt der Mund offen stehen, aber jetzt gehe ich mit Sandy mit. Diesem widerlichen Typen muss ich unbedingt aus dem Weg gehen, so gut das in einer überfüllten Wohnung möglich ist.
»Warst du wirklich mal mit ihm zusammen?«, frage ich sie, als wir uns ein paar Schritte von Micha entfernt haben und an der Stereoanlage vorbei in die Küche gehen.
»Ist schon ewig her!«, beteuert sie und deutet mit dem Finger auf Cola, Selters, Erdbeerbowle und Bier. »Und das war auch nur ganz kurz. Ich hab damals ziemlich schnell wieder mit ihm Schluss gemacht. War ein Anfall von Geschmacksverirrung. Er sieht ja ganz imposant

aus, ist aber total unsensibel und egoistisch. Und untreu sowieso. Als ich nicht gleich wollte, was er wollte, hat er mich sofort betrogen. Abgehakt!«

Ich zeige auf die Bowle, ohne meine Augen von Sandy zu lassen. »Und mit Lisa-Marie ist er auch auseinander?«

»Hört sich so an!« Auch Sandy füllt einen Plastikbecher mit Erdbeerbowle. »Aber es ist mir auch egal. Ein paar von den anderen hier wollten halt gerne, dass er kommt, weil er eine Stimmungskanone ist. Sonst hätte ich ihn gar nicht eingeladen.«

Mehr will ich auch nicht wissen. In diesem Moment kommen ein paar Jungen und Mädchen herein, um sich etwas zu essen zu holen. Auch ich greife mir einen Teller und belade ihn üppig mit Nudelsalat und Buletten. Außer Sandy und Micha scheint niemand hier zu sein, den ich kenne. Ich weiß nicht mal genau, ob die anderen alle auf unsere Schule gehen. Nur einige kenne ich flüchtig vom Sehen.

»Das ist Ulli«, stellt Sandy mich allen vor, die sich jetzt ebenfalls über das leckere Buffet hermachen, »ein Freund von mir aus der 9a. Ulli, das sind Gregor, Annika, Leon, Eleni und Julia.«

Die fünf nicken mir freundlich zu und reichen mir die Hand, doch als Sandy und ich uns weiter unterhalten, bemerke ich aus dem Augenwinkel, dass Julia und Eleni ganz leise miteinander reden und dabei immer wieder zu mir hinschauen. Ob sie ahnen, dass ich transidentisch bin? Hat sich vielleicht schon herumgesprochen, was ich in meiner Klasse allen erzählt habe?

Wundern würde es mich nicht. Doch vorerst komme ich nicht mehr dazu, darüber nachzudenken. Als mein Pappteller leer ist, nimmt Sandy ihn mir aus der Hand und wirft ihn in einen großen blauen Müllsack. »Jetzt tanzen wir aber mal«, fordert sie mich auf, »komm mit!«

Ich ziehe noch schnell mein Sakko aus, lege es über einen Küchenstuhl und folge ihr. Im Wohnzimmer läuft die Fete auf Hochtouren. Kein Wunder, Sandy hat es auch echt toll hinbekommen, aus diesem eher bürgerlich eingerichteten Raum eine Disco zu machen. Die Fenster sind mit Alufolie abgedunkelt, was einen tollen Glitzereffekt bewirkt, denn sie hat extra eine Lichtorgel installiert. Die Polstermöbel

ihrer Eltern sind mit weißen Bettlaken abgedeckt, wahrscheinlich musste Sandy das tun, damit nichts schmutzig wird, aber es sieht cool aus. Im Moment sitzt allerdings nur ein knutschendes Pärchen auf dem Sofa, die anderen tanzen gerade. Alle scheinen gute Laune zu haben, albern auf der Tanzfläche herum, probieren verrückte Bewegungen aus oder tanzen einfach nur im Rhythmus zur Musik. An der Wand unter dem Berliner Fenster steht ein Junge und bedient die Stereoanlage. Micha schlendert lässig zu ihm hin, in der Hand hält er eine Flasche Bier, aus der er immer wieder einen Schluck trinkt. Als er den DJ anquatscht, dreht der seinen Kopf weg und antwortet einsilbig. Würde ich auch so machen.
Dann jedoch lasse ich mich einfangen von der Musik. Der DJ spielt alles rauf und runter, was im Moment so auf den Szenesendern läuft, streut aber ab und zu auch ein paar Songs ein, die vor einigen Jahren die Mega-Knaller waren. Fast jedes Lied wird von uns mit begeistertem Johlen quittiert, sobald die ersten Töne erklingen, und in das Tanzen komme ich gut rein. Ich bewege mich ganz locker, habe ein gutes Rhythmusgefühl, und wie viele von den Typen hier mische ich da, wo es zur Musik passt, ab und zu ein paar Breakdance-Elemente mit ein, die mir David mal auf dem Skaterplatz gezeigt hat. Sandy tanzt die ganze Zeit in meiner Nähe und lächelt mich oft an, also scheint es ihr zu gefallen, wie ich tanze. Auch die anderen Gäste lachen mich an, ab und zu ruft mir jemand etwas zu oder bewegt sich dichter an mich heran; ich bin mittendrin.
Beim nächsten Song scheint die Stimmung auf dem Höhepunkt zu sein. Unser DJ spielt jetzt den Sommerhit dieses Jahres, und sogar das Pärchen auf dem Sofa, das bis jetzt noch total ineinander versunken seine Zärtlichkeiten ausgetauscht hat, springt schon bei den ersten Tönen auf und kommt Händchen haltend auf die Tanzfläche. Auch Micha, der sich gerade eine neue Bierflasche aus der Küche geholt hat, tanzt auf uns zu, singt lauthals mit und verschafft sich mit besonders ausladenden Schritten und Gesten viel Platz. Einige scharen sich um ihn und feuern ihn an, tanzen kann er wirklich klasse, das muss man ihm lassen, aber Sandy lacht mich nur an und verdreht

die Augen, wobei sie mit einer leichten Kopfbewegung auf ihn deutet. Wir tanzen einfach weiter, und ich spüre wieder dieses Kribbeln im Bauch, wenn ich sie anschaue.
Plötzlich jedoch legt Micha zwei anderen Gästen beim Tanzen die Arme um die Schultern, und plötzlich tanzen wir alle im Kreis, und schwingen unsere Beine in die Mitte wie beim griechischen Sirtaki. Mein Arm liegt um Sandys Schulter und ihre Hand um meine Hüfte, zum ersten Mal spüre ich ihre Haut, da sie heute nur ein Top mit Spaghettiträgern anhat. Ihre weichen Mädchenfinger liegen leicht und zart an meinem Beckenknochen, und als wir alle immer schneller tanzen, hängt sie ihren Daumen in die Gürtelschlaufe meiner Jeans, um nicht dauernd wegzurutschen.
Ich schwöre, ich war noch nie so was von verknallt.
Der Sommerhit bricht ab, als er noch nicht mal ganz zu Ende ist, und wird abgelöst von langsamen, blubbernden Basstönen, wie ein Herzschlag dringen sie aus den großen Boxen, der ganze Parkettboden vibriert davon. Überrascht und ein wenig verlegen lösen sich einige Jungen und Mädchen aus dem Kreis, manche nutzen die Gelegenheit, um in die Küche zu eilen und etwas zu trinken, andere versuchen, Oberkörper und Arme irgendwie zu diesem langsamen Takt zu bewegen, drei oder vier Pärchen finden sich zusammen, um eng zu tanzen. Insgeheim bin ich froh über diese Pause, denn unter meinem Brustgurt ist es inzwischen fast unerträglich heiß, und ich bin noch mehr außer Puste vom Tanzen als die anderen.
Sandys Daumen hängt noch immer in meiner Gürtelschlaufe, und meine Hand liegt auf ihrer Schulter. Sie dreht ihr Gesicht zu mir, wir sehen uns in die Augen, und mit einem Mal stehen wir auch so da, ganz dicht beieinander. Sie legt ihre Hände auf meinen Rücken und ich meine auf ihren. Ganz langsam fangen wir an, uns miteinander zu dem langsamen Song zu bewegen, der Sänger flüstert mehr, als dass er singt, die Musik schwillt an und passt genau zu diesem unbeschreiblichen Gefühl, das jetzt durch meinen ganzen Körper strömt. Ich lächle sogar Micha an, der mit seiner Bierflasche an der Wand lehnt. Auch dann noch, als ich sehe, dass er uns

aus ganz schmalen Augenschlitzen beobachtet, sein Mund grimmig und verzerrt ist. Auf seiner Stirn und seiner Oberlippe stehen Schweißperlen.
»Du fühlst dich gut an«, sagt Sandy leise und legt ihre Stirn an meine. Wir sind fast genau gleich groß, ich bin höchstens drei Zentimeter größer als sie.
»Du dich auch«, flüstere ich zurück und ziehe sie noch etwas enger an mich.
»Und du riechst auch gut«, fügt sie hinzu. »Ein bisschen nach After Shave und ein bisschen nach dir.«
Ganz vorsichtig, so dass es bestimmt niemand von den anderen sieht, fange ich an, ihren Rücken zu streicheln. Ich habe noch nie geküsst, aber ganz von allein finden sich jetzt unsere Lippen.

»Wieder um halb drei im Prinzenbad?«, frage ich Eric am Telefon. »Wir liegen immer hinter dem Lehrbecken, da ist es nicht so voll. Julian und sein neuer Freund kommen auch.«
»Sara will schon um zwei da sein, spätestens«, antwortet Eric. »Danach kommen die ganzen Schulkinder und Mütter mit ihren Babies. Dann kann sie nicht mehr in Ruhe ihre Bahnen schwimmen. Aber hinterm Lehrbecken ist gut.«
»Prima, dann finden wir euch ja«, sage ich. »Wir können leider nicht früher weg. Hitzefrei gibt es in der Werkstatt leider nicht.«
»Dann bleiben wir eben abends länger«, beruhigt mich Eric. »Und nimm deine Schwimmbrille mit, das Wasser ist total stark gechlort.«
»Vielleicht machen wir am Wochenende mal einen See ausfindig«, schlage ich vor. »Aber erst mal danke für den Tipp.«
Als Sandy und ich im Prinzenbad ankommen, sind Julian und Marc noch nicht da. Eric und ich schlagen uns in die erhobenen Hände, dann gehen er und Sara ins Wasser. Als sie fort sind, breiten wir unsere Badelaken aus und legen uns hin. Sofort lässt Sandy ihre Hände unter mein T-Shirt gleiten.
»Ich bin so in dich verliebt«, flüstert sie zwischen zwei Küssen, »können wir nicht morgen etwas zu zweit unternehmen?«

Ich löse mich von ihrem Mund und grinse sie frech an, während ich mit einer Hand ihren Busen streichle.
»So, zu zweit«, lache ich. »Und was, wenn ich fragen darf?«

Eine schwere Hand legt sich plötzlich auf meine Schulter und reißt mich von Sandy weg. Ich stolpere, fange mich aber gleich wieder und weiß sofort, wer das ist. Auch ohne die Bierfahne hätte ich es gewusst.
»Sandy ist lesbisch!«, grölt Micha und schwankt beinahe noch mehr als ich, »unser Geburtstagskind hat's neuerdings mit Frauen! Bist du blöd, Kleine, das ist doch 'ne Transe! Noch gar nicht gemerkt, wie?«
Wie angewurzelt bleibe ich stehen. Das ist jetzt alles nicht wahr, denke ich, und eine graue Wolke schiebt sich zwischen mich und dieses schwebende Gefühl, das eben noch da war und jetzt unwiederbringlich verloren scheint. Das ist ein Alptraum, das kann er mir nicht antun und ihr schon gar nicht. So gemein kann kein Mensch sein. Auch Sandy steht da, eine Hand gerade noch nach mir ausgestreckt, lässt sie sie jetzt sinken und starrt abwechselnd Micha und mich an. Die anderen hören auf zu tanzen. Julia und Leon gehen zu ihm hin und murmeln ein paar beschwichtigende Worte. Eleni stellt sich schützend hinter Sandy.
»Ich wollte es dir sowieso sagen, Sandy«, beteuere ich hilflos. »Ich hatte sogar gehofft, du hättest es schon von anderen gehört. Ich weiß, dass du nicht lesbisch bist, genauso wenig wie ich! Ich bin transsexuell, lebe in einem Mädchenkörper, aber ich fühle wie ein Junge. Auch dir gegenüber, glaub mir! Es tut mir so Leid ...«
Aber Sandy winkt nur ab und stürzt sich auf Micha. »Du bist so ein unbeschreiblicher Widerling!«, schreit sie und trommelt mit ihren Fäusten gegen seine Brust. »Denkst du, ich weiß nicht, dass Ulli ein Transsexueller ist? Du bist ja bloß eifersüchtig!«
»Sandy!« Eleni versucht sie von Micha wegzuziehen. »Hör doch auf! So machst du doch alles nur noch schlimmer.«
»Du hast es gewusst?«, frage ich, obwohl ich weiß, dass sie mich jetzt sowieso nicht hört. »Du hast es gewusst und mich trotzdem ...«

»Das findest du geil, Ulli hier vor allen anderen bloßzustellen und zur Schnecke zu machen, wie?«, fährt Sandy unbeirrt fort. »So fühlst du dich groß!«
Micha setzt erneut seine Bierflasche an den Mund und wischt sich danach nicht einmal den Schaum von den Lippen. Dann bricht er in schallendes Gelächter aus. »Ich und eifersüchtig auf 'ne Transe?« Er streckt seine Grabbelpfoten nach ihr aus und versucht ihre Handgelenke zu packen, doch so besoffen, wie er jetzt ist, greift er immer wieder daneben.
»Ja, bist du!« Sandy sieht aus, als ob sie ihm am liebsten ins Gesicht spucken würde. »Ich habe mit dir Schluss gemacht, mit Lisa-Marie ist es auch aus – und das, obwohl du dich doch für ach so unwiderstehlich hältst! Mag sein, Ulli ist transsexuell, aber er kommt bei den Mädchen immer noch besser an als du! Das kannst du nicht vertragen, wie? Das kratzt an deinem Männlichkeitsbild, gib es doch zu!«
Einige Mädchen kichern. Was sich Sandy hier traut, hätte keine von ihnen gewagt. Doch an ihren Gesichtern sehe ich, dass sie ihr insgeheim Recht geben.
Michas Gesicht verfinstert sich. »Spielst du hier jetzt die Psychologin, ja?«, lallt er und blickt in die Runde. »Habt ihr das gehört? Redet von Männlichkeit und knutscht mit 'ner Transe! Dann wollen wir doch mal sehen, wie männlich dein neuer Lover ist!« Mit einer groben Armbewegung stößt er Sandy zur Seite und ist mit zwei langen Schritten bei mir. Ich komme überhaupt nicht dazu, mich zu wehren, so schnell hat er mich an der Hose gepackt und will sich an meinem Gürtel zu schaffen machen. Aber Sandy krallt sich an ihm fest, gerät zwischen uns und rammt ihm völlig unvermittelt ihr Knie in die empfindlichste Stelle.
Micha lässt von mir ab und stöhnt auf. Mit schmerzverzerrtem Gesicht presst er die Hände auf seinen Sack. Der DJ macht die Musik aus und das Deckenlicht an. Sandy steht da und blinzelt, genau wie die anderen Gäste. Ihr Haar ist ganz durcheinander, und ihr Brustkorb hebt und senkt sich wie nach einem 500-Meter-Lauf.

»Die paar Zentimeter, um die du jetzt jammerst«, keucht sie in die plötzliche Stille hinein und taxiert ihn mit eiskaltem Blick. »Meinst du, diese paar Zentimeter Haut machen dich zum Mann, Micha? Armes Würstchen.«

Ohne eine Antwort von ihm abzuwarten, dreht sie sich um und beginnt, die herumstehenden Gläser abzuräumen. Auch mich beachtet sie nicht mehr. Julia und Eleni eilen herbei und helfen ihr, dankbar, jetzt irgendetwas tun zu können. Die anderen stehen noch immer sprachlos herum, einige fangen nach und nach ebenfalls an, ein wenig aufzuräumen. Micha taumelt in den Flur, schnappt sich seine Lederjacke vom Haken und geht. Als er die Tür hinter sich zugeschlagen hat, stehe ich plötzlich allein herum und weiß nicht, ob ich gehen oder bleiben soll. Dann wird mir plötzlich schlecht. Zum Glück finde ich das Badezimmer gleich und schaffe es gerade noch, mich einzuriegeln.

Als ich kurz nach Mitternacht unsere Wohnungstür aufschließe, brennt in fast allen Zimmern noch Licht, außer bei Patricia. Kann sein, dass sie bei David übernachtet. Aber im Flur und im Wohnzimmer ist das Deckenlicht an und in der Küche beginnt eine leere Herdplatte rot zu glühen. Ich schalte sie aus und stelle den halb vollen Wasserkessel drauf. In diesem Moment höre ich aus dem Arbeitszimmer die aufgeregten Stimmen von Elke und Hans.

»Das glaube ich nicht«, sagt Elke, und ich sehe förmlich vor mir, wie sie im Zimmer auf und ab rennt und wild mit den Händen gestikuliert. »Das kann doch nicht sein! So was hätten wir doch mitbekommen, wir sind doch moderne, aufgeklärte Leute!«

»Das kann nicht sein, soso.« Hans Heiner klingt ziemlich sauer. »Du siehst doch hier Schwarz auf Weiß, dass so was sein kann! Aber wir, wir waren auf beiden Augen blind, die ganzen Jahre! Genauso spießig-verblendet blind wie alle anderen, wie Tante Klara und jeder stockkonservative Rollenklischeeeinfrierer! Was nicht sein darf, kann nicht sein! Mensch, Elke, wach endlich auf!«

Jetzt höre ich Elke seufzen. Bestimmt legt sie ihre Stirn in Falten und schüttelt den Kopf, streicht sich eine ihrer rot gefärbten Haarsträhnen hinters Ohr und fummelt an ihrer Natursteinkette herum. Ich glaube, die brauchen mich jetzt. Lautlos schleiche ich mich an und drücke die Türklinke herunter. Wie ertappt ziehen meine Eltern die Luft ein und wenden sich zu mir herum. Ich sehe es sofort. Auf dem Bildschirm des Computers flimmert die Website von Eric.

17

»Ja, es stimmt.« Ich sitze in Hans' altem Ohrensessel vor dem großen Bücherregal und bin eigentlich viel zu erschöpft, um jetzt auch noch mit Elke und Hans darüber zu reden, nach allem, was heute war. »Ich bin transsexuell, fühle mich als Junge. Schon immer und von je her. Genau wie der Typ da auf dem Foto.«

Hans nickt. Immer wieder sieht er das Bild von Eric an, mit seinem Bart und seinem insgesamt sehr männlichen Aussehen, und dann mich und nickt wieder.

»Ich wäre nicht drauf gekommen«, gesteht er, »aber um ehrlich zu sein, überrascht bin ich nicht. Im Gegenteil, jetzt fällt es mir wie Schuppen von den Augen.« Er nimmt einen tiefen Zug aus seiner Pfeife. »Und du bist ganz sicher, dass das nicht nur eine Phase ist?«

»Eine Phase, die schon mein ganzes Leben lang andauert?«, frage ich zurück. »Ist doch Blödsinn.«

»Na ja, es gibt ja auch Mädchen, die etwas burschikoser sind als andere«, versucht es mein Vater noch einmal. »Diese so genannten Wildfänge. Ich dachte, so wäre das bei dir auch.«

»Ja, eben!«, schaltet sich jetzt auch Elke ein. »Du kannst doch hier nicht einfach behaupten, du wärst ein Junge, so einfach ist das doch alles nicht! Ich habe dich als Mädchen zur Welt gebracht, und nur weil du als Kind lieber draußen herumgetobt bist, statt mit Puppen zu spielen wie Patricia ...«

»Patricia weiß schon Bescheid. Sie akzeptiert mich so, wie ich bin. Ich bin ihr Bruder Ulrich.«

»Ach komm, nun hör aber mal auf, ja?«, ereifert sich Elke. »Ihr Bruder, so ein Quatsch! Das bildest du dir doch alles nur ein, wie Hans schon gesagt hat. Du warst immer unser kleiner Wildfang, und keiner hat dich jemals gezwungen, Kleider anzuziehen ...«

»Ach nein? Und warum durfte ich zu Einsegnung keinen Anzug tragen?«

»Weil du ein Mädchen bist, deshalb!«
»Bin ich nicht!« Ich springe vom Sessel auf und balle die Fäuste in den Taschen meiner Jeans. »Und ich lasse mir das auch nicht von jemandem ausreden, der noch nicht mal *versucht* mich zu verstehen!«
Elke seufzt. Sie knetet ihre Hände und scheint irgendwelche Atemübungen zu machen, um sich wieder abzuregen. Auch ich hole tief Luft und fläze mich wieder in den Sessel.
»Das lasse ich jetzt so nicht auf mir sitzen«, beschwert sie sich. »Aber sieh doch mal, Ulli. Du bist jetzt fünfzehn Jahre alt, wirst bald sechzehn. Das ist einfach eine Zeit, in der die Gefühle und Hormone starken Schwankungen unterliegen! Ich weiß noch genau, wie ich mich damals gefühlt habe, nicht Fisch, nicht Fleisch und immer irgendwie mit mir uneins. Das ist ganz normal! Lass dich doch davon nicht verrückt machen, das geht allen Jugendlichen so. Was meinst du, was ich mir in der Beratungsstelle den ganzen Tag anhöre! Und frag nur mal deine Schwester!«
»Man kann Ulli und Patricia nicht miteinander vergleichen«, wendet Hans ein. »Sie ist ein ganz anderer Typ und mit ihrem Dasein als Mädchen überaus zufrieden. Das ist nicht zu übersehen.«
»Genau«, bestätige ich. »Und bei mir ist das anders, und zwar, solange ich denken kann. Ich *hasse* meinen Körper! Den verdammten Busen und alles. Wenn ich meine Tage habe, könnte ich ausflippen vor Wut.«
»Ach du, das geht mir aber auch nicht viel anders.« Elke lacht etwas gekünstelt auf. »Das macht keiner Frau Spaß, glaub mir. Aber allein deshalb kannst du doch nicht einfach behaupten, du wärst ein Junge!«
Diese Frau kann einen wirklich totreden. Mist, dass Patricia jetzt nicht hier ist, um mir beizustehen. Im Moment fällt mir nichts mehr ein, was ich noch sagen könnte, Elke lässt sowieso keinen Einwand gelten. Alles dreht sich im Kreis. Doch nun räuspert sich Hans.
»Also, dass es dieses Phänomen ›Transsexualität‹ gibt, ist nicht von der Hand zu weisen«, meint er. »Und ich denke schon, dass das auf Ulli durchaus zutreffen könnte, nach allem, was sie beschrieben hat.

Ich bin auch nicht begeistert von dem Gedanken, für mich warst du einfach immer meine jüngere Tochter. Aber vor allem stelle ich es mir für *dich* schwer vor, Ulli.«

»Kommt drauf an.« Ich hebe die Schultern und blicke auf meine Füße.

»Sicher, Elke«, fährt Hans fort, »es gibt burschikose Mädchen, Lesben und alle möglichen Spielarten davon, wie weiblich sich jemand nun gibt und wie wohl man sich in seiner Haut fühlt.« Seine Pfeife ist ausgegangen, er zündet sie noch einmal an und wedelt danach mit dem Streichholz, bis die Flamme erlischt. »Aber wenn es wirklich so ist, dass Ulli alles Mädchenhafte an sich ablehnt, wirklich ein Junge ist, dann müssen wir uns dieser Tatsache stellen. Dann kommt da jetzt was auf uns zu.«

»Na endlich«, brumme ich, »welch eine weise Erkenntnis.«

»Mir geht das alles zu schnell.« Elke sieht noch immer unzufrieden aus. »Und zu einfach! Ich kann unmöglich jetzt schlafen gehen und denken, so, gute Nacht, die Ulli ist jetzt mein Sohn.«

»Musst du auch nicht.« Ich stehe auf, trete neben meine Mutter und lege beschützend den Arm um sie. »Du musst denken: *Der* Ulli! Ach, sag' mal«, ich drehe mich halb um und wende mich noch einmal an Hans, »wie hast du Erics Seite eigentlich gefunden? Das sollte noch eine Weile geheim bleiben, eigentlich.«

»Über den Ordner ›Verlauf‹«, grinst mein Vater. »Das hätte David dir eigentlich sagen können als großer Computerfreak. Mit einem Mausklick hättet ihr die Homepage wieder verschwinden lassen können.«

»Sch...«, murmele ich. Dann knuddele ich meine Eltern etwas unbeholfen und trolle mich in mein Zimmer.

Gerade als ich mich ausziehen will, surrt der Vibrationsakku meines Handys in der Hosentasche. Sandy, denke ich aufgeregt und ziehe das Gerät mit zittrigen Fingern heraus. Tatsächlich, die SMS ist von ihr!

»Hi, Ulli, wann sehen wir uns wieder?«, lese ich auf dem erleuchteten Display. »Schlaf gut, du ganz besonderer Freund. S.«

Patricia kommt erst am darauf folgenden Mittag nach Hause und bringt David mit. Gleich hinter der Tür fange ich die beiden ab.

»Ich hab's ihnen gesagt«, flüstere ich.

»Was hast du? Wem?« Meine Schwester schiebt David in den Flur und kapiert nicht, wovon ich rede.

»Hans und Elke, Mensch! Dass ich ein Transmann bin. Hans hat ziemlich locker reagiert, echt cool.«

Während David rasch unsere Eltern begrüßt, geht Patricia vor mir her in ihr Zimmer und stellt ihre Sporttasche aufs Bett. Wenn sie auch nur eine Nacht woanders pennt, nimmt sie immer ihren halben Kleiderschrank mit. »Und Elke?« Sie öffnet den Reißverschluss, holt ihre Schmutzwäsche heraus und stellt die Kosmetiktasche ins Regal. »Wohl nicht ganz so easy, wie?«

»Du musst mir helfen«, sage ich. »Vorhin habe ich eine Mail an diesen Eric geschickt. Ich will unbedingt einmal zu diesem Stammtisch gehen, wo er sich mit anderen transidentischen Jungs trifft. Aber Elke hat gestern Abend so auf stur geschaltet, die erlaubt mir das bestimmt nicht.«

»Ich weiß nicht.« Patricia hält beim Auspacken inne und sieht mich an. »Was willst du denn da?«

»Eric kennen lernen, was sonst! Und die anderen auch, weiß ja nicht, wer da sonst noch ist, aber das sind alles Jungs im Mädchenkörper, so wie ich! Ich will unbedingt mal mit jemandem reden, dem es genauso geht! Komme mir ja schon vor wie ein Alien oder so was.«

David kommt ins Zimmer und setzt sich aufs Bett. »Natürlich geht Ulli da hin«, meint er. »So richtig können wir das doch alle gar nicht nachempfinden, was er durchmacht. Was kann ihm also Besseres passieren, als endlich auf Gleichgesinnte zu treffen!«

»Weiß ich ja«, gibt Patricia zu. »Aber zu diesen Typen, die da schon Hormone nehmen, tiefe Stimmen bekommen und sich Bärte wachsen lassen – das erlaubt Elke doch nie!«

»Dann müssen wir uns eben mit dafür einsetzen!«, bekräftigt David. »Überzeugungsarbeit ist angesagt, Leute! Wir werden die alten Herr-

schaften schon weichkochen. Wann ist denn das nächste Treffen von denen?«
»Morgen in zwei Wochen«, antworte ich wie aus der Pistole geschossen. »Ich bin gespannt, ob mir Eric überhaupt antwortet.«

»Wir driften ab!«, ruft unser Steuermann. »Der Wind hat sich gedreht, wir geraten immer weiter vom Ufer weg statt darauf zu.«
Erschrocken drehe ich mich um. Er hat Recht. Tatsächlich vergrößert sich die Entfernung zwischen uns und der Insel, die wir ansteuern wollen, mit jeder Minute. Unser Segel flattert im Wind, der Baum schlägt hin und her, wir sind alle noch keine Segelprofis.
»Das schaffen wir nie«, motzt der Blonde, der die ganze Zeit über nicht viel mehr getan hat, als beim Ablegen die Fender ins Boot zu holen. Jetzt fummelt er ziellos an der Vorschot herum und sieht aus, als wolle er gleich losheulen.
»Was soll das heißen, nie?«, frage ich. »Sollen wir jetzt das Ruder fallen lassen und abwarten, bis wir hier alle auf offener See krepieren? Geh doch nach Hause zu Mutti! Ich jedenfalls werde um mein Leben kämpfen.« Mit entschlossenem Griff nehme ich ihm die Vorschot aus der Hand und bereite ein Wendemanöver vor.
»Klar zur Wende?«, frage ich.
»Ist klar«, antwortet die Crew einstimmig. Der Steuermann und ich verständigen uns mit einem kurzen Blick, der Übereinstimmung signalisiert, dann wende ich das Großsegel, während er das Ruder herumreißt.
»Geschafft!« Er strahlt mich an. »Den Kurs halten wir jetzt!«
Doch plötzlich fährt eine starke Böe ins Großsegel. Das Boot krängt bedrohlich, und in den Augen der anderen sehe ich die nackte Angst. Keiner von uns sagt einen Ton. Werden wir kentern?
»Ihr müsst verdammt noch mal mit anpacken!«, schreie ich gegen den tosenden Wind. »Verlagert euer Gewicht auf die andere Seite, los!«. Gleichzeitig versuche ich, den Baum von mir wegzudrücken, damit er mir nicht gegen den Kopf knallt. Eine Welle baut sich vor uns auf und schwappt ins Boot, nur mühsam können wir uns halten und sind sofort von oben bis unten durchnässt.

Aber jetzt wachen die anderen endlich auf. Als es dem Steuermann und mir gelungen ist, das Boot wieder halbwegs aufzurichten, klettert der Blonde zum Bug und verkleinert die Fock, der Rothaarige macht das Gleiche mit dem Großsegel. Auch die übrigen Mitglieder gehen uns nun zur Hand, wo sie nur können, und schließlich haben wir es geschafft. Der Sturm lässt nach, und gemeinsam gelingt es uns, den Kurs zu halten. Am Horizont blitzt sogar noch einmal kurz die untergehende Sonne auf.
Wenn wir Glück haben, sind wir am Ufer, ehe es dunkel wird.

Ein paar Tage lang geschieht nichts. Jeden Tag warte ich auf eine günstige Gelegenheit, zu der weder Elke noch Hans zu Hause sind, und setze mich an den Computer um E-mails abzurufen. Aber auch heute ist wieder nichts von Eric dabei. Ich klicke dreimal auf »Senden, Empfangen«, leere den Postkasten, aber es ist nichts dabei. Eric rührt sich nicht. Auch auf seiner Homepage hat sich nichts Neues getan. Ich surfe noch ein bisschen hin und her, dann fahre ich den PC wieder herunter.
»Nun guck nicht so griesgrämig«, versucht mich Julian zu trösten, als wir ein paar Stunden später in meinem Zimmer hocken. »Das kann doch tausend Gründe haben! Der guckt vielleicht gar nicht jeden Tag nach, ob Post gekommen ist.«
»Jeden Tag!«, brumme ich und werfe einen verschimmelten Apfelrest in den Papierkorb. »Ich schmore doch schon über eine Woche! Ich wette, der hat sich über meinen Brief nur totgelacht.«
»Totgelacht? Wieso?«
»Weil er doch schon viel weiter ist als ich! Und die anderen, mit denen er sich trifft, wahrscheinlich auch. Als der gelesen hat, dass ich gerade erst allen erzählt habe, dass ich transsexuell bin, hat er meine Mail bestimmt gleich gelöscht. Der nimmt mich doch als Junge nicht ernst! Was soll einer wie ich dieser Gruppe schon zu sagen haben, wo die anderen vielleicht alle schon im Stimmbruch sind?«
»Die sind auch nicht mit Bartstoppeln auf die Welt gekommen. Außerdem kann es doch sein, dass es noch mehr Jungs gibt, die sich gerade

erst geoutet haben. Die auch erst sechzehn sind oder noch jünger. Auf Erics Homepage stand doch, zu den Treffen kann jeder transsexuelle Junge kommen, oder?«
»Habe ich auch so verstanden.« Ich zucke mit den Achseln und gieße uns beiden noch etwas Mangosaft ein. »Aber trotzdem.«
Julian setzt sein Glas an die Lippen. »Na also«, sagt er nach dem ersten Schluck. »Dann hör jetzt mal auf, Trübsal zu blasen. Erzähl mir lieber, wie es auf der Fete mit deiner Sandy gelaufen ist!«

Wenige Tage später jedoch ist es so weit. Ohne zu hoffen, dass ich von Eric jemals etwas hören werde, rufe ich abends meine E-mails auf, und starre nun ungläubig auf ein blinkendes gelbes Kästchen mit der Aufschrift: »Sie haben neue Nachrichten!«
Ich traue mich gar nicht, es zu öffnen. Vielleicht ist die Mail überhaupt nicht von Eric. Auch Julian und David schreiben mir manchmal. Meistens erzählen sie Witze oder sonst irgendetwas, was zu lang für eine SMS wäre. Oder es ist nur Werbung, da kommen mitunter die verrücktesten Sachen an. Hans hat darüber schon oft geflucht und geschworen, er würde unsere Internetverbindung sofort abschaffen, wenn er sie nicht beruflich unbedingt bräuchte. Aber schließlich drücke ich doch die Maustaste, um meinen Posteingang zu öffnen. Tatsächlich, die Mail ist von Eric!
»Hallo, Ulrich«, schreibt er. »Sorry, dass du so lange auf meine Antwort warten musstest. Normalerweise bin ich nicht so schluderig, aber ich stecke mitten in meinen Abiturprüfungen. Und wenn ich erst mal anfange, im Web zu surfen oder private E-mails zu beantworten, finde ich nicht mehr zu meinen Büchern zurück. Deshalb auch jetzt nur ganz kurz: Klar kannst du gerne zu unserem nächsten Treffen kommen! Einigen aus unserem chaotischen Haufen habe ich bereits von dir erzählt, und wir freuen uns sehr darauf, dich bald kennen zu lernen. Hab Mut, wir beißen nicht! Bis dann, Gruß Eric.«
»Wer schreibt dir denn da?«, tönt Elkes Stimme hinter mir. Vor Schreck fahre ich zusammen, ich habe sie gar nicht kommen hören! »Eric? Ist das nicht diese, dieser ...«

»Genau.« So schnell ich kann, schließe ich den Brief, damit sie nicht lesen kann, was Eric geschrieben hat, und öffne die Startseite seiner Homepage. »Der da«, sage ich, als sein Foto erscheint.
Elke beugt sich etwas näher zum Computer hin. »Dass der mal ein Mädchen war, kann man sich kaum vorstellen«, meint sie kopfschüttelnd. »Ein bisschen sieht man es am Gesicht, aber wer es nicht weiß ...«
»Er hat mich eingeladen«, verkünde ich stolz. »Eric kennt viele Jungs, die auch transsexuell sind, genau wie er und ich. Mit denen will ich mich treffen.«
»Ach, hat das jetzt geklappt?«, fragt Patricia, die in diesem Augenblick das Zimmer betritt. »Ist ja Spitze!«
»Also, ich bin von dieser Idee gar nicht begeistert!« Elke richtet sich wieder auf; ihre Stimme klingt etwas aufgeregt und gereizt. »Für mich bist du noch lange kein Junge, auch wenn du das zur Zeit steif und fest behauptest. Wenn du zu diesem Treffen da gehst, lässt du dich womöglich noch zu irgendwelchen Schritten überreden, deren Folgen du noch gar nicht absehen kannst!«
»Testosteron.« Ich spreche es einfach aus. »Dass ich männliche Hormone nehmen möchte, so wie Eric. Davor hast du Schiss.«
Elke schweigt. Aber ich spüre genau, welche Panik bei diesem Gedanken in ihr aufsteigt.
»Ach, Quatsch!« Patricia nimmt mir die Maus aus der Hand und fährt den PC herunter. Aus der Küche riecht es nach überbackenen Fenchelknollen mit Käse. »Ulli hat doch alle Zeit der Welt, selbst herauszufinden, was er wirklich will! Da wird er sich weder etwas von den anderen ein- noch von uns ausreden lassen. Wichtig ist doch, dass er sich endlich mal wirklich *verstanden* fühlt!« Dabei fixiert sie unsere Mutter mit einem beinahe strengen Blick.
Elke seufzt. »Essen ist fertig«, sagt sie und geht aus dem Zimmer.
Als wir allein sind, drücke ich Patricias Arm.
»Danke«, flüstere ich.

18

»Hi Eric«, tippe ich in Hans Computer, »danke für deine Mail! Ich hatte schon gar nicht mehr mit einer Antwort von dir gerechnet und freue mich riesig! Zu eurem nächsten Treffen komme ich gerne, bin schon total neugierig auf dich und die anderen. Bis bald, Ciao Ulrich (Ulli) Herold.«

Nachdem ich mir alles noch einmal durchgelesen habe, nehme ich meinen ganzen Mut zusammen und klicke auf »Senden«. Ein kleiner virtueller Briefumschlag segelt über den Monitor. Dann ist die Mail bei Eric! Ab jetzt erwarten die mich!

Von diesem Moment an muss ich immerzu an mein bevorstehendes Treffen mit Eric und den anderen transidentischen Jungs denken. Sogar Sandy ist ziemlich genervt, weil ich immer wieder abschweife, als wir beide abends in einem Eiscafé am Mehringdamm sitzen. Ich liebe diese lauen Sommerabende, wo man bis Mitternacht und länger draußen sitzen kann. Sandy geht es genauso. Wir haben einen Becher für zwei Personen bestellt, mit Schoko-Karamel-Nuss und Früchtezeugs, beides mit viel Sahne oben drauf. Schmeckt ja nicht nur Ehepaaren, so was.

»Macht es dir gar nichts aus, dass ich transsexuell bin?«, frage ich sie. Sandy zuckt mit den Schultern und schiebt ihren Löffel auf der Tischdecke hin und her. »Im ersten Moment schon, als die anderen es in der Schule herumerzählt haben. Du kamst mir vor wie eine Mogelpackung. Ich verknalle mich in einen tollen Typen, und dann kriege ich heraus, der hat unter seinen Klamotten das gleiche wie ich. Aber dann habe ich gedacht, dass du ja trotzdem total lieb bist. Und dass ich mich an deiner Stelle bestimmt auch nicht getraut hätte, gleich selber was zu sagen.«

Eine Zeit lang schweigen wir. Wenn wir nicht gerade den Becher herumdrehen, damit wir beide an beide Seiten herankommen, halten wir uns an der linken Hand und löffeln mit der Rechten, es ist wie in einem kitschigen Film. Dann erzählt Sandy irgendetwas von einer versiebten Mathearbeit und von ihren Plänen für die Sommerferien, die sie leider schon geschmiedet hat, bevor ich mich in ihre Nähe gepirscht habe. Wahrscheinlich werde ich in den sechseinhalb Wochen eingehen vor Sehnsucht nach ihr, aber Elke und Hans wollen Patricia und mich auch auf irgendeinen ätzenden Campingurlaub mitschleppen. Und wer weiß, was bei den anderen transidentischen Jungs so geht. Wenn die mich überhaupt akzeptieren.

»Du hörst mir überhaupt nicht zu!«, schimpft Sandy nach einer Weile und zieht ihre Hand aus meiner. »Typisch Junge!« Dabei grinst sie halb amüsiert, aber ich merke trotzdem, dass sie es auch ernst meint.

»Tut mir Leid«, murmele ich zerknirscht und setze meinen reumütigsten Dackelblick auf. »Aber ich bin so wahnsinnig nervös vor diesem Treffen! Die ganze Zeit über frage ich mich, wie die wohl alle so sind, wie sie aussehen.«

»Aussehen? Wieso, was stellst du dir denn vor?«

»Elke hat gesagt, man würde sehr wohl sehen, dass ich ein Mädchen bin. Ich habe Angst, dass die anderen vielleicht alle viel jungenhafter sind als ich. Und dass sie mich dann vielleicht doch auslachen oder dissen.«

»Elke!« Sandy lacht und schiebt sich ein Stückchen Ananas mit geschmolzener Eissoße in den Mund. »Du weißt doch, dass ihr das alles nicht geheuer ist. Willst du dich deshalb davon abbringen lassen?«

»Auf keinen Fall!« Ich schreie so entsetzt auf, dass sich schon einige Cafégäste nach uns umdrehen, also beuge ich mich etwas vor und flüstere. »So weiterzuleben wie in den ganzen letzten Jahren, könnte ich nicht ertragen!«

»Siehst du?« Sandy lehnt sich zurück und grinst zufrieden. »Das ist doch ein Wort. Du passt eben nicht in irgendeine Schublade! Meine Mutter hat auch manchmal so ihre Schwierigkeiten damit, dass ich meinen eigenen Kopf habe. So ist es doch immer.«

»Die grüne Haarsträhne?«

»Nicht nur die. Eine Zeit lang bin ich total ausgeflippt herumgelaufen. Jetzt sitze ich hier und halte Händchen mit einem Jungen, der einen Mädchenkörper hat. Ich glaube, meine Mutter hofft nur noch, dass ich endlich erwachsen und vernünftig werde.«

»Das klingt alles so schön harmlos. Bei mir ist es aber nicht nur eine Phase, die vielleicht irgendwann von der Vernunft besiegt wird. An dieser Sache hat meine Mutter ganz schön was zu knabbern, und ich habe jedes Mal ein schlechtes Gewissen, wenn sie mir über den Weg läuft.«

»Wieso das? Du hast es dir doch nicht ausgesucht, im falschen Körper zu leben.« Sie zögert einen Augenblick lang. »Wie entsteht so was eigentlich?«

»Keine Ahnung.« Ich hebe die Schultern und schiebe meine Unterlippe vor. »Auf Erics Homepage steht, die Wissenschaft tappt da noch etwas im Dunkeln.«

Jetzt nimmt Sandy doch wieder meine Hand. »Ich drück dir die Daumen, Ulli. Für dein Treffen mit den anderen Jungs und das mit deiner Mutter.«

»Weißt du, was ich machen will, wenn es bei Erics Leuten gut gelaufen ist?«

Sie schüttelt den Kopf.

»Ich kaufe mir einen dunklen Anzug«, verkünde ich. »Und zwar genau den, den Elke mir zu Einsegnung nicht kaufen wollte.«

»Super Idee«, antwortet sie. »Du siehst bestimmt toll darin aus.«

Mit meinem Zeigefinger streichle ich ihren Daumen. »Sind wir jetzt eigentlich zusammen?«

»Weiß nicht«, antwortet sie leise. »Irgendwie hab ich ein bisschen Angst davor. Sei nicht böse.«

»Bin ich nicht. Ich habe genauso viel Angst«, sage ich.

Aber trotzdem schmecken ihre Lippen jetzt nach Ananas und Karamel.

Am nächsten Morgen, als ich die Schule betrete, kreisen meine Gedanken jedoch wieder nur darum, was ich bei dem Treffen mit Eric

und seinen Freunden sagen und tun soll. Morgen Nachmittag ist es so weit. Wie im Halbschlaf latsche ich die breite, ewig nach Putzmitteln stinkende alte Treppe hoch. Komisch, dass niemand vor der Tür herumlungert, denke ich, während ich mich unserem Klassenraum nähere. Es ist auch so merkwürdig still! Geht meine Uhr falsch, bin ich zu spät gekommen und der Unterricht hat schon längst angefangen?
So leise wie möglich drücke ich die Türklinke herunter und trete ein. Mich trifft fast der Schlag. Die Stühle stehen noch auf den Tischen, die Tafel ist blitzblank. Kein Lehrer und keine Schüler weit und breit! Dann höre ich plötzlich ein Schniefen aus der hintersten Ecke und drehe mich um. Auf ihrem Platz an der Wand kauert Lisa-Marie. Ihr Gesicht ist rot, ihre Wimperntusche total verlaufen, und in der Hand hält sie ein zerknülltes Papiertaschentuch.
»Ach, du bist's, Ulli«, schluchzt sie. »Heute ist doch Wandertag, hast du das auch verpeilt? In zehn Minuten sollen wir am Botanischen Garten sein!«
Ich nicke und starre sie fassungslos an. Von hier bis zum Botanischen Garten fährt man mindestens eine halbe Stunde. Daraus wird wohl nichts mehr.
»Seitdem mit Micha Schluss ist, kriege ich überhaupt nichts mehr auf die Reihe!« Lisa-Marie zieht ihren Rotz hoch und wirft die Taschentuchkugel auf den Tisch. »Dieser Scheißkerl!« Dann fischt sie ein neues aus ihrem Lacktäschchen und schnäuzt sich, länger und kräftiger trompetet sie hinein, als ich es je fertig bringen würde.
»Bestimmt sehe ich scheußlich aus«, vermutet sie und lächelt unter Tränen.
»Du siehst endlich mal echt aus«, antworte ich. »Machen wir unseren eigenen Wandertag?«
Kurz darauf latschen wir nebeneinander durch den Schöneberger Kiez, an Sandys Haus und ein paar schrillen Läden vorbei. Heute ist Scheißwetter, Nieselregen und Wind, sowieso nicht der richtige Tag, um Blumen und exotische Pflanzen zu bestaunen. Eine exotische Pflanze bin ich selber. Lisa-Marie schnieft ab und zu noch leise, aber allmählich scheint sie sich etwas zu beruhigen.

Dann will sie unbedingt zum Winterfeldplatz. Mir kommt es vor wie eine halbe Ewigkeit, bis wir da sind, und wir haben beide schon ziemlich nasse Haare, aber es ist schließlich Wandertag und nass sein immer noch besser als Schule. Endlich betreten wir ihr Lieblingscafé, von dem sie die ganze Zeit erzählt hat, inzwischen sind wir durchnässt wie zwei streunende Hunde. Hier gefällt es mir. Die Möbel sind gemütlich, aus den großen Lautsprecherboxen kommt schräge Musik, ein paar Birkenstockmuttis versuchen ihre schmuddeligen Kleinkinder mit Bananen zu füttern, die meisten anderen sind bestimmt Studenten. Wir finden sogar noch einen Tisch am Fenster und bestellen Latte Macchiato und Croissants mit Marmelade.

»Hätte ich nie gedacht, dass du hierher gehst«, gestehe ich und probiere den warmen, kakaobestäubten Milchschaum. »So ein stinknormales Café! Dich habe ich mir eher in solchen Schickimickihütten vorgestellt, wo man Sekt schlürft und Sushi mümmelt.«

Lisa-Marie prustet vor Lachen, ein paar Krümel ihres Croissants fliegen mir um die Ohren. »Wie du redest!«, quietscht sie. »Du erinnerst mich total an meinen Exfreund.«

Ich glotze sie an. »An Micha?«

»Nein.« Lisa-Marie legt ihr Butterhörnchen auf den Teller zurück und schlägt die Augen nieder. »An Jonathan, mit dem ich vor Micha zusammen war. Auch dieses Café erinnert mich an ihn. Wir waren oft zusammen hier, weil er in diesem Haus gewohnt hat. Ganz oben, im vierten Stock.«

Wie ein alter Luftballon lasse ich die Luft aus meinen Backen entweichen. »Dann scheint er genau das Gegenteil von Micha gewesen zu sein«, schlussfolgere ich. »Aber wieso hast du dann vorhin wegen ihm geheult?«

»Weil ich überhaupt nicht mehr durchblicke!« Schon wieder hat sie Tränen in den Augen. »Mit Jonathan ist Schluss, mit Micha ist Schluss – und ich weiß überhaupt nicht, wieso!«

»Weil du eine Zicke bist«, sage ich. »Dich würde ich nicht mal auf einer einsamen Insel anbaggern.«

Lisa-Marie wird rot. Wie von einem Reflex gesteuert blickt sie sich um, rückt mit ihrer Pobacke ein Stück zur Seite, als wollte sie sich an jemanden ankuscheln, der neben ihr sitzt. Bloß, da ist niemand. Hat sie ja gerade erst selbst gesagt. Kein Jonathan und kein Micha. Nur ich. Ulli, der Transsexuelle. Der Dorn in ihrem Auge, der Stachel in ihrem Fleisch.

»Hast du mit Micha Schluss gemacht oder er?«, will ich wissen.

»Ach, wir haben uns gestritten, was weiß ich!«, faucht sie. »Es lief schon lange nicht mehr gut. An dem Tag habe ich ihm erzählt, was in der Schule los war. Wie du vor allen Leuten loslegtest, du wärst transsexuell, und plötzlich die halbe Klasse auf deiner Seite hattest. Ich war total durcheinander!« Sie macht eine lange Pause und rührt so lange in ihrem Latte Macchiato herum, bis der ganze Milchschaum in sich zusammengefallen ist. Dann streift sie mich kurz mit ihrem Blick. »Am Nachmittag wollte ich mit Micha darüber reden«, fährt sie fort. »Aber der regte sich gleich auf, Scheißtranse und so, du kennst ihn ja.«

»Ein echter Abstieg! Aber du bist auch nicht viel besser!«, entgegne ich und verputze ebenfalls ein Croissant. Es sitzt schon noch tief, was sie mir damals alles an den Kopf geworfen hat. Das kann sie ruhig wissen.

»Weiß ich ja! Was soll ich dazu sagen, ich wollte es ihm eben immer recht machen! Um ihn nicht auch gleich wieder zu verlieren, habe ich mich immer seiner Meinung angepasst!«

»Hat aber nichts genützt! Jetzt bist du allein.«

Ich werfe einen Blick auf meine Armbanduhr. »Und ich muss jetzt gehen«, füge ich noch hinzu und stehe auf. »Kommst du mit?«

Lisa-Marie hat von uns beiden den blöderen Platz erwischt, sie ist ziemlich eingeklemmt zwischen Tisch und Wand. Ich gehe nach vorn und bezahle für uns beide, sie kann mir ja ihren Anteil gleich wiedergeben. Doch als ich mich nach ihr umdrehe, rutscht sie immer noch umständlich auf ihrem Stuhl herum.

»Na los«, rufe ich ihr zu. »Steh doch endlich auf!«

Am Freitag bringe ich beim Mittagessen kaum einen Bissen herunter.

Immer wieder schaue ich auf die Uhr, dabei sind noch mehr als zwei Stunden Zeit, bis ich mich auf den Weg zu dem Treffen mit Eric und den anderen transsexuellen Jungen machen muss. Während ich schon seit zehn Minuten auf einem Bissen Fleisch herumkaue, sieht Patricia mich an und grinst. Elke reicht nervös die Schüssel mit den Kartoffeln herum, Hans verschüttet etwas Bratensoße auf der Tischdecke und handelt sich einen »Das-wäschst-du-aber-alleine-aus«-Blick von ihr ein. Wir reden über die Schule und das Wetter. Nachdem es gestern den ganzen Tag geregnet hat, scheint heute wieder die Sonne, aber es ist nicht mehr so heiß. Ich habe ein weißes T-Shirt an und darüber das Hemd von Julian. Wenn ich zum ersten Mal zu diesem Treffen gehe, will ich so normal wie möglich aussehen.

Patricia und ich helfen beim Tischabräumen, aber Elke schickt sie aus der Küche und will mit mir allein reden. Auch Hans bleibt da und macht sich über seinen Soßenfleck her.

»Du willst wirklich gehen?«, fragt meine Mutter und sieht mich an, als würde ich gleich zu einer Weltreise starten.

»Patricia kommt noch ein Stück mit«, versuche ich sie zu beruhigen. »Außerdem treffe ich mich nicht mit der Mafia.«

»Das sagt doch auch gar keiner, Ulli!« Elke legt das schmutzige Geschirr, das nicht in die Spülmaschine gehört, ins einlaufende Abwaschwasser, die Bratpfanne zuerst und Hans' antikes Rotweinglas gleich hinterher. »Ich will doch nur, dass du dich den Leuten da nicht gleich zu sehr anpasst. Dass du immer auf deine innere Stimme hörst. Wenn dir da irgendwas nicht geheuer ist, machst du einfach wieder kehrt. Versprichst du mir das?«

Bunt schillernde Fettaugen vermischen sich mit dem Spülmittelschaum. Bestimmt bekommt Hans Magenkrämpfe, wenn er sein Lieblingsglas in dieser Brühe untergehen sieht. Aber noch scheuert er an der Tischdecke herum.

»Bei Ulli brauchst du dir, glaube ich, keine Sorgen zu machen, dass er zu angepasst wird«, meint er und läuft vor Anstrengung rot an. »Siehst du ja.«

»Ja, das gefällt mir ja auch an ihr«, lenkt Elke ein. »Wann kommst du denn wieder, Kleines?«

Sie kann einen wirklich wahnsinnig machen. Trotzdem lege ich beide Arme um sie und drücke ihr einen Schmatzer auf die Wange. Das habe ich bestimmt nicht mehr getan, seit ich im Kindergartenalter war.

»Ich komme wieder«, verspreche ich.

Zwei Stunden später bin ich unterwegs zu der Adresse, die Eric mir genannt hat und die ich auch schon von seiner Homepage her kenne. Mit jedem Schritt, der mich näher zu jener Kneipe bringt, spüre ich mein Herz schneller klopfen. Patricia geht neben mir und hat sich bei mir untergehakt. Auch Sandy, David und Julian sind extra gekommen und begleiten mich. Ein wenig albern wir herum, doch die meiste Zeit schweigen wir. Im Stillen denke ich daran zurück, wie einsam ich noch bei meiner Konfirmation war. Und jetzt habe ich die besten Freunde bei mir, die man sich nur wünschen kann.

»Hier muss es gleich sein«, stelle ich fest, als wir an der Ecke der richtigen Straße stehen. »Den Rest schaffe ich alleine. Sonst komme ich mir albern vor.«

»Wir können uns ja hinter der Litfaßsäule verstecken und warten«, witzelt Sandy. »Und wenn du nach zehn Minuten nicht wieder draußen bist, wissen wir, dass du dich wohl fühlst, und hauen ab.«

»Du redest schon wie meine Mutter«, entgegne ich lachend.

Aber dann verabschieden sich Patricia und meine Freunde doch. Jedem Einzelnen muss ich versprechen, später noch anzurufen, egal wann ich nach Hause komme. Dann gehe ich die Straße weiter entlang, bis ich vor dem Café angelangt bin. Nur noch diese eine Tür trennt mich von den anderen Transsexuellen, denke ich. Soll ich reingehen?

Ich glaube, ich gehe wieder nach Hause, denke ich fast eine halbe Stunde später. So lange stehe ich nun schon hier, trete von einem Fuß auf den anderen und traue mich nicht hinein. Vielleicht ist heute nicht der richtige Tag dafür, ich kann es ja beim nächsten Mal wieder versuchen. Treffe ich mich eben wieder mit den anderen, Julian ist bestimmt auf dem Skaterplatz.

In diesem Moment geht die Tür auf, und ein junger Mann in schwarzen Jeans und einem karierten Hemd kommt heraus. Ich erkenne Eric sofort wieder, er sieht genauso aus wie auf dem Foto im Internet. Als er mich erblickt, mustert er mich kurz und grinst verschmitzt.

»Du musst Ulrich sein«, sagt er und reicht mir seine Hand. »Drinnen warten alle schon auf dich, besonders Chick, unser Jüngster in der Runde. Komm rein!«

Dann zieht er die Tür wieder auf und schiebt mich sanft in den Raum. An einem ovalen Tisch sitzen ungefähr acht Typen, die mir mit fröhlichem Hallo zuwinken. Ich weiß gleich, wer von ihnen Chick sein muss.

»Komm her, Ulli«, ruft er. Seine Stimme ist genauso hell wie meine, und unter seinem engen blauen T-Shirt erkenne ich die Ränder eines ziemlich provisorischen Brustabbinders. Mit einer einladenden Geste deutet Chick auf den leeren Stuhl neben sich. »Hier ist noch ein Platz frei!«

Ich glaube, ich weiß schon, mit wem ich meinen dunklen Anzug kaufen gehe.

Nachwort

Ullis Erfahrungen sind typisch für viele Transmänner/Transidenten. Die meisten haben schon in der frühen Kindheit das Gefühl, als Junge in einem Mädchenkörper zu leben. Es gibt aber auch Transmänner, die sich erst in der Pubertät oder später entdecken. »Wildfänge« dagegen leben als Kinder wie Jungen, merken jedoch in der Pubertät, dass sie Frauen sind.

Medizinisch ist mittlerweile durch die Anwendung von Hormonen und durch Operationen eine Angleichung des Körpers an das Wunschgeschlecht möglich. Dabei bleiben sicherlich Narben zurück und der Transmann wird kaum so aussehen, als wäre er von Geburt an ein Mann gewesen. Trotzdem kann er danach in der Gesellschaft meist problemlos als Mann leben. Nur kann er natürlich selbst keine Kinder mehr bekommen oder zeugen.

Seit 1980 gibt es in der Bundesrepublik Deutschland das »Gesetz über die Änderung der Vornamen und die Feststellung der Geschlechtszugehörigkeit in besonderen Fällen« - kurz: das Transsexuellengesetz (TSG). Danach darf ein Transmann einen passenden Vornamen wählen und den Personenstand (männlich/weiblich) anpassen. Der wird dann auch im Ausweis geändert. So kann er seine Freundin später heiraten.

Noch vor wenigen Jahren war es unsagbar schwer für Betroffene, an Informationen zu kommen. Durch das Internet ist der Informationsaustausch zwischen Transmännern heute viel einfacher. Überall in Deutschland gibt es Selbsthilfegruppen. Wir von der Interessenvertretung JUNXZ mit Sitz in Berlin und sieben weiteren regionalen Ansprechpartnern sind eine dieser Anlaufstellen.

Auch heute noch ist der Weg eines Transidenten zum Wunschgeschlecht kein Spaziergang: Ein Arzt muss gefunden werden, der die Hormontherapie beginnt und begleitet. Für die Änderung des Vornamens müssen Gutachten erstellt werden und ein Gericht muss dieser Änderung zustimmen. Soll die Krankenkasse die Kosten für eine Operation übernehmen, wird oft der Nachweis einer begleitenden Psychotherapie gefordert. Immerhin können jungen Transmänner heute schon in der Schulzeit ihren Vornamen ändern oder sogar die Schule wechseln, um in der neuen Umgebung von Anfang an als Junge aufzutreten.

Body. Leben im falschen Körper wurde zwar nicht von einem Betroffenen geschrieben. Dennoch ist das Buch bislang einzigartig, weil es das Leben eines transsexuellen Jungen realistisch darstellt. Es zeigt, wie Transmänner denken und fühlen, was für Probleme sie haben und welche Lösungen sie finden.

Wir empfehlen es deshalb allen Jugendlichen und Erwachsenen, die sich für das Thema interessieren. Aber auch Freunden, Eltern, Partner(innen) oder Kindern von Transmännern kann dieses Buch helfen, einen geliebten Menschen besser zu verstehen.

Falk und Paul R. Sass,
Interessenvetretung JUNXZ, Berlin

Kontaktadressen:

Interessenvertretung JUNXZ
Postfach 424 009
12082 Berlin
Homepage: www.junxz.de
E-Mail: info@junxz.de

Deutsche Gesellschaft für Trans- und Intersexualität (dgti) e.V.
c/o Helma Katrin Alter
Godorfer Hauptstr. 60
50997 Köln
Homepage: www.dgti.org
E-Mail: patricia@dgti.org

mehr lesen von Christine Fehér

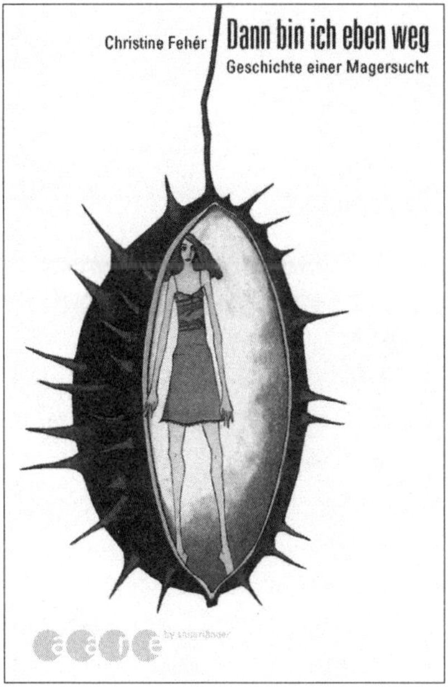

Sina ist fünfzehn und hält sich für zu dick. Als Sina dann von ihrer Freundin Melli eine knallenge Jeans geschenkt bekommt, wird ihr Ehrgeiz geweckt: Wenn ich da reinpasse, denkt sie, bin ich schlank und attraktiv. So beginnt Sina mit einer Diät. Jetzt wird auch Fabio, ihr heimlicher Schwarm, auf sie aufmerksam. Aber sie kann nicht mehr aufhören mit dem Kalorienzählen, von Tag zu Tag isst sie weniger. Schließlich landet sie in einer Klinik. Hier lernt sie zum ersten Mal, Nein zu sagen, statt im Hungerstreik gegen die Übergriffe der Erwachsenen zu rebellieren.

Ab 12 Jahren. 176 Seiten. Broschur
ISBN 3-7941-7001-6

Sauerländer

Leslie Feinberg

Das Kultbuch Stone Butch Blues
nun als broschierte „K&S-classic“-Ausgabe.

Leslie Feinberg
Träume in den erwachenden Morgen
Roman, 480 Seiten
ISBN 3-930041-35-9

Buffalo, N.Y. – eine Industriestadt in den frühen sechziger Jahren. Hier verbringt Jess Goldberg ihre Kindheit und Jugend. Mit fünfzehn hält sie es daheim nicht mehr aus. Sie haut ab. Sie sucht sich einen Job. Die Bar Abba's bietet Jess eine Heimat – eine bunte Gemeinschaft von Butches und Femmes, von Huren und Drag Queens, von Schwarzen und Weißen. Eine Gemeinschaft, die nicht ungefährlich lebt. In den brutalen Razzien der Polizei erreicht der gesellschaftliche Hass auf alle, die anders sind, seinen Höhepunkt ...

„Vielleicht das wichtigste Buch zur Gender-Debatte, das in den letzten zwanzig Jahren erschienen ist.“
Käthe H. Fleckenstein, Listen